REINHARD ROHN

Kölnisch Wasser

KÖLN KRIMI

W0208723

emons:

Mix
Produktgruppe aus vorbildlich bewirtschafteten Wäldern und anderen kontrollierten Herkünften
www.fsc.org Zert.-Nr. GFA-COC-001223
© 1996 Forest Stewardship Council

Umschlagzeichnung: Heribert Stragholz
Druck und Bindung: CPI – Clausen & Bosse GmbH, Leck
Printed in Germany 2010
ISBN 978-3-89705-722-7
Köln Krimi
Originalausgabe

»My heart is empty
But the songs I sing
Are filled with love for you«
A man said that to me
That's how I know

Nico (bürgerlich Christa Päffgen,
geboren am 16.10.1938 in Köln,
gestorben am 18.7.1988 auf Ibiza)

1.

Therese hatte die Leiche entdeckt und ihn angerufen. Was tat eine zweiundachtzigjährige Hebamme morgens um sieben am Schokoladenmuseum? Als Jan Schiller auf der Brücke vor dem Museum hielt, saß Therese auf der Treppe und winkte ihm fröhlich zu. Sie trug wie immer ihren babyblauen Wollmantel. Ein Streifenwagen war schon vor Ort, wie Schiller mit einem raschen Blick feststellte. Zwei Beamte standen auf der Brücke und schauten ihm entgegen.

»Die Wasserschutzpolizei ist informiert«, erklärte ihm der ältere der beiden, den Schiller vom Sehen kannte.

»Ist der Tote ein Mann oder eine Frau?«, fragte Schiller.

Er war müde. Bis nachts um drei hatte er mit Carla diskutiert. Sie hatte ihn gebeten, sich eine eigene Wohnung zu suchen. Er sollte die zwei Wochen nutzen, die sie mit einer Gruppe straffällig gewordener Jugendliche auf einem Segelschiff auf dem Mittelmeer verbringen würde. Seinen Schrecken hatte er sich nicht anmerken lassen. Gut, die letzten Wochen hatten sie sich kaum gesehen, und wenn, hatten sie fast nur geschwiegen. Aber dass er ausziehen sollte … Wie kam sie dazu, so etwas von ihm zu verlangen? Nach dem Schrecken war der Zorn gekommen und hatte sich tief in ihn hineingefressen.

»Ehrlich gesagt, wissen wir es nicht«, antwortete der ältere Polizist. »Wir warten auf die Kollegen …«

Therese schob sich heran und strich Schiller über die Wange. »Jan«, sagte sie zärtlich, als hätte sie ein kleines Kind vor sich, aber für sie war er immer noch der Junge, der mit vierzehn seine Eltern verloren hatte und um den sie sich kümmern musste. »Da ist dieses fahle Bein – hat mich ganz schön erschreckt.«

»Wieso läufst du morgens um sieben am Rhein herum?«, fragte Schiller ein wenig vorwurfsvoll.

Therese lächelte, ihr Gesicht hinter der viel zu großen Brille legte sich in Falten. »Hatte heute Nacht einen Notfall in der Südstadt, und dann habe ich mir gedacht, ich sehe nach, ob du vielleicht an deinem Boot bist. Ich habe mir plötzlich gewünscht, mit dir eine kleine Ausfahrt zu machen, und außerdem ...« Sie kicherte. »Neulich nachts habe ich Stiche in der Brust gehabt und mir überlegt, dass es Zeit für ein Testament ist. Ich werde im August dreiundachtzig«, fügte sie mit ernster Stimme hinzu.

»Du bist meinetwegen hier am Yachthafen?«, fragte Schiller ungläubig.

Therese nickte. Hinter ihr kam ein zweiter Polizeiwagen heran. Vom Rhein näherte sich ein Polizeiboot.

»Und dann hast du die Leiche gesehen?«, fragte Schiller weiter.

Die alte Hebamme war äußerst umtriebig, sie kannte in Köln Gott und die Welt, aber dass sie möglicherweise Zeugin in einem Mordfall war, war bisher noch nicht vorgekommen.

»Ich habe nur dieses Bein gesehen, das da im Wasser trieb.« Sie deutete in den Hafen, in dem auch Schillers eigenes kleines Motorboot lag, das er aber kaum noch benutzte. Vor einigen Jahren hatte er es aus einer Laune heraus gekauft. Tatsächlich machte es den Kopf frei, den Fluss hinaufzufahren und das Gesicht in den Wind zu halten. Leider kam er selten dazu. Er hatte noch ein paar andere Vorlieben, Tango tanzen etwa oder Marathon laufen. Auch das hatte Carla ihm vorgeworfen.

Schiller trat an das Geländer und starrte auf das Wasser hinunter, jedoch ohne etwas zu entdecken. Das Polizeiboot war mittlerweile herangekommen. Ein Beamter grüßte von Deck zu ihm herauf.

»Ein Toter im Wasser?«, fragte Schiller.

»Hinten an den Booten!«, rief der uniformierte Polizist neben ihm.

»Bleib bitte hier und warte auf mich.« Schiller strich Therese über den Arm. Dann lief er zur Uferstraße und sprang in den Hafen hinunter. Kleinere Yachten lagen hier, einige Plätze waren auch für Gäste reserviert, die eine Rheintour machten und für ein, zwei Tage anlegten. Eine Leiche war an dieser Stelle allerdings schon länger nicht mehr gefunden worden.

Schiller winkte das Polizeiboot heran, um an Bord gehen zu können.

»Na, hat sich da einer ins Wasser gestürzt – oder hat die Alte vielleicht einen Wassergeist gesehen?«, fragte der Beamte lächelnd.

»Die Alte hat bessere Augen als wir beide«, erwiderte Schiller unfreundlich. Dann ging er zum Bug und blickte auf das grünliche Wasser.

Der Beamte trat mit einer langen Stange in der Hand neben ihn.

»Seid ihr blind?«, rief Therese von der Brücke. »Genau vor euch treibt das Bein.«

Sie schien tatsächlich Adleraugen zu haben.

Der Polizist tauchte die Stange ins Wasser ein. Hatte er etwas entdeckt? Schiller kniff die Augen zusammen. Die Müdigkeit machte ihm zu schaffen. Nichts hätte er nun dringender gebraucht als einen starken schwarzen Kaffee. In knapp zwei Stunden ging Carlas Maschine nach Nizza. Er hatte versprochen, zum Flughafen zu kommen.

»Da treibt tatsächlich etwas«, sagte der Mann von der Wasserschutzpolizei. »Nehmen Sie die Stange mit dem Netz!« Er deutete hinter sich.

Schiller brauchte einen Moment, um zu kapieren, dann griff er nach einer anderen Metallstange. Wasser war ein schwieriger Tatort, fiel ihm ein, bestens geeignet, um Spuren zu verwischen.

»Ein Bein!«, rief der Polizist. »Mehr kann ich nicht entdecken.« Er stieß einen länglichen Gegenstand an, der daraufhin auf sie zutrieb und ein paar kleine Wellen schlug.

Schiller brauchte drei Versuche, um den Gegenstand einzufangen. Ein Bein – tatsächlich, aber nichts sonst.

Der Polizist half ihm, ihren Fund an Bord zu schaffen. Wasser pladderte aus dem Netz, aber was sich darin verfangen hatte, war unzweifelhaft ein halbes Bein, sauber unterhalb des Knies abgetrennt. Grober brauner Stoff umgab das Bein, und der Fuß, anscheinend ein rechter, steckte in einer schwarzen, unmodernen Gamasche.

Ratlos blickte der Polizist Schiller an. »Was ist das?«, fragte er. »Hat hier jemand Leichenteile versenkt?«

Schiller zuckte mit den Achseln und streifte sich Latexhandschuhe über.

Nun kam auch der zweite Kollege, der das Boot gesteuert hatte, neugierig heran. Stilecht trug er eine Mütze. »Falscher Alarm?«, fragte er.

Schiller beugte sich über das Bein. So einen Schuh hatte er noch nie gesehen. Niemand trug heutzutage Gamaschen. Als er den groben Stoff der Hose anhob, brach er plötzlich in ein lautes Lachen aus.

»Da will uns jemand zum Narren halten!«, rief er.

Das Bein war aus Holz, das eine helle Färbung angenommen hatte, und hatte wahrscheinlich zu einer Puppe gehört, die jemand ins Wasser geworfen hatte. Als er es drehte, entdeckte er eine kleine Metallplatte, die man ihm umgeschnallt und die sich in den groben Wollstoff gedrückt hatte.

»Kölner auf die Barrikaden«, stand in groben Druckbuchstaben da. Was sollte das Ganze? Schiller war mehr erstaunt als verärgert. Auch wenn es sich um einen makaberen Scherz handelte, würde er veranlassen, dass das Bein aufs Präsidium gebracht wurde. Einen Bericht würde er auch schreiben müssen. Vielleicht war das Bein auch irgendwo gestohlen worden – aus einem Museum oder aus einer Schule.

Dr. Schroeter, der in einem weißen Audi angefahren kam, wirkte sogar ein wenig enttäuscht, als Schiller ihm das falsche Bein entgegenhielt.

»Schade«, sagte der Rechtsmediziner, ein sportlicher Mittdreißiger, der selbst bei der Arbeit in seiner Ärztekluft immer elegant wirkte. »Ein echtes abgetrenntes Bein – das wäre eine richtige Herausforderung gewesen.«

Therese baute sich vor ihm auf und ließ ihn ihre Lymphknoten abtasten, von denen sie meinte, dass sie geschwollen seien.

Schroeter lächelte. »Eigentlich sind meine Patienten eher Tote, bei Ihnen will ich aber gerne eine Ausnahme machen.«

Therese kicherte, während Schroeter sich ihren Hals besah. Sie war keine Spur abergläubisch. Wer jeden Tag mindestens eine halbe Stunde betete, war offenbar gegen alles gefeit. Schiller kannte niemanden in dieser Stadt, der seinen katholischen Glauben so fröhlich lebte wie die alte Hebamme. Wenn sie ausnahmsweise einmal nichts zu tun hatte, konnte sie halbe Tage im Dom verbringen, rückte von Bank zu Bank vor, um am Ende unterhalb des Richter-Fensters zu sitzen und dem Farbenspiel zuzusehen, das Licht und Sonne hinter dem Fenster trieben.

Als sein Telefon klingelte, sah Schiller, dass es acht Uhr neun war. Er würde sich beeilen müssen, um noch pünktlich am Flughafen zu sein.

»Jan«, sagte Carla, »ich dachte, du wolltest kommen.« Im Hintergrund war Stimmengewirr zu vernehmen, dann die blecherne Stimme einer Ansage.

»Ich bin auf dem Weg«, sagte er. »Der Einsatz hat ein wenig länger gedauert.«

»Bemühe dich nicht. Wir sind schon durch den Sicherheitscheck.« Carlas Stimme klang kalt und abweisend.

»Aber euer Flug geht doch erst …« Schiller begriff, dass er sich verrechnet hatte. Er sah, wie Schroeter sich vorbeugte und Therese die Hand küsste, als wäre sie eine Königin. Anscheinend war alles in Ordnung mit ihr.

»Ich habe dir gesagt, dass wir mindestens eine Stunde vorher einchecken müssen.« Carla flüsterte beinahe – das tat sie oft, wenn sie wütend war. »Überleg dir, was ich dir gesagt hatte.« Dann legte sie auf.

Er hatte es vermasselt – nicht zum ersten Mal. Aber, verdammt, es konnte schon mal passieren, dass man mit irgendwelchen Zeiten durcheinandergeriet. Er war gereizt und übermüdet. Für einen Moment überlegte er, Carlas Handynummer zu wählen, aber er wusste, dass sie nicht an den Apparat gehen würde.

Nun hatte er genau zwei Wochen, um sich klar zu werden, ob er sie noch liebte.

Als es im nächsten Moment wieder klingelte, nahm er das Gespräch sofort an, ohne einen Blick auf das Display zu werfen. Hatte Carla doch eingesehen, dass sie so nicht abfahren konnte?

»Jan«, sagte Birte Jessen, seine Kollegin von der Mordkommission. »Es gibt Arbeit für uns, und diesmal ist es kein falsches Bein aus Holz.«

Ihren letzten Worten schickte sie ein spöttisches Lachen hinterher. Klar, dass sie schon wusste, was für einen seltsamen Fund er aus dem Rhein gefischt hatte.

2.

Hinrichs stellte ihr seit einer Woche nach, suchte jede Möglichkeit, ihr einen Blick zuzuwerfen oder sich in der Kantine neben sie zu setzen. Sie hatte einen Fehler gemacht, der ihr in Hamburg nie unterlaufen wäre, aber Köln war anders – launiger, freundlicher, scheinbar unkomplizierter. Was war schon dabei, sich von einem netten Kollegen, dem charmanten Pressesprecher der Polizei, der ein wenig den Fremdenführer spielen wollte, in ein Brauhaus führen zu lassen? Sie hatte nicht sagen können, ob ihr das Kölsch überhaupt schmeckte, aber plötzlich war sie so gelöst gewesen, dass sie von Martin gesprochen hatte – von seinem schrecklichen Krebstod und dass sie es ohne ihn in Hamburg nicht mehr ausgehalten hatte.

Dann hatte ihr Hinrichs seine Wohnung zeigen wollen, von der man angeblich auf den Rhein blicken konnte, und dann ... Sie schüttelte sich, wenn sie daran dachte.

Mitten in der Nacht war sie aus dem Bett gesprungen, hatte ihre Kleider zusammengerafft und sich in einem öden, schmutzigen Treppenhaus angezogen. In den dunklen, engen Straßen hatte sie sich verirrt, war einmal um den Block gelaufen, dann zu der Stelle, wo vor gut vier Wochen das Archiv eingestürzt war. Schließlich hatte sie am Waidmarkt ein Taxi angehalten und sich in ihre Wohnung nach Sülz fahren lassen.

Jan, dachte Birte Jessen, er darf es nie erfahren, aber wenn Hinrichs sich weiter so auffällig benahm, würde bald das halbe Präsidium wissen, dass sie eine Nacht zusammen verbracht hatten.

Sie fuhr über die Mülheimer Brücke über den Rhein, den sie mittlerweile auch schon lieben gelernt hatte. Jan hatte recht – unwillkürlich hielt man nach dem Dom Ausschau und freute sich immer, wenn man die zwei Spitzen entdeckte.

Der Tatort lag in einem neuen Apartmenthaus am Fluss, das dem Stadtteil etwas Flair vermitteln sollte. Drei Streifenwagen standen vor dem Haus, zwei Kollegen sicherten den Zugang. Die Kriminaltechnik war noch nicht eingetroffen. Kaum hatte Birte Jessen ihren Alfa verlassen, rauschte auch Jan mit ihrem Dienstpassat heran. Zu ihrer Überraschung war er nicht allein. Therese hockte auf dem Beifahrersitz und winkte ihr fröhlich zu, allerdings ohne auszusteigen.

»Sie hat mir diese Geschichte mit dem Bein eingebrockt«, sagte Jan und deutete auf die alte Hebamme. Dann beugte er sich vor. »Du riechst gut.« Er schnupperte an ihr. »Heute Morgen schon auf dem Fühlinger See gerudert?«

Birte Jessen lächelte matt. »Leider nicht. Der Anruf kam mir dazwischen. Aber was ist mit dir? Wieder in Kölnisch Wasser gebadet?«

Er sagte nichts. Das war eine Marotte, die er von seinem Vater übernommen hatte – nach der Rasur ein Schuss Kölnisch Wasser ins Gesicht.

Sie gingen an zwei weiteren Beamten vorbei in die erste Etage hinauf. Jan wirkte bedrückt. Er war viel schweigsamer als gewöhnlich, dabei machte es ihm – anders als ihr – wenig aus, sich eine Leiche anzusehen. Bevor sie die Wohnung betraten, streiften sie sich Latexhandschuhe über und zogen auch einen Gummischutz über ihre Schuhe.

Bert Cremer, die Nummer drei in ihrem Team, blickte auf die Uhr. Er trug einen weißen Papieranzug. »Eine junge Frau – vielleicht dreißig Jahre alt«, sagte er und seufzte. »Ein Schuss in den Hinterkopf – kleines Kaliber, trotzdem kein erhebender Anblick. Die Putzfrau hat sie entdeckt. Eine blutjunge Polin, die einmal in der Woche kommt – sie musste mit einem Schock ins Krankenhaus.«

Jan nickte und schob sich vorsichtig an Cremer vorbei in einen Raum, der wie ein Schlafzimmer aussah. Nein, nicht wie ein gewöhnliches Schlafzimmer, korrigierte Birte sich. An der Wand hingen erotische Fotos – nackte junge Frauen in aufreizenden Posen. Eine Lichterkette baumelte über zwei Fotos, und zwei große Kerzenständer mit roten zerlaufenen Kerzen konnte sie auch entdecken.

»Du solltest dir auch einen Anzug anziehen«, bemerkte Cremer nörgelnd, als Jan weiter in den Raum vordrang.

»Mache ich nachher«, erwiderte Jan mürrisch.

Birte spähte weiter in den Raum hinein. Die Tote lag vor einem ausladenden Bett, das mit einer bordeauxroten Samtdecke und etlichen Kissen in derselben Farbe versehen war. Sie trug ein weißes T-Shirt und blaue Jeans. Sie hatte lange blonde Haare – so viel war trotz der Blutlache, die ihren Kopf umgab, noch zu erkennen. An der gegenüberliegenden Wand hingen keine Fotos, sondern ein riesiger Spiegel mit einem goldenen Rahmen, in dem Birte ihr eigenes aschfahles Gesicht erkennen konnte. Auf einem grazilen Metallregal standen eine teuer aussehende Hi-Fi-Anlage und einige CDs, DVDs und Bücher.

Jan hatte sich der Toten bis auf drei Schritte genähert und musterte sie. Dann wandte er sich zu Birte um.

»Was ist das hier? War die Kleine eine Hure? Ist sie in ihrem kuscheligen Liebesnest von ihrem letzten Gast ermordet worden?«

Insgeheim hatte sie mit ihm gerechnet. Bei aller Geschäftigkeit hatte sich das Gefühl irgendwo in ihrem Hinterkopf eingenistet, dass er kommen würde – scheinbar um sich vor Ort ein Bild zu machen. Zwei Kriminaltechniker hatten sich mit Cremer an die Arbeit gemacht, Grauer war gekommen, um Fotos zu schießen, und auch Dr. Schroeter stand plötzlich in der Tür. Die Rechtsmedizin war für die Leiche zuständig. Ohne dass ein Forensiker sich die Tote angeschaut hatte, konnte sie nicht abtransportiert werden.

Birte spürte, dass sie die ganze Zeit ein wenig schwitzte – und dass sie den Blick zur Toten vermied.

»Eine Kugel in den Kopf – kleines Kaliber, ordentlich platziert«, erklärte Schroeter tonlos. Nie zuvor hatte Birte Jessen gehört, dass jemand so nüchtern und gefühllos reden konnte wie er. Als hätte er ihre Gedanken erraten, fügte er hinzu: »Eine richtig schöne Frau – ein Jammer. Hätte vielleicht mit etwas anderem ihr Geld verdienen sollen.«

Birte verzog das Gesicht, ohne etwas zu erwidern. Zwei Männer von einem Beerdigungsinstitut waren eingetroffen. Sie würden die Leiche in die Rechtsmedizin bringen. Und dann stand Hinrichs da. Er machte ein ernstes Gesicht, wie ein Schauspieler, der glaubte, seine Rolle besonders gut zu beherrschen. Es ekelte sie bereits, ihn zu sehen. Dabei sah er nicht schlecht aus – groß, recht schlank, blond, mit ein paar gefärbten Strähnen, die ihm ins

Gesicht fielen und die er ständig beiseitestrich. Jan hatte ihn einmal als einen aufgeblasenen Schönling bezeichnet.

»Hallo, Birte«, raunte er ihr zu. Er lächelte – seine Zähne hatten eine leicht bräunliche Färbung, zu viele Zigaretten – ein echtes Manko. Auch seine Wohnung hatte nach Zigaretten gestunken. »War sie eine Prostituierte?« Er wies mit dem Kopf ins Schlafzimmer.

Schroeter hatte die Tote herumgedreht. Nun konnten sie ihr Gesicht sehen. Eine echte Schönheit, erste Liga – so viel war noch zu erkennen. Die Kugel war an der rechten Schläfe wieder ausgetreten, jedenfalls befand sich da ein dunkler, blutiger Fleck. Ihre Augen waren von einem starren, schrecklichen Blau, und ihr Mund hatte die Farbe dunkler Kirschen. Schauspielerinnen im Fernsehen sahen so aus.

»Wir wissen noch nicht genau, wer sie ist«, erwiderte Birte. An der Klingel hatten nur Initialen gestanden. Sie wandte den Kopf und blickte an Hinrichs vorbei. »Kommst du immer an einen Tatort?«, fragte sie unfreundlich.

Er berührte sie flüchtig am Arm. »Nur wenn die Sache groß in den Medien kommen könnte«, sagte er sanft. »Dann mache ich mir gerne vor Ort ein Bild – oder wenn ich einen guten anderen Grund habe.«

Für einen Moment hatte sie den Impuls, ihn ins Gesicht zu schlagen. Gleichzeitig überkam sie die Sehnsucht nach Martin. Was war er für ein wunderbarer Mann gewesen – der schüchterne Geigenbauer von St. Pauli, der Bach und Vivaldi geliebt hatte!

Abrupt ging Birte an Hinrichs vorbei. Wo war Jan? Warum rettete er sie nicht? Nun erst fiel ihr auf, dass sie ihn schon in der letzten halben Stunde nicht mehr gesehen hatte.

Lächelnd kam ihr Bert Cremer entgegen. Er hatte sich auch die Kapuze des Papieranzugs über das Haar geschlagen. »Sie heißt Eva Engels.« Er wedelte mit einem Personalausweis. »Hatte zwei Apartments auf dieser Etage – das eine für private, das andere für … berufliche Angelegenheiten.«

»Also war sie tatsächlich eine Hure«, sagte Birte. Sie spürte, dass Hinrichs ihr gefolgt war und hinter ihr stand. Sie roch sein herbes Rasierwasser.

»Ich würde es ein wenig vornehmer ausdrücken«, erklärte Cremer. »Ich glaube, solche Frauen nennen sich Model oder Gesellschaftsdame. Wenn die Leiche im Institut ist, sollen die Techniker loslegen. Ich fürchte, es wird hier von Spuren nur so wimmeln. Wir können uns schon mal die andere Wohnung vornehmen. Vielleicht hat die Frau ja ordentlich Buch geführt und aufgeschrieben, wer sie als Letztes besucht hat.« Ohne eine Antwort abzuwarten, drehte Cremer wieder ab und verschwand im Hausflur, um in die andere Wohnung hinüberzugehen. Seit sich seine Frau endgültig von ihm getrennt hatte, hatte er eine erstaunliche Wandlung vollzogen – er war ruhiger geworden, hetzte nicht ständig nach Hause oder blickte auf sein Telefon, ob irgendwelche Nachrichten eingegangen waren.

Als Birte ihm folgen wollte, packte Hinrichs sie am Arm. »Ich finde es nicht fair, wie du mit mir umgehst«, flüsterte er ihr zu. Jeder Hauch von Charme war aus seiner Stimme gewichen. »Du weichst mir aus, dabei hatten wir doch einen sehr schönen Abend – oder nicht?«

Mit einer schnellen Bewegung schüttelte sie ihn ab. »Wo ist eigentlich Jan?«, fragte sie Roland Grauer, den Polizeifotografen, der begonnen hatte, auch im Flur Fotos zu machen.

Grauer blickte auf. Erst sah er Hinrichs an, dann sie. »Ich bin eben mit dem Wagen an ihm vorbeigefahren«, erklärte er gleichmütig. »Jan steht unten an der Straße und trinkt Kaffee.«

3.

Die Routine nach einem Mord hatte ihm noch nie behagt, doch heute empfand er sie als schier unerträglich. Carla schwebte nun irgendwo über den Wolken, Richtung Mittelmeer. Im Schlepptau hatte sie zwanzig Jugendliche, die seit ihrer frühesten Kindheit Straftaten begangen hatten und die nun in der Gemeinschaft lernen sollten, sich an gewisse Regeln zu halten. Gehörte wirklich auch ein Segeltörn zu der Reise? Er war sicher, dass sie es ihm erzählt hatte, aber er wusste es nicht mehr genau. Damit hatten die Probleme vielleicht angefangen: zuhören, sich Dinge merken, von sich aus etwas ansprechen. Und wer war eigentlich ihr Begleiter? Wenn sie mit solch einer Bande Halbwüchsiger unterwegs war, musste doch mindestens ein Sozialarbeiter dabei sein.

Jan Schiller winkte Therese zu, und dann gingen sie gemeinsam die Straße hinunter. Eine Ecke weiter stand ein Wagen, an dem es Kaffee und Bier gab.

Leute liefen hektisch hin und her, ein Scheinwerfer wurde ausgeladen. Schiller erinnerte sich, dass der WDR hier seit Jahren eine Fernsehserie drehte und daher einen ganzen Wohnblock zu Kulissen umgebaut hatte.

»Musst du nicht helfen?«, fragte Therese neugierig. »Hat man dich nicht deshalb gerufen?«

Schiller bestellte bei einer dünnen blonden Frau, die in dem Wagen auf einem Hocker saß, zwei Kaffee. Mürrisch machte sie sich an die Arbeit, aber getraute sich offenbar nicht zu fragen, ob er zum Filmteam gehörte.

»Klar muss ich helfen«, erwiderte Schiller. »Ich gehe auch gleich zurück.« Er wusste nicht, wie er anfangen sollte, von Carla zu sprechen – dass sie ihn gebeten, nein, aufgefordert hatte auszuziehen. Therese war immer gut mit Carla ausgekommen, die beiden mochten sich, Tatmenschen, die praktisch veranlagt waren.

Einzelne Kommandos schallten von dem Häuserblock herüber, der hinter einem Metallzaun lag.

Die Frau reichte ihnen zwei Plastikbecher mit dampfendem

Kaffee, den einen setzte Schiller sofort an die Lippen und trank. Wie heißes Gift glitt die schwarze Flüssigkeit seine Kehle hinab.

Ganz gegen ihre Gewohnheit schwieg Therese. Ihre Augen, die hinter den dicken Brillengläsern immer ein wenig zu groß wirkten, musterten ihn stumm. Sein Telefon klingelte. Klar, Birte suchte nach ihm und würde ihn fragen, ob er den Verstand verloren hatte, einfach ohne ein Wort zu verschwinden. Dann sah er etwas, das ihn erstarren ließ. Eine blonde Frau lief suchend die Straße hinunter, sie trug Jeans, flache schwarze Schuhe. Einen blauen Rollkoffer zog sie hinter sich her, während sie immer wieder den Kopf wandte und nach Straßenschildern suchte.

Es konnte nicht sein! Schiller trank den Kaffee aus und legte einen Fünfeuroschein auf die Theke des Wagens.

»Du kannst mich noch weiter anschweigen«, sagte Therese und verzog beleidigt den Mund, »oder aber du sagst mir, was mit dir los ist.«

Schiller nickte. Als er sich wieder umblickte, war die Frau ein Stück weitergelaufen. Sie hielt inne, holte ein Telefon hervor. Anscheinend wollte sie telefonieren, überlegte es sich dann jedoch anders und steckte das Handy in die rechte Tasche ihres schwarzen Blazers.

»Therese.« Schiller beugte sich vor und küsste sie auf die Wange. »Ich habe eine dringende Sache zu erledigen – macht es dir etwas aus, mit dem Taxi nach Hause zu fahren?«

»Ich nehme die Straßenbahn«, erwiderte die Hebamme missmutig. »Wenn du so schweigsam bist, kann man dich kaum aushalten. Und mein Testament mache ich auch ohne dich.«

Er warf ihr noch eine Kusshand zu, dann eilte er der Frau nach. Sie schleifte den Koffer hinter sich her, der offenbar defekt war, jedenfalls rollte er nicht mehr richtig. Eine Wolke von Parfüm umgab sie. Unter einem Straßenschild blieb sie stehen und zog eine Zigarettenschachtel hervor.

Schiller war zur Stelle, um ihr Feuer zu geben. Endlich waren die Streichhölzer aus Franks Café vom Ehrenfeldgürtel, wo er einmal am Tag seinen Kaffee trank, zu etwas nütze. Er spürte, wie sich sein Herzschlag beschleunigte.

Ihre blauen Augen trafen ihn. Sie hauchte ein leises »Danke« heraus.

Er hatte sich nicht geirrt. Sie glich der Toten aus dem Apartment – nur dass sie quicklebendig war und ihr blondes Haar an der Seite gescheitelt trug.

Eine Zwillingsschwester – es konnte nicht anders sein, oder aber die Frau aus dem Apartment war unbemerkt von den Toten wiederauferstanden.

»Sie haben sich hier verirrt?«, fragte Schiller. Er nahm wahr, wie heiser er klang. Ein Leichenwagen fuhr an ihnen vorbei zum Tatort, und sein Nokia klingelte wieder.

Die Frau nickte. »Ich besuche jemanden – kenne mich hier aber nicht richtig aus.«

»Sie sind nicht aus Köln?« Schiller beobachtete, wie sie hektisch rauchte. Bevor sie antwortete, strich sie sich eine lange blonde Strähne aus dem Gesicht. Ein Ring mit einem großen grünen Stein zierte ihre rechte Hand.

»Frankfurt – ich komme aus Frankfurt«, hauchte die Frau. Sie lächelte wieder. Makellose Zähne blinkten auf. Schiller musste sich eingestehen, dass ihm gefiel, wie sie lächelte.

»Ich könnte Ihnen helfen«, hörte Schiller sich sagen. Er zögerte. »Falls Sie mir sagen wollen, wo Sie hinwollen. Ich kenne mich hier aus.«

»Meine Schwester muss hier in der Gegend wohnen, aber irgendwie finde ich den Weg heute nicht.« Sie nannte eine Straße und eine Hausnummer.

»Kein Problem – ist ganz in der Nähe.« Schiller griff nach ihrem Rollkoffer, den sie ihm dankbar überließ.

Gemeinsam gingen sie weiter.

Wieder strich sie sich eine Strähne aus dem Gesicht. »Sie sind ja ein echter Kavalier.«

Für einen Moment hatte er das absurde Gefühl, sie von ihrem Weg abbringen zu müssen. Lassen Sie uns irgendwo einen Kaffee trinken gehen! Ich kenne hier ein nettes Bistro. Ihre Schwester können Sie auch später noch treffen!

»Verraten Sie mir Ihren Namen?«, fragte er. Nun kam der erste Polizeiwagen ins Blickfeld, was die Frau aber nicht zu irritieren schien.

»Regina«, sagte sie, kein bisschen überrascht über seine Bitte. »Regina Engels.«

Schiller nickte. »Ein schöner Name – und Ihre Schwester … heißt sie auch Engels?«

Die Frau warf ihm einen forschenden Blick zu – ihre blauen Augen nahmen ihn strenger ins Visier. »Eva Engels – fand meine Mutter schön. Das eine Mädchen stammt aus dem Paradies, das andere ist eine Königin. Na, so ganz hat es nicht gestimmt.« Sie lächelte verlegen, als hätte sie ihm ein Geheimnis verraten.

Noch waren es zehn Schritte bis zur Haustür, die offen stand. Ein Polizist hatte sich da postiert und blickte Schiller interessiert an. Der Beamte hatte offenbar bisher keinen Blick auf die Tote geworfen, jedenfalls zeigte er keinerlei Erstaunen.

»Wann haben Sie Ihre Schwester zum letzten Mal gesehen oder gesprochen?«, fragte Schiller.

Regina Engels blieb stehen und warf ihre Zigarette vor sich auf das Pflaster. »Sie stellen merkwürdige Fragen«, sagte sie argwöhnisch. »Kennen Sie meine Schwester? Haben Sie mich deshalb angesprochen?«

»Ich bin Jan Schiller, Hauptkommissar bei der Polizei Köln«, erwiderte Schiller. »Ich fürchte, ich habe keine guten Nachrichten für Sie.«

Sie beugte sich vor und legte ihm die Hand auf die Schulter, dann griff sie nach seinem rechten Arm und zerrte daran, während sie ein leises, wütendes »Nein« vor sich hin murmelte.

Schiller machte sich ganz steif. Eine lange Sekunde später richtete Regina Engels sich auf und fragte mit leerem Blick: »Wann ist es passiert? Ist meine Schwester noch da? Kann ich sie sehen?«

Schiller nickte, und einen Moment später eilte Regina Engels an ihm vorüber und rannte die Treppe hinauf, vorbei an dem zweiten Polizisten, der so verwirrt über ihren Anblick war, dass er sie nicht aufhielt.

»Frau Engels, bitte!« Schiller setzte ihr nach. Die Wohnung mit der Toten lag in der ersten Etage. An der Tür erreichte er sie und packte ihre Hand, die eisig kalt war. »Sie sollten jetzt nicht …« Wie musste es sein – dieser Gedanke jagte ihm durch den Kopf – vor einer Toten zu stehen, die das eigene Ebenbild war? »Die Kriminaltechniker sind bei der Arbeit …«

»Ich muss meine Schwester sehen!«, rief Regina Engels und

wand sich aus seinem Griff. In dem Flur sah sie sich um, als müsse sie sich orientieren.

Grauer stand mit seiner Kamera da. Sie stieß ihn beiseite und lief in das Schlafzimmer. Zwei Männer waren im Begriff, die Leiche in einen Zinksarg zu legen. Schultke von der Spurensicherung und Schroeter wiesen die beiden an, wie sie vorgehen sollten.

Schiller hörte ein tiefes, kehliges Schluchzen, das Schmerz und einen grenzenlosen Schrecken ausdrückte, und dann hatte Regina Engels sich über ihre tote Schwester gebeugt, die mit starren blauen Augen zu ihr aufsah.

»Jan!«, hörte er Birtes Stimme hinter sich, während ihn ein Schauer durchfuhr. »Konntest du das nicht verhindern, verdammt?«

4.

Birte Jessen mochte die Schwester der Toten auf den ersten Blick nicht. Sie konnte selbst nicht sagen, warum. Regina Engels verhielt sich, wie jemand sich verhielt, der plötzlich, ohne jede Vorbereitung vor der Leiche eines nahen Angehörigen stand. Sie umklammerte ihre Zwillingsschwester, schüttelte sie, ohne auf das Blut zu achten, als wollte sie die Tote zum Leben erwecken, und schluchzte hemmungslos ihren Namen. Dann ließ sie sich langsam von Jan wegziehen und legte ihren Kopf gegen seine Schulter, als wären sie miteinander vertraut. Auch der verständnisvolle, sanfte Blick, den Jan ihr zuwarf, gefiel Birte nicht. Kannten die beiden sich? War Jan schon einmal hier gewesen – als Kunde vielleicht? Bei ihm konnte man nie wissen, was er aus einer Laune heraus alles tat.

Hinrichs stand unvermittelt neben ihr und räusperte sich. »Ich denke, wir sollten in die andere Wohnung hinübergehen«, sagte er. Immerhin ein vernünftiger Vorschlag, auch wenn es überhaupt nicht sein Job war, hier irgendwelche Dinge vorzuschlagen.

Jan nickte ihnen zu und sprach beruhigend auf die Frau ein. »Frau Engels, ich verstehe Ihren Schmerz, aber Sie müssen uns nun helfen.«

An Birte vorbei führte er die Schwester, die den Kopf gesenkt hielt, ins Treppenhaus, um dann in die andere Wohnung zu gehen, obwohl er keine Handschuhe trug und sich auch keinen Gummischutz über die Schuhe gestreift hatte.

Birte machte Anstalten, ihm zu folgen, doch plötzlich klingelte hinter ihr das Telefon, das in dem kleinen Flur auf einem Glastisch stand. Unwillkürlich schienen alle zu erstarren, selbst die Männer, die den Zinksarg hielten. Nach dem dritten Klingeln sprang ein Anrufbeantworter an.

»Hallo«, sagte eine einschmeichelnde Frauenstimme. »Hier spricht Elaine – leider kann ich deinen Anruf im Moment nicht annehmen. Du musst ein wenig Geduld haben, aber wenn ich etwas für dich tun soll, dann nenne einfach deinen Vornamen und deine Nummer, und ich rufe dich vielleicht zurück.«

»Elaine«, sagte eine Männerstimme. »Ich bin's – der Professor. Ich brauche dich – kann ich morgen kommen? So gegen acht? Kerzenlicht und Sekt, und du liest mir etwas vor? De Sade – wie wäre es mal wieder mit de Sade?«

Ein Klacken verriet, dass er aufgelegt hatte. Ein Stammkunde – sie würden sich eine Menge Daten von der Telefongesellschaft kommen lassen müssen.

»Was war das?«, fragte die Schwester und hob den Kopf, als wären die Stimmen mit einer gewissen Zeitverzögerung zu ihr gedrungen. »Was hat Eva hier gemacht?«

»Sie war anscheinend eine Hure«, erklärte Birte unfreundlich. »Hat hier vermutlich auf eigene Rechnung gearbeitet. Das wussten Sie nicht?«

Regina Engels schüttelte stumm und mit leerem Blick den Kopf. »Nein, wir waren uns nicht richtig … nah.«

»Ich bringe Frau Engels ins Präsidium«, erklärte Schiller. »Ich glaube, da können wir ungestörter miteinander reden.«

Birte Jessen sah ihm nach. Als würde er fürchten, sie könnte gleich zusammenbrechen, geleitete er die Schwester mit einem sanften Griff die Treppe hinunter und verschwand außer Sicht.

Hinrichs schob sich schon wieder viel zu dicht an sie heran. »Vielleicht sollte man Schiller jetzt mit dieser Person nicht alleine lassen«, sagte er mit Blick zu Bert Cremer, der aus einem Nebenzimmer aufgetaucht war.

Birte spürte, dass sie immer zorniger und ungerechter wurde.

»Dann fahr doch du hinter den beiden her, Rainer«, stieß sie hervor. Seinen Vornamen spuckte sie förmlich aus, beinahe wie eine Beleidigung. Nicht einmal während ihrer einen gemeinsamen Nacht hatte sie ihn beim Vornamen genannt. Aus den Augenwinkeln beobachtete sie, wie Cremer das Gesicht verzog. Die Männer vom Beerdigungsinstitut hatten sich aus ihrer Starre gelöst. Sie hoben die Tote in den Zinksarg. Es war erschreckend, wie ähnlich Eva Engels ihrer Schwester sah. Zwei wunderschöne blonde Puppen mit Porzellangesicht – nur dass jemand der einen aus nächster Nähe eine Kugel in den Kopf gejagt hatte.

Ohne auf Hinrichs zu achten, wandte Birte sich um. In der anderen Wohnung befanden sich die persönlichen Sachen der Toten. Dort würde sie eher auf Hinweise stoßen. Das erneute Klingeln des Telefons hielt sie zurück. Birte blickte auf ihre Armbanduhr. Es war kurz vor zehn. Eigentlich hatte sie gedacht, dass eine Dame aus dem horizontalen Gewerbe um diese Zeit wenig bis gar nichts zu tun hatte, aber anscheinend hatte sie sich schwer getäuscht.

Nachdem die automatische Eva Engels ihren Spruch aufgesagt hatte, fragte eine warme, noch recht jugendliche Männerstimme: »Eva, warum gehst du nicht an dein Mobiltelefon? Ist alles in Ordnung bei dir?«

Mit einer schnellen Bewegung hob Birte Jessen den Hörer ab. »Ja, bitte?«, sprach sie mit einer neutralen Stimme in den Hörer.

»Gott sei Dank«, sagte die Männerstimme mit spürbarer Erleichterung. »Ich hatte schon Angst, es sei etwas passiert.«

»Was sollte denn passiert sein?«, fragte Birte Jessen zurück.

Der Mann zögerte plötzlich. »Eva?«, sagte er zweifelnd. »Sind Sie die Putzfrau? Wo ist Eva?«

Birte Jessen zögerte einen Moment. Der Mann war kein Kunde – so viel war sicher. »Ich würde gerne wissen, wer Sie sind«, erklärte sie. »Sind Sie ein Freund von Eva Engels?«

»So könnte man es nennen«, entgegnete der Mann argwöhnisch. »Ich bin Tom, ihr Tanzlehrer. Was ist mit Eva? Ist ihr etwas passiert?«

Birte Jessen zögerte. »Wie schnell können Sie hier sein?«, fragte sie dann.

Sie gewöhnte sich Jans ungewöhnliche Methoden an – jemanden, der mit dem Mord zu tun haben konnte, zum Tatort zu bestellen, stand jedenfalls nicht im Handbuch für angehende Kriminalbeamte. Cremer reichte ihr einen kleinen, bereits abgegriffenen Frauenkalender, der voll von alten Emanzensprüchen war und in den die Tote offenbar ihre Termine eingetragen hatte – allerdings nur mit Kürzeln oder Tarnnamen. »Der Professor« schien jede zweite Woche zu kommen, andere hießen »Der Beobachter«, »Der Coole«, »Der Schmeichler«, »Der Blinzler« oder schlicht »C.S.«. Ansonsten gab es auch in der privaten Wohnung wenig persönliche Dinge. Ein großer Flachbildschirm in einem recht karg eingerichteten Wohnraum verriet, dass Eva Engels eine Vorliebe für Filme hatte. Die CDs, die sie hier fanden, waren zumeist Opernaufnahmen. An der Wand hingen vier Fotografien, die nur Wasser zeigten – ein namenloses Meer bei wechselndem Licht.

»›La Traviata‹«, sagte Cremer, während er ein gläsernes Regal absuchte, »geht es da nicht auch um eine Hure? Ist doch von Puccini, oder nicht?«

»›La Traviata‹ ist von Verdi«, erklärte eine leicht heisere Männerstimme. »Und die Hauptfigur war eine Mätresse – das ist ein großer Unterschied.«

Birte Jessen wandte sich um. »Sie sind der Tanzlehrer, nicht wahr?«

Der Mann nickte, er war vielleicht Mitte dreißig, recht klein, eine elegante Erscheinung, dunkle, modisch kurz geschnittene Haare, braune Augen und ein Mund, der aussah, als hätte er einen Hauch von Lippenstift aufgelegt.

»Tom Hinzen«, sagte er und verharrte unschlüssig an der Tür. Er hatte kaum fünfzehn Minuten gebraucht, um hier zu sein. »Was ist mit Eva? Warum haben Sie mich herbestellt?«

Der Mann trug eine enge schwarze Lederhose und weiße modische Turnschuhe, die Birte Jessen noch nie gesehen hatte, und er war schwul – da war sie sich auf Anhieb sicher. Also nicht der Liebhaber der Toten.

»Ich muss Ihnen eine traurige Mitteilung machen. Ihre Freundin ist nebenan in der …« Sie stockte für einen Moment. »… anderen Wohnung ermordet worden. Vermutlich von ihrem letzten Kunden.«

Tom Hinzen sank an der Tür herab, als wäre er vom Blitz getroffen. Er legte die Hände vor das Gesicht und hockte da, ohne einen Laut von sich zu geben.

»Sie müssen uns helfen«, sagte Birte.

Er nickte stumm, dann blickte er auf. Nun war sein Gesicht kalkweiß, und seine Augen waren noch dunkler.

»Warum haben Sie sich nach Eva erkundigt?«, fragte Birte. »Warum waren Sie besorgt?«

»Sie bekam anonyme Anrufe in letzter Zeit – von einer Frau«, erwiderte Tom Hinzen leise. »Die Frau eines Freiers … der Mann hatte sich in Eva verliebt … eine seltsame Geschichte …«

»Wissen Sie Namen?« Birte zog ihr Notizbuch hervor. Im Treppenhaus waren Stimmen zu vernehmen. Jemand wollte das Haus betreten und wurde von einem Uniformierten zurückgeschickt, was ein heftiges Wortgefecht auslöste.

Tom Hinzen schüttelte den Kopf. Langsam richtete er sich auf. Er hatte eine athletische Figur – kein Gramm Fett, leicht gebräunte Haut. »Ich kann es nicht fassen«, sagte er. »Aber ich hatte so ein Gefühl. Eva war in den letzten Wochen ganz verändert … abwesend, als würde sie etwas beschäftigen … ein Mann, der Plan, von hier wegzugehen … Sie hat es mir nicht genau erzählt.«

»Was ist mit ihrer Familie?« Birte beobachtete, wie er sich nun umsah, ein wenig unsicher und so, als wäre er noch nicht oft hier gewesen.

»Ich war ihr bester Freund – vielleicht ihr einziger.« Er lächelte matt. »Sie hatte immer Schwierigkeiten mit Männern. Bis sie sich entschloss, diese Schwierigkeiten zu Geld zu machen … Sie ist im Kinderheim aufgewachsen, war dann bei zwei, drei Familien, aber sie konnte sich nirgends einordnen. Entweder stiegen die Männer ihr nach, und die Frauen wurden eifersüchtig, oder sie hat alle mit ihren Plänen genervt. Schauspielerin, Tänzerin – sie wollte so viel werden.«

»Was ist mit ihrer Schwester?«, fragte Birte Jessen.

Schultke, der Kriminaltechniker, blickte herein. Er sah müde aus, als habe er zu wenig geschlafen. »Wir werden noch zwei Leute herholen müssen. Die Dame scheint viel Kundschaft gehabt zu haben – hat wohl auch Frauen beglückt.« Er hielt ihr zwei Plastiktüten hin – in der einen lag ein offenbar benutztes Präservativ und in der anderen ein langes schwarzes Frauenhaar.

Birte Jessen nickte, und Schultke verschwand mit dem Satz: »Jetzt brauche ich einen Kaffee.«

Tom Hinzen war ein Stück herangekommen. »Von welcher Schwester sprechen Sie? Eva hatte keine Schwester.«

Eva Engels war eine Einzelgängerin gewesen – sie hatte Einzelunterricht genommen, war mit Tom Hinzen mittags, nachdem sie in seiner leeren Tanzschule getanzt hatten, immer in ein bestimmtes Restaurant auf der Venloer Straße gegangen, fernab von ihrer Wohnung.

»Ich war sicher, dass sie keine Angehörigen mehr hatte«, sagte Tom Hinzen. Er hatte keinen eigenen Wagen, sondern war mit dem Taxi gekommen. Bleich saß er neben Birte in ihrem Alfa. »Ich habe lange nicht gewusst, womit sie ihr Geld verdient – dann hat sie es mir einmal erzählt, ist noch nicht lange her, vor fünf Monaten, kurz vor Weihnachten. Da war sie in einer seltsamen Stimmung gewesen.«

»Hat sie von den Männern gesprochen, die sie besucht haben?«, fragte Birte. »Der Mörder wird zu ihrer Kundschaft gehört haben.« Auf St. Pauli hatte sie einmal so einen Fall gehabt – da hatte ein Freier geglaubt, eine Prostituierte habe ihn ausgelacht, weil er nicht so gekonnt hatte, wie er eigentlich wollte. Er hatte durchgedreht und sie erwürgt. Doch nach einem Mord im Affekt sah es in diesem Fall nicht aus.

»Ihre Kunden waren tabu – darüber hat sie nie ein Wort verloren. Nur dass sie besorgt war, wegen dieser seltsamen Anrufe. Ich glaube, diese Frau hat ihr auch einmal aufgelauert und sie geschlagen.« Tom Hinzen schluchzte wieder. Er wand sich auf dem Sitz hin und her, und als Birte Jessen an einer Ampel anhalten musste, sah es beinahe so aus, als überlege er, aus dem Wagen zu springen und wegzulaufen.

»Was hat sie sonst gemacht – außer mit Ihnen zu tanzen? Wissen Sie das?«

Er zuckte mit den Achseln. »Manchmal ist sie ins Museum gegangen – aber meistens war sie allein. Da bin ich mir ganz sicher.«

»Und von einer Schwester war nie die Rede?«

»Nie – kein einziges Wort.« Tom Hinzen starrte vor sich hin.

Wie war das möglich – man hatte eine Zwillingsschwester und hatte keinen Kontakt zu ihr? Hieß es nicht immer, Zwillinge spürten ein geheimes Band, selbst wenn sie an unterschiedlichen Orten aufwuchsen?

»Wir werden einige Mühe haben, alle Spuren in der Wohnung zuzuweisen«, sagte Birte und versuchte, möglichst nüchtern und unaufgeregt zu klingen. »Wenn Sie gelegentlich in der Wohnung Ihrer Freundin waren, wäre es zweckmäßig, wenn wir eine DNA-Probe von Ihnen nehmen könnten.«

Sie spürte, wie sich Tom Hinzen neben ihr versteifte. Er blickte zur anderen Seite aus dem Fenster hinaus. Ein wunderschöner Tag im April – nur ein paar Schleierwolken zogen am Himmel entlang.

»Nein«, sagte er leise vor sich hin. »Ich kenne diese Tricks – solch eine Probe bekommen Sie von mir nicht.«

Ein unangenehmes Schweigen trat ein.

Dann klingelte ihr Mobiltelefon.

»Wann kommt einer von euch?«, fragte Dr. Schroeter ohne Begrüßung. »Ich habe schon begonnen, die Obduktion vorzubereiten. Es gibt eine kleine Überraschung. Die Tote hielt etwas in der linken Faust: eine kleine weiße Muschel. Dachte, ich sage es euch gleich.«

5.

Er fuhr ein paar Umwege, schlug nicht die Richtung nach Kalk, zum Präsidium ein, sondern bog auf die Severinsbrücke ab. Wenn sie sich in Köln auskannte, so zeigte sie es nicht. Stumm blickte sie auf den grauen Rhein, starrte dann wieder auf ihre Hände. Sie hatte keine Tränen in den Augen. Eine maskenhafte Reglosigkeit hatte sich über ihr schönes Gesicht gelegt. Er hatte das Gefühl, dass er sie kannte – solche Frauen wurden nie glücklich, auch wenn sie schön und klug waren, irgendetwas lief immer schief.

»Erzählen Sie mir, wann Sie Ihre Schwester zum letzten Mal gesehen haben«, sagte Jan Schiller, als sie ihn anschaute; nun anscheinend irritiert über das Verhalten eines Polizisten, der schwieg, statt Fragen zu stellen.

»Ich weiß nicht«, sagte sie. »Einmal vor ein paar Wochen ist sie nach Frankfurt gekommen, aber wir haben nur am Bahnhof Kaffee getrunken. Ich hatte nicht viel Zeit – die Bankenkrise. Ich habe auch gar nicht begriffen, warum sie mich sehen wollte. Aus Sentimentalität vielleicht. Oder sie hat mir etwas sagen wollen, das sie dann nicht über die Lippen gebracht hat.« Sie seufzte und wischte sich mit dem Handrücken über die Augen. »Unsere Mutter ist bei einem Verkehrsunfall gestorben – da waren wir sechs. Eva ist im Kinderheim aufgewachsen; es war nicht so einfach mit ihr.«

Bei dem Wort »Kinderheim« trat Schiller unwillkürlich auf die Bremse. Er war vierzehn gewesen, als seine Eltern bei einem mysteriösen Wohnungsbrand ums Leben gekommen waren. Er hatte nicht zu seiner Tante nach Bad Godesberg gewollt, daher hatte er, bis er achtzehn war, im Kinderheim in Sülz gelebt. Ohne Therese, seine Hebamme und Beschützerin, die ihn nie aufgegeben hatte, hätte er es dort vermutlich nicht länger als eine Woche ausgehalten.

»Und Sie?«, fragte er. »Waren Sie auch im Kinderheim?«

Regina Engels fingerte in ihrer Jackentasche nach einer Zigarette. Ohne ihn zu fragen, steckte sie sich eine an. Normalerweise wäre er nun eingeschritten – er war strikter Nichtraucher –, aber bei ihr machte er eine Ausnahme. Er zog ihr sogar den vollkommen unbenutzten Aschenbecher auf.

»Mit mir war es einfacher. Ich war das brave Mädchen, ich konnte mich anpassen und bin niemals weggelaufen.« Sie wirkte beinahe schuldbewusst.

Zwillinge, die nicht zusammen in einer Familie aufwuchsen – das klang nach den schrecklichen fünfziger Jahren, aber nicht nach einer Geschichte, die heutzutage dreißigjährigen Frauen passiert war.

»›Ich bin ein Vogel, ich muss mich auf den Wind legen.‹« Sie lächelte matt. »Das hat Eva oft gesagt. Sie hat es nicht gut in geordneten Verhältnissen ausgehalten. Sie war eine halbe Stunde jünger als ich. Fast wäre sie bei der Geburt gestorben. Mit ihr hatte man nicht gerechnet.«

Als sein Telefon klingelte, griff er in seine Jacke und stellte es ohne einen Blick ab. Konnte Carla schon gelandet sein?

»Sie sind nicht aus Köln?«, fragte er.

»Wir sind in Bonn geboren – am 8. April 1978. Morgen haben wir Geburtstag.«

Es schüttelte sie, und sie beugte sich wie in einem Krampf vor und wäre beinahe mit dem Kopf gegen das Armaturenbrett geschlagen. Die Zigarette fiel ihr aus der Hand, sie trat sie mit einer hastigen Bewegung aus.

Er streckte seine Hand vor, als wolle er sie festhalten, doch sie beachtete ihn gar nicht. Abrupt, als hätte ein heftiger Schmerz sie getroffen, richtete sie sich wieder auf und saß stocksteif da.

»Ich will, dass Evas Mörder gefunden wird. Und wenn Sie es nicht schaffen, werde ich es selbst tun«, sagte sie mit fester Stimme.

Schiller bemerkte, dass er vor dem Theater am Bauturm stand, vor seinem Lieblingscafé, doch statt Regina aufzufordern, auszusteigen, gab er Gas und fuhr zur Inneren Kanalstraße, Richtung Präsidium.

Ein zweites Bein aus Holz war aufgetaucht. Es lag im Hauptbahnhof, an der Ausfahrt von Gleis zwei, kurz vor der Hohenzollernbrücke. Der Lokomotivführer eines ICE nach Berlin hatte noch rechtzeitig stoppen können. Erst glaubte man, die spärlichen körperlichen Überreste eines Selbstmörders einsammeln zu müssen, doch dann war einem Beamten der Bundespolizei aufgefallen, dass kein Tropfen Blut an dem Bein zu sehen war. Diesmal hatte man niemanden von der Kriminalpolizei hinzugerufen.

Nele Krach, die hübsche blonde Assistentin im Präsidium, schaute Schiller ratlos an. »Was soll das – am helllichten Tag eine große Holzpuppe zu zerlegen und die Teile irgendwo hinzuwerfen?«

Er hatte keine Antwort darauf. »Eine Kunstaktion vielleicht, eine Art Puzzle, das wir zusammensetzen sollen. Was machen die Kollegen mit dem Bein – wer kümmert sich darum?«

Nele zuckte mit den Achseln. »Keine Ahnung. Ist ja wohl keine Straftat, Beine aus Holz irgendwo abzulegen.«

»Wenn die Kollegen vom Bahnhof keine Verwendung dafür haben, sollen sie das Bein zu uns schicken«, erklärte Jan Schiller, ohne selbst zu wissen, was er mit einem Holzbein anfangen würde. Aber vielleicht sollten sie diese Sache beobachten. Wollte da ein Unbekannter einen Mord vortäuschen – oder probte jemand, einen Menschen zu zerstückeln?

Schiller goss Regina Engels und sich einen Kaffee ein und ging in sein Büro zurück.

Köln hatte sich verändert. Der Einsturz des Stadtarchivs am 3. März war ein Schock für die Stadt gewesen. Zwei Menschen waren ums Leben gekommen, und mit den Dokumenten und Aufzeichnungen des Archivs war die Vergangenheit der Stadt gewissermaßen auf den Schutthaufen geworfen worden. Die Verantwortlichen in der Stadtverwaltung standen am Pranger, es war augenfällig, dass der U-Bahn-Bau, der das hässliche Gebäude aus den siebziger Jahren zum Einsturz gebracht hatte, schlampig und unter großem Zeitdruck vorangetrieben worden war. Therese ging fast jeden Tag zu der Einsturzstelle. Sie war auch eine der Ersten gewesen, die eine Kerze für den jungen Bäckergesellen aufgestellt hatten, der nach sieben Tagen in zwanzig Meter Tiefe tot aufgefunden worden war. Er war im Schlaf gestorben.

Regina Engels saß vor seinem Schreibtisch und blickte zum Dom hinüber. Sie hatte unentwegt geraucht, während sie Angaben zu ihrer Person gemacht hatte, von denen Schiller sicher war, dass sie ihre Ermittlungen keinen Schritt weiterbringen würden. Bankkauffrau, ledig, keine Kinder, fester Wohnsitz in Frankfurt, Schweizer Straße.

Die Trauer hatte Falten um ihren Mund gegraben, und ihre blauen Augen wirkten dunkel und argwöhnisch. Er fragte sich, ob sie einen Freund hatte, ob es da jemanden gab, der auf sie wartete. Noch hatte er sich zurückgehalten, diese Fragen zu stellen. Ihr Mobiltelefon hatte in der ganzen Zeit nicht einmal geklingelt – falls sie denn eines dabei hatte.

Plötzlich, als wäre ihr ein Gedanke gekommen, schaute sie Schiller an und nahm die Tasse, die er ihr entgegenhielt.

»Wie lange werden Ihre Leute in der Wohnung meiner Schwester arbeiten und Spuren suchen?«, fragte sie.

Schiller setzte sich hinter seinen Schreibtisch. Die Frage gefiel ihm nicht. »Ein, zwei Tage kann es dauern.«

»Aber dann ist die Wohnung wieder frei?« Sie führte die Tasse zum Mund und hielt ihn im Blick.

»Warum fragen Sie?«

»Ich möchte dort einziehen – wenn der Täter ein Kunde war, wird er wiederkommen. Und dann steht er vor mir.« Sie trank einen Schluck.

Schiller hatte das Gefühl, sie wollte ihn auf die Probe stellen oder ihn sogar irgendwie überwachen, sehen, wie er ermittelte. Es war eine absurde Idee. Regina Engels war eine brave Bankangestellte, und sie wollte das Leben ihrer Schwester annehmen?

»Sie sollten ein, zwei Tage in der Stadt bleiben«, sagte Schiller, »und dann nach Hause zurückkehren. Wir werden Sie holen, wenn wir Sie brauchen. Frankfurt ist ja nicht weit.«

Seine Worte klangen hohl und wenig überzeugend – er hörte es selbst.

»Außerdem – warum sollte der Täter wiederkommen? Er hat Ihre Schwester aus einem bestimmten Grund getötet. Diesen Grund müssen wir finden, dann sind wir auf seiner Spur.«

Regina Engels verzog das Gesicht und stellte ihre Tasse ab. »Vielleicht ging es gar nicht um Eva – vielleicht wollte er nur eine Hure töten.«

»Sie werden das nicht schaffen«, sagte Schiller. »Ihre Schwester war offenbar einige Zeit in diesem Geschäft, Sie aber arbeiten in einer Bank. Die Männer würden sofort merken, dass sie es mit einer Amateurin zu tun haben.«

»Wie können Sie sich da so sicher sein?« Sie erhob sich und

schritt langsam, mit ausladenden Bewegungen auf ihn zu – sie glaubte wohl, dass Prostituierte so auf einem Straßenstrich herumstolzierten.

Schiller wusste nicht, ob er lachen oder wütend werden sollte. Er kannte ein paar Huren von Einsätzen im Friesenviertel, aber er hatte ihre Dienste noch nie in Anspruch genommen.

Mit den Händen in den Hüften baute Regina Engels sich vor ihm auf und schaute ihn mit einem lasziven Augenaufschlag an. »Das ist doch für den Anfang nicht schlecht, oder?«, flüsterte sie. Dann strich sie ihm sanft über den Kopf.

Schiller beobachtete, wie die Tür geöffnet wurden. Birte Jessen tauchte auf. In der linken Hand hielt sie ein einzelnes Bein, das in einer braunen, grob gewebten Hose steckte. Neben ihr erschien ein kleiner, glatt rasierter Mann im Türrahmen, der sofort ein lautes Stöhnen ausstieß.

Regina Engels fuhr erschrocken herum und wich einen Schritt zur Seite.

»Ich hoffe, wir stören nicht«, erklärte Birte Jessen voller Ironie, und der Mann rief voller Verwunderung: »Tatsächlich – sie sieht genau wie Eva aus.«

6.

Hauptkommissar Jan Schiller war verrückt geworden – so musste man es wohl bezeichnen. Sie trug ihm dieses Bein aus altem poliertem Holz nach, und er saß an seinem Schreibtisch und ließ sich von der Schwester der Toten über den Kopf streichen, ohne auch nur einen Hauch von Schuldbewusstsein zu zeigen. Birte wusste, dass die Dinge mit Carla nicht zum Besten standen, auch wenn Jan darüber natürlich nicht redete. Stattdessen hatte er sein Lauftraining wieder intensiviert, und anscheinend tanzte er auch wieder regelmäßig Tango mit irgendeiner Frau, die Sylvie hieß und Tanzkurse gab.

»Willst du jetzt auch noch einen Mörder finden, der Holzpuppen umbringt?«, fuhr sie ihn an, doch er reagierte gar nicht darauf.

»Ich habe Frau Engels versprochen, ihr bei der Suche nach einem Hotelzimmer zu helfen«, erklärte er sachlich. »Ihre Aussage habe ich bereits zu Protokoll genommen. Ich werde sie gleich ins Hotel Chelsea bringen. Die haben noch ein Zimmer frei.«

Tom Hinzen starrte die Schwester der Toten an. Dann streckte er ihr eine Hand entgegen. »Warum hat Eva mir nie von Ihnen erzählt?«, stammelte er.

Mechanisch gab Regina Engels ihm die Hand, ohne ihn allerdings anzuschauen. Ihre sämtlichen Antennen hatte sie auf Jan gerichtet.

»Man erzählt es doch einem Freund, wenn man eine Zwillingsschwester hat.« Der Tanzlehrer ließ ihre Hand erst los, als Regina Engels sie mit einiger Energie zurückzog.

»Wer sind Sie?«, fragte Jan streng, als hätte Hinzen sich irgendwie ungebührlich benommen.

»Der beste Freund der Toten«, mischte sich Birte ein.

Jan nickte und führte die Schwester der Toten hinaus. Wieder berührte er sie am Arm, als müsse er sie nicht nur mit Worten, sondern auch mit Gesten leiten.

Seit einem halben Jahr arbeiteten sie zusammen, aber so wütend war sie auf Jan noch nie gewesen. Er war unberechenbar, konnte in seinem Büro übernachten, wenn ihn ein Fall interessierte, oder fuhr von einem Café zum nächsten, angeblich, um seinen Kopf freizubekommen.

Birte widerstand der Versuchung, sich bei Hinzen für Jans Verhalten zu entschuldigen. Der Tanzlehrer rang noch immer mit seiner Verwunderung.

»Ich dachte, Eva ein wenig zu kennen«, sagte er leise. »Ich habe sie im Arm gehalten, habe mich mit ihr im Rhythmus der Musik bewegt. Rhythmus war für uns besonders wichtig.«

»Haben Sie auch Tango getanzt?«, fragte Birte.

»Ja, Tango auch.« Er lächelte versonnen. »Und nun ist Eva tot, und da steht wie aus dem Nichts ihre kalte Schwester vor mir und gleicht ihr bis aufs Haar.«

»Gibt es eigentlich ein besonderes Merkmal bei Eva?«

Hinzen blickte Birte überrascht an. Sein glatt rasiertes Gesicht spannte sich, er schien nachzudenken. »Ihr Kennzeichen war ihr Lachen. Wenn sie ganz bei sich war, hatte sie ein wunderbares Lachen. Leider bin ich seit meinem siebzehnten Lebensjahr für die Damenwelt verloren, aber bei ihrem Lachen wäre selbst ich beinahe schwach geworden.« Ein zaghaftes Lächeln streifte sein strenges Gesicht.

»Vielleicht hat Regina Engels ja auch so ein wunderbares Lachen«, erwiderte Birte und nahm selbst wahr, wie boshaft sie klang. Ein Lachen als besonderes Merkmal half bei einer ermordeten Frau nun leider gar nicht weiter. Dann ließ sie sich von Hinzen die Handynummer der Toten geben. Wo war das Telefon? Warum war es nicht in der Wohnung gewesen? Als sie die Nummer wählte, meldete sich lediglich eine mechanische Frauenstimme und erklärte, der Anschluss sei zurzeit nicht erreichbar. Hatte Eva Engels etwas über einen besonderen Kunden herausgefunden? Hatte sie vielleicht kompromittierende Fotos mit ihrer Handykamera gemacht? Nein, das waren alles Spekulationen, die nicht weiterführten. Die Frau war bisher ein Rätsel – ein schönes, blondes, totes Rätsel.

Auch die Kürzel und Tarnnamen aus dem Notizbuch brachten sie nicht weiter. Tom Hinzen konnte nicht eine einzige Identität eines Kunden entschlüsseln.

»So ganz verstehe ich Ihre Beziehung zu der Toten nicht.« Birte hatte sich entschieden, einen etwas härteren Tonfall anzuschlagen. Hinzen war eine viel zu unergiebige Quelle. »Sie haben zusammen getanzt, mittags, in einer leeren Tanzschule. Und sonst? Sie müssen doch über etwas geredet haben.«

Tom Hinzen schaute sie leicht entrüstet an. Er zog seine fein gezupften Augenbrauen zusammen. »Wir mochten bestimmte Cocktails. Manchmal sind wir sonntags, bevor ich meinen Nachmittagskurs hatte, zum Beach Club hier in Mülheim gegangen und haben in der Sonne gesessen und auf den Rhein geschaut. Und wir haben uns gemeinsam Opern angesehen, gelegentlich im Opernhaus oder meistens bei ihr auf dem großen Flachbildschirm auf DVD. Eva mochte besonders Verdi und Puccini.«

Birte machte sich lustlos Notizen.

»Außerdem«, fuhr Hinzen zögernd fort, »hat Eva mir Geld geliehen. Sie war, wenn man so will, stille Teilhaberin meiner Tanzschule.«

»Um wie viel Geld geht es?«, fragte Birte Jessen. Ihr Interesse war erwacht.

»Um fünfzigtausend Euro. Ich habe mich vor zwei Jahren selbstständig gemacht.« Er strich sich über das Kinn, reckte es ein wenig vor. Das Thema schien ihm unangenehm zu sein. »Da war noch etwas ... Eva war tablettenabhängig. Ich habe ihr Medikamente aus Holland besorgt. Stimmungsaufheller – manche nennen sie auch Antidepressiva.«

Ihr Telefon auf dem Schreibtisch klingelte. Als sie die Nummer von Hinrichs auf dem Display sah, drückte sie den Anruf weg. Wahrscheinlich würde er vorgeben, eine Pressemeldung herausgeben zu müssen – und das könne er nur mit ihrer Hilfe, blablabla. Warum kapierten Männer so wenig?

»Hat sie Ihnen gesagt, warum sie Tabletten nimmt?«, fragte Birte.

»Warum nimmt jemand Tabletten!« Voller Empörung, die echt sein mochte oder nicht, warf er die Arme in die Luft. An seinem rechten Handgelenk baumelte ein goldenes Kettchen, auf dem ein Name stand, den sie nicht lesen konnte. »Eva hat sie nicht immer gebraucht. Es gab so Phasen, da überkam sie das Elend. Das Leben im Kinderheim, der Verlust der Mutter, ihre Unfähigkeit, sich zu binden ... Wenn nur jemand das Wort ›Familie‹ in den Mund nahm, konnte ihr schlecht werden. Das geht mir genauso. Deshalb haben wir uns auch so gut verstanden.« Tom Hinzen blickte auf die Uhr.

»Ich habe noch einen Termin. Kann ich jetzt gehen? Ich würde mich auch gerne um Evas Begräbnis kümmern. Ich kenne einen Pfarrer, der die richtigen Worte finden ...«

»Wir geben Ihnen Bescheid, wenn die Leiche freigegeben wird, aber als engste Angehörige hat Regina Engels das Recht zu bestimmen, was mit ihrer Schwester geschieht. Außerdem muss ich Sie bitten, nicht mit der Presse zu sprechen. Wir möchten mit den Ermittlungen ein wenig weiter sein, bevor wir eine Mitteilung herausgeben.« Birte erhob sich und öffnete die Tür. Sie war unzufrieden, so sehr, dass sie beinahe eine Frage vergessen hatte, die sie seit dem Telefonat mit Schroeter im Hinterkopf hin und her gewogen hatte.

»Hatte Eva Engels vielleicht ein privates Symbol, ein eigenes Zeichen?«

Tom Hinzen schaute fragend zu ihr auf. Er war muskulös, aber er mochte allenfalls einen Meter fünfundsechzig groß ein, ein Zwerg als Tanzlehrer.

»Ein Symbol? Nicht dass ich wüsste. Oder doch ... Sie hatte zig Bücher über Muscheln, und immer wenn wir am Rhein waren, hat sie nach Muscheln Ausschau gehalten, aber sie hat nie eine mitgenommen. Die Muscheln am Ufer waren ihr zu klein und zu gewöhnlich.«

Bert Cremer hatte eine Anrufumschaltung installiert. Immer wenn jemand den Anschluss der Toten wählte, würde Birtes Mobiltelefon klingeln.

Es dauerte keine zehn Minuten, nachdem Nele sie von der Umschaltung unterrichtet hatte, bis sie eine unterdrückte Nummer auf ihrem Display sah.

»Hallo«, meldete Birte Jessen sich mit tonloser Stimme.

»Elaine?«, fragte eine Stimme, die einem älteren Mann gehörte.

»Oui«, antwortete sie aus einem Impuls heraus. Einen Moment später fand sie es selbst lächerlich. »Elaine« war französisch, aber hatte die Tote tatsächlich so getan, als wäre sie Französin?

»Ich bin's – der Professor«, erwiderte die Stimme. »Kann ich vorbeikommen – es ist dringend. Meiner Frau geht es immer schlechter. Der Hirnschlag ... Die Ärzte meinen, dass sie wohl nicht mehr erwachen wird.«

Das klang nach echtem Leid. Wer war Eva Engels gewesen – eine Edelhure oder eine Art Therapeutin?

»Stimmt etwas nicht?«, fragte der Mann, nachdem Birte zu lange gezögert hatte.

»Nein«, erwiderte sie schnell. »Ich dachte, es sei jemand an der Tür gewesen.« Nun hatte sie jeden französischen Anklang aus ihrer Stimme verbannt. »Siebzehn Uhr«, sagte sie. »Dann können Sie kommen – nicht früher, nicht später.« Hatte sie einen Fehler gemacht? Duzte eine Hure ihre Kunden? Doch der Professor schien nicht zu Misstrauen zu neigen, oder er war einfach zu sehr in seinem Leid gefangen.

»Ich bin pünktlich – wie immer«, sagte er und legte auf.

Konnte das ein Weg der Ermittlung sein, dass sie alle Klienten der Toten einbestellte, um sich ein Bild von ihr zu machen? Birte Jessen wusste es nicht. Der Ärger über Jan nagte an ihr. Bert Cremer hatte Rechnungen gefunden, die zumindest verrieten, bei welcher Telefongesellschaft Eva Engels ihr Handy angemeldet hatte. Nele hatte die Telekom angewiesen, eine Ortung zu versuchen. Irgendwo musste das verdammte Handy ja sein. Das waren die kleinen, aufreibenden Schritte einer Mordermittlung. Wie konnte Jan da mit der Schwester der Toten durch die Gegend fahren?

Als sie auf dem Weg ins Rechtsmedizinische Institut war, um Schroeter bei der Obduktion zu beobachten, klingelte ihr Telefon erneut. Doch kaum hatte sie sich mit einem neutralen »Hallo« gemeldet, wurde aufgelegt. Vielleicht hatte das Motorengeräusch im Hintergrund sie verraten.

Siebenundzwanzig Namen und Kürzel standen in dem Notizbuch – und kein einziger Name, der sich sofort erschloss, so als hätte Eva Engels gefürchtet, jemandem könnte das Büchlein in die Hände fallen, der daraus Kapital schlug.

Beim nächsten Klingeln sah sie Neles Nummer auf dem Display.

»Neuigkeiten zu Tom Hinzen«, erklärte Nele. »Ich habe seinen Namen bei Google eingegeben. Er hatte mal einen Modeladen, der vor zwei Jahren pleitegegangen ist. Jetzt versucht er es mit seiner Tanzschule, die sich vor allem an gleichgeschlechtliche Paare wendet. Scheint allerdings nicht besonders zu funktionieren. Der

Schuppen ist insolvent, aber alle Kurse finden statt – so schreibt es der Tanzmeister himself auf der Homepage, um seine zahlende Kundschaft zu beruhigen.« Nele lachte, sie konnte sich immer diebisch freuen, wenn sie etwas herausfand, das die Ermittlungen möglicherweise weiterbrachte. »Außerdem ist er verheiratet. Sein Liebster heißt Ingo Strasser. Kommt der Namen dir bekannt vor?«

»Tut mir leid – keine Ahnung, wer das ist.« Wenn Nele so fragte, musste es sich um eine Kölner Lokalgröße handeln.

»Strasser hatte eine Internetfirma und war mal angetreten, die halbe Südstadt aufzukaufen. Dann ist er an der Börse kräftig abgeschmiert. Ist ein paar Jahre her. Die Firma gibt es nicht mehr. Er fährt aber immer noch mit einem alten silberfarbenen Bentley durch die Stadt und tut so, als hätte er jede Menge Geld in der Tasche. Dabei muss er ein paar Millionen Schulden haben.«

»Sieht aus, als liefe es für die beiden gerade nicht besonders«, erwiderte Birte Jessen. »Hast du auch Eva Engels gegoogelt?«

»Ja, leider ein recht häufiger Name. Unsere Tote habe ich bisher nicht gefunden.«

»Und was ist mit der Schwester – Regina Engels? Die Dame sollten wir uns auch genauer anschauen.«

Nele lachte auf. »Ja, mache ich sofort. Eine seltsame Person, aber Jan steht ja auf so etwas.«

7.

»Ich möchte meiner Schwester eine große, schöne Beerdigung ausrichten. Werden Sie mir dabei helfen?« Regina Engels hatte Schiller beinahe flehend angeschaut, als er sie vor dem Hotel Chelsea herausließ.

Er hatte nur genickt und ihr seine Visitenkarte hingehalten. »Rufen Sie mich an, falls Sie etwas brauchen«, hatte er gesagt.

Dann hatte er gewartet, bis sie mit ihrem blauen Rollkoffer im Hoteleingang verschwunden war.

Etwas umgab sie – ein tiefes Geheimnis. Sie bewegte sich anmutig, elegant und doch auch so, als könnte sie im nächsten Moment völlig aus dem Gleichgewicht geraten. Ihr blondes Haar wippte auf und ab, ihre Schultern bewegten sich, als müsse sie gegen einen unsichtbaren Widerstand anarbeiten. Vielleicht nahm sie Tabletten – oder war es die Trauer über ihre tote Schwester?

Schon lange hatte Schiller keine Frau mehr so fasziniert. Regina Engels war ganz anders als ihre tote Zwillingsschwester. Mittlerweile war er beinahe sicher, dass sie keinen Freund hatte, viele Verehrer in ihrer Bank, aber keinen festen Partner. Sie arbeitete rund um die Uhr, verdiente eine Menge Geld und hielt auf Abstand. Menschen, die früh ihre Eltern verloren hatten, hatten nie einen Überschuss an Vertrauen erfahren, und sie schenkten auch nicht schnell Vertrauen. Ihm war es genauso ergangen, obwohl sein Leben im Heim spät begonnen hatte – mit vierzehn hatte man viele Prägungen durchlaufen. Seine schüchterne, lebensunfähige Mutter hatte ihn geliebt, und sein Vater, Johannes Schiller, der Motorradpolizist mit dem Bürstenhaarschnitt, hatte ihn mit Stolz und Respekt behandelt. Manchmal morgens glaubte Schiller, ihn zu riechen. Nach der nassen Rasur hatte sein Vater sich mit Kölnisch Wasser das Gesicht eingerieben – Schiller hatte diese Gewohnheit übernommen, auch etwas auf der langen Liste von Dingen, die Carla an ihm nicht gefielen.

Er nahm sein Mobiltelefon und versuchte sie anzurufen. Mittlerweile musste sie in Nizza gelandet sein, aber wie er es geahnt hatte, war ihr Telefon abgeschaltet. Er hinterließ keine Nachricht. Vielleicht wäre es besser, wenn sie zwei Wochen lang schweigen würden. Er musste an Regina Engels denken. Was tat sie jetzt? Rief sie jemanden an, der ihr Trost zusprach? Oder ging sie zuerst ins Bad, um lang und heiß zu duschen? Er stellte sich ihren Körper vor, und dann fiel ihm ein, dass sie morgen Geburtstag hatte. Sie hatte es ihm gesagt.

Broder war sofort am Apparat, als er ihn in seinem Atelier anrief. Sie waren zusammen im Kinderheim aufgewachsen, eigentlich war Broder sein bester Freund, auch wenn sie sich ein paar Jahre aus den Augen verloren hatten.

»Ich muss etwas wissen«, sagte Schiller. »Da läuft jemand durch die Stadt und hinterlässt Teile einer Holzpuppe. Zwei Beine sind gefunden worden, am Schokoladenmuseum und im Hauptbahnhof.«

»Ja und?«, erwiderte Broder. Er rauchte am anderen Ende der Leitung und inhalierte tief.

»Hat sich da jemand eine Kunstaktion ausgedacht? Oder was soll das?« Schiller dachte an den zweiten Fund. Als er den groben Stoff des zweiten Beines hochgeschoben hatte, hatte er bemerkt, dass ein Stück Papier vorne im Schuh steckte. »Friede den Hütten – Krieg den Palästen«, hatte da in schwungvollen Lettern gestanden.

»Ich habe mich gerade in eine besondere Arbeit gestürzt. Hörst du das?« Broder schien den Telefonhörer in den Raum zu halten. Der Gesang einer Frau war zu hören, dazu eine eher schleppende Orgelbegleitung.

»Lässt du bei dir neuerdings eine Band proben?«, fragte Schiller.

»Das ist Nico. Kennst du sie? In Köln geboren, bürgerlich Christa Päffgen – Sängerin bei Velvet Underground, Performance-Künstlerin, Schauspielerin, Model ...«

»Und berühmte Drogentote«, unterbrach Schiller ihn.

»Allerdings.« Broder klang gereizt, als hätte man ihn daran nicht erinnern dürfen. »Ich entwerfe gerade ein Denkmal – ich möchte, dass sich in dieser verdammten Stadt wieder jemand an sie erinnert. Deshalb plane ich eine Skulptur, die wie ihre Musik sein soll.«

»Tolle Idee«, sagte Schiller ohne jede Begeisterung. Nach dem Einsturz des Archivs hatte eine Welle des Erinnerns die Stadt erfasst. Nun schien es, als müsste man die ruhmreiche Vergangenheit Kölns wieder aufleben lassen – in Ausstellungen, Zeitungsartikeln, Fernsehsendungen oder in Denkmälern. Anscheinend litt auch Broder an diesem Fieber.

»Du weißt also nichts von dieser Holzfigur?«, fragte Schiller.

»No, Sir«, antwortete Broder und legte auf.

Er gönnte sich in Franks Café am Ehrenfeldgürtel einen Kaffee. Der FC hatte am Wochenende gewonnen, die rot-weiße Fahne über dem Eingang schwang stolz im Wind. Frank stand hinter seinem Tresen und lächelte Schiller an.

»Habe eine neue Kaffeemarke, besonders milde Röstung, kommt aus Guatemala. Solltest du probieren!« Ohne eine Antwort abzuwarten, stellte er eine Tasse zurecht. Wie viele Ladenbesitzer in Ehrenfeld schien Frank mit seinem Geschäft verwachsen zu sein. Noch nie hatte Schiller ihn außerhalb seines Ladens gesehen. Nachts übernahm sein Zwillingsbruder Niko.

Frank stellte ihm den Kaffee hin. »Du siehst nicht gut aus, Schiller«, sagte er.

Schiller nickte. »Kannst du für mich im Internet die ›Express-Seite‹ aufrufen?«, fragte er.

»Keine Sorge – der FC ist gesichert.« Frank lächelte. »Dieses Jahr steigen sie nicht ab.«

Schiller blickte auf die Titelseite der Homepage. Hatte die Presse schon etwas über den Mord an Eva Engels herausgefunden? Nein, sie hatten wieder eine Meldung über den Einsturz des Archivs als Headline gebracht. Lange würde es aber nicht mehr dauern können, bis sie von dem Mord erfuhren. Ein Polizeieinsatz in Mülheim blieb nicht lange geheim. Und was würde dann mit Regina Engels passieren? Auf jeden Fall musste er verhindern, dass sie mit einem Journalisten über ihren verrückten Plan sprach, den Mörder ihrer Schwester zu finden.

»Du und Niko«, sagte Schiller, während er genüsslich an seinem Kaffee nippte. »Ihr seid doch Zwillingsbrüder ... Gibt es da eine besondere Beziehung zwischen euch?«

»Was soll es für eine besondere Beziehung zwischen uns geben? Er arbeitet lieber nachts, ich lieber tagsüber. So gehen wir uns aus dem Weg.«

»Nein, ich meine, ihr seid ja buchstäblich aus demselben Ei gekrochen. Weißt du genau, was er denkt? Mögt ihr dieselben Frauen, dieselben Filme ...? Wie ist es, jemanden zu haben, der einem aus dem Gesicht geschnitten ist?«

Frank verzog das Gesicht. »Als Kind habe ich ihn oft gehasst – er war immer da, wie ein Schatten, und wenn die Leute uns verwechselt haben, konnte ich richtig wütend werden. Im Grunde sind wir ganz verschieden. Niko spielt, seit er zwölf ist, Gitarre, ich interessiere mich überhaupt nicht für Musik.«

»Und eure Freundinnen – konnten die euch auseinanderhalten?«

»Klar. Das war nie ein Problem. Eine hat mal gemeint, ich würde ganz anders riechen als Niko. Außerdem habe ich hier oben am Auge eine Narbe. Bin mit sechs gegen einen Mülleimer gelaufen.« Frank fuhr sich über sein linkes Auge. Ein weißlicher Strich war ein Stück unter der Augenbraue zu sehen.

Als sein Mobiltelefon klingelte, wusste Schiller sofort, dass es Birte Jessen war, beinahe als könnte er ihren Ärger spüren.

»Lieber Jan«, meinte sie voller Ironie, die ihren nasalen Hamburger Tonfall wieder zum Vorschein brachte, »hast du deinen Schützling wohlbehalten im Hotel abgeliefert? Oder haltet ihr noch Händchen?«

»Was soll der Unsinn?«, fragte Schiller barsch.

»Falls du ein paar Minuten deiner kostbaren Zeit erübrigen könntest ... Ich brauche deine Hilfe. In einer guten halben Stunde kommt mein erster Freier.«

Die Kriminaltechniker packten ihre Sachen zusammen, als Schiller die Wohnung betrat, die Eva Engels für ihre Dienste benutzt hatte. Schultke machte einen abgekämpften Eindruck.

»Jede Menge Spuren ... da wird das Labor ein paar Tage mächtig viel zu tun haben.«

Schiller schob sich an ihm vorbei. Nur noch der Blutfleck auf dem Teppich vor dem Bett erinnerte daran, dass hier vor weniger als zwölf Stunden ein Mensch getötet worden war. In den ersten ein, zwei Stunden herrschte an einem Tatort noch eine besondere

Atmosphäre, so als wäre der Tod mit den Händen zu greifen. Doch je mehr Ermittler an die Arbeit gingen, desto schneller verflüchtigte sich diese Atmosphäre.

»Hat deine blonde Freundin ein Alibi?« Birte Jessen tauchte hinter ihm auf.

»Was meinst du damit?« Schiller wandte sich um.

Birte Jessen war ein Stück kleiner als er. Ihre blauen Augen funkelten wütend, und ihre kurzen blonden Haare standen wie spitze Stacheln von ihrem Kopf ab. Wenn sie wütend war, neigte sie zu ätzendem Spott und bitterer Ironie. Bisher waren sie gut miteinander ausgekommen, aber Schiller spürte, dass er aus dem Tritt geraten war und dass Birte ihm übel nahm, dass er kein Wort über den Grund verloren hatte.

»Na, es wäre nicht das erste Mal, dass eine Schwester die Mörderin ist. Warum ist Regina Engels genau in dem Moment aufgetaucht, als wir die Tote aus der Wohnung transportieren wollten?«

»Ihre Schwester hatte sie einbestellt.« Schiller kehrte in den Flur zurück. Diese Wohnung deprimierte ihn. Gehörten solche Bilder, solch ein Plüsch wirklich zu dem Etablissement einer Prostituierten? Welche Männer machte so etwas an?

»Und warum? Was wollte Eva Engels mit ihr besprechen?« Birte Jessen folgte ihm.

»Sie weiß es nicht, aber ich kann dich beruhigen, Regina Engels hat ein Alibi. Sie ist heute Morgen mit dem ICE-Sprinter aus Frankfurt gekommen. Ich habe mir ihre Fahrkarte zeigen lassen. Sie war ordnungsgemäß abgestempelt.«

»Sie könnte jemand anders geschickt haben«, wandte Birte Jessen ein.

»Ich weiß, dass du die Frau nicht magst, aber das muss an dir liegen. Bisher ist alles, was sie mir erzählt hat, plausibel. – Was hat es mit diesem Freier auf sich?« Schiller bemühte sich, das Thema zu wechseln.

»Wir haben eine Anrufumleitung geschaltet. Alle Anrufe hier vom Festnetz gehen nun auf mein Handy. Gleich ...«, Birte blickte auf ihre Armbanduhr, »genauer gesagt, in sieben Minuten kommt der Mann, der in dem Notizbuch ›der Professor‹ heißt – falls er sich nicht verspätet.«

Schiller nickte, während er die winzige Küche betrat, die vollkommen unbenutzt aussah. Er öffnete einen kleinen Holzschrank, der über der Spüle hing. Nur ein paar Sektgläser befanden sich darin.

»Sie will hier einziehen … die Schwester«, sagte er leise. »Können wir ihr das verbieten?«

Er schaute Birte an. Diese Frage sollte eine Art Friedensangebot sein. Ja, er hatte sich zu sehr um Regina Engels gekümmert, sie hatte etwas an sich, das ihn in den Bann schlug, aber natürlich gehörte er zum Ermittlerteam. Er würde nichts auf eigene Faust unternehmen.

»Soll sie es tun, wenn es ihr gefällt. Aber was bezweckt sie damit?« Birte klang versöhnlicher, doch bevor Schiller antworten konnte, klingelte es an der Tür.

»Der Professor« war fünf Minuten zu früh.

Während Birte in den Flur hinausging, postierte Schiller sich hinter der Küchentür, die er einen Spalt offen ließ.

Er sah, wie Birte, ohne die Gegensprechanlage zu benutzen, auf den Türöffner drückte und gleichzeitig durch den Spion blickte.

»Hoffentlich kommt Cremer nicht ausgerechnet in diesem Moment aus der anderen Wohnung«, sprach sie vor sich hin.

Dann öffnete sie die Tür und ging hinter ihr in Position. Die Situation schien nicht gefährlich zu sein, trotzdem wirkte sie angespannt.

Ein Schatten näherte sich, klopfte höflich an und schob die Tür vorsichtig auf. »Hallo?«, rief eine unsichere Stimme.

Im nächsten Moment klingelte ein Handy. Nicht seines, wie Schiller mit einem schnellen Griff feststellte.

Der Besucher zuckte zurück, doch Birte Jessen sprang aus dem toten Winkel hinter der Tür hervor und packte ihn am Arm.

Der Mann stöhnte erschreckt auf. »Mein Gott!«, rief er. Er war klein, trug einen schwarzen Anzug, ein weißes Hemd mit Krawatte. Sein Gesicht wurde von einer großen Brille und einem grauen Bart bedeckt. Die wenigen grauen Haare hatte er sich streng über die Glatze gekämmt.

Schiller erkannte ihn sofort, auch wenn es ein paar Jahre her war, seit er ihn zuletzt gesehen hatte.

8.

Sie bekam einen dürren Arm zu fassen, der in einem schwarzen, leicht zerschlissenen Anzug steckte. Der Mann war steinalt, begriff Birte, kein üblicher Freier, ein Greis, der mit trippelnden Schritten in den Flur kam.

»Was erlauben Sie sich?« Mit seinem linken Arm musste der Professor sich an der Wand abstützen, damit er nicht stürzte. Argwöhnisch blinzelte er hinter seinen dicken Brillengläsern und musterte sie.

Birte Jessen ließ den Alten los. Mit einem schnellen Blick überzeugte sie sich, dass Jan sein Versteck in der Küche nicht verlassen hatte.

»Wollen Sie mich überfallen?« Der Professor schnappte nach Luft. »Und wo ist die Dame, die hier wohnt?« Er schaute sich um und hob ein wenig den Kopf, als versuche er, Eva Engels zu wittern. Dann legte er seine Stirn in Falten.

Birte hielt ihm ihren Dienstausweis hin. »Kriminalpolizei Köln«, sagte sie förmlich. »Bitte entschuldigen Sie – ich habe gefürchtet, Sie könnten wieder kehrtmachen.«

»Wo ist die Dame, die hier wohnt?«, wiederholte der alte Mann. Er fixierte Birte. Er musste achtzig oder noch älter sein. Eva Engels kam ihr immer rätselhafter vor.

»Es würde meine Arbeit sehr erleichtern, wenn Sie sich zunächst einmal vorstellen würden«, erwiderte Birte. Sie machte eine Handbewegung in das Schlafzimmer der Toten hinein.

Der Professor zögerte. »Ich glaube nicht, dass ich Ihre Fragen so einfach beantworten möchte. Muss ich mich ausweisen? Oder sollte ich zuerst nach einem Anwalt rufen? Warum greifen Sie mich tätlich an, ohne mir den Grund dafür zu offenbaren?«

Birte musste unwillkürlich lachen. »Ich habe Sie nicht tätlich angegriffen …«

Der Professor lächelte maliziös. »Nun, da steht meine Aussage gegen Ihre. Ich habe an der Tür geklingelt, weil ich mich nach einem Hausbewohner erkundigen wollte, der genau in dieser Wohnung vor etlichen Jahren gelebt hat, und Sie haben …«

»Herr Professor Goldmann, ich weiß, dass Sie gewisse Spielchen mit den Behörden lieben, aber in diesem Fall steht es zwei zu eins gegen Sie.« Jan stand plötzlich in der Küchentür und lächelte. Nach einem kurzen Moment, den er dem Alten gönnte, damit der sein Erstaunen zeigen konnte, streckte auch er ihm seinen Ausweis entgegen.

Plötzlich, nachdem er ein paar Sekunden auf die Marke geschaut hatte, fiel dem Professor auf, dass er mit Namen angesprochen worden war. Birte hatte es sogleich registriert.

»Sie kennen mich?« Der alte Mann atmete tief durch.

»Wer kennt Sie in dieser Stadt nicht – außer einer kürzlich aus Hamburg zugezogene Beamtin?« Birte Jessen hasste den gönnerhaften Blick, den Jan ihr bei diesen Worten zuwarf. »Richard Goldmann – Historiker, Autor, Musiker, Aktionskünstler … Habe ich etwas vergessen? Haben Sie nicht vor ein paar Jahren in selbstgebauten Schuhen den Rhein überquert – als Protest gegen den katholischen Mief in Köln und um zu beweisen, dass auch Sie übers Wasser laufen können?«

»Junger Mann …« Goldmann lächelte, dass sich seine Pergamentwangen in Falten legten. »Sie sind sehr nett, aber Sie müssen nicht aus Höflichkeit verschweigen, dass ich dabei beinahe ertrunken wäre. Die Strömung war zu stark, ich hatte das ganze Unternehmen falsch eingeschätzt. Es war wirklich peinlich.«

»Außerdem haben Sie am helllichten Tag einen Picasso aus dem Museum Ludwig gestohlen, um zu beweisen, wie verrottet die Kölner Museen sind.«

Goldmann winkte ab, immer noch lächelnd. »Das war eine Kleinigkeit – habe den Sesselfurzern im Rathaus mal gezeigt, was für Idioten sie sind.«

Birte wunderte sich, wie schnell Jan ein Einvernehmen mit dem Professor hergestellt hatte. Es war, als wären sie sich nach langer Zeit wieder einmal begegnet und würden nun einen kurzen Plausch halten.

»Ich weiß aber noch mehr über Sie«, fuhr Jan fort und beugte sich scheinbar verschwörerisch vor. »Zum Beispiel, wen Sie vor etwa sechzig Jahren in einem Kleingarten in Nippes entjungfert haben.«

»Wie bitte?« Goldmann zog die Augenbrauen in die Höhe.

Auch Birte zuckte erstaunt zusammen. Was redete Jan da? Sie trat einen Schritt vor.

»Herr Professor, nun da wir ein paar Dinge richtiggestellt haben, muss ich Sie fragen, ob Sie die Mieterin dieser Wohnung kennen.«

Bedächtig wandte Richard Goldmann seinen Blick von Jan zu ihr. Er hatte tiefe Tränensäcke unter den Augen. Altersflecken hatten sich auf seiner rechten Wange ausgebreitet, und er war schlecht rasiert, als würde er sein eigenes Gesicht im Spiegel nicht mehr erkennen.

Er lächelte, leckte sich über die Lippen und räusperte sich.

»Ja, ich kenne die Mieterin«, sagte er schließlich. »Ich weiß, dass sie Eva Engels heißt, eine intelligente junge Dame, die ein paar Schwierigkeiten im Leben hat. Als Prostituierte nennt sie sich Elaine. Auch ich habe sie so genannt – es war wie ein Spiel.«

Er hüstelte und sah auf seine Hände. Sie waren ebenfalls mit Altersflecken übersät, die Fingernägel waren kantig und zu lang. Was hatte Jan gesagt, der Alte sei Historiker und Musiker?

»Warum haben Sie die Dame besucht?«, fragte Jan. »Waren Sie Kunde? Hatten Sie Sex mit ihr?«

Einmal mehr war Birte überrascht, wie offen und schonungslos Jan fragen konnte.

Goldmann blinzelte nur kurz. »Wie alt sind Sie?«, fragte er Jan, ohne eine Antwort abzuwarten. »Siebenunddreißig, vierzig – noch ziemlich jung auf jeden Fall. Ich bin dreiundachtzig, ein Stück welkes Fleisch, das bald sterben wird. Man verändert sich mit dem Alter, man wird ein wenig weiser, aber keineswegs so sehr, wie man es möchte. Wissen Sie aber, was niemals vergeht?«

Nun spürte Birte Jessen seinen forschenden Blick auf ihr. Sie schüttelte leise den Kopf und dachte daran, dass der Alte Martin gefallen hätte – ein unangepasster Gelehrter, ein komischer Kauz.

»Die Sehnsucht nach Schönheit vergeht nie – nach Schönheit in der Musik, in der Literatur, aber auch nach einem schönen Körper.« Der Alte senkte den Kopf. Auf seiner Glatze entdeckte Birte Jessen einen kleinen Blutfleck.

Für einen Moment senkte sich ein seltsames Schweigen über sie. Sie standen in der Diele und schienen zu lauschen – den Worten des Alten hinterher.

Goldmann fing sich als Erster. »Ja, ich hatte Sex mit Elaine«, sagte er, wobei er jedes Wort einzeln betonte. »Aber nicht, wie Sie denken. Sex mit Worten – sie hat sich ausgezogen und mir vorgelesen – erotische Werke der Weltliteratur, die ich ausgesucht habe. Sie ist eine talentierte Vorleserin.« Plötzlich reckte er den Kopf. »Aber warum fragt die Kriminalpolizei mich das? Was ist mit Elaine?«

»Sie ist tot«, sagte Jan. »Ermordet – hier in ihrer Wohnung. Sie lag neben ihrem Bett. Jemand hat ihr in den Kopf geschossen. Eine Hinrichtung.«

Birte ließ den Alten nicht aus den Augen. Sie sah, was Jans Worte in seinem Gesicht anrichteten. Er wurde aschfahl und taumelte einen Moment lang, als würde er keine Luft mehr bekommen und zusammenbrechen. Seine linke Hand tastete wieder nach der Wand.

»Nein«, sagte er dann, nach Atem ringend. »Wie kann das sein?« Er schnaufte. »Kann ich ein Glas Wasser haben?«

Birte nickte. Sie gingen in die Küche hinüber. Als sie an der offenen Tür vorbeikamen, warf Goldmann einen hastigen Blick hinein.

»Nein«, murmelte er wieder vor sich hin. »Haben Sie schon einen Verdacht? Wer könnte es gewesen sein?«

Jan rückte dem Professor einen der beiden Stühle zurecht, die in der winzigen Küche standen, während Birte Jessen ein Glas aus dem Hängeschrank nahm und Wasser hineinlaufen ließ. Durchsichtige Klebestreifen waren auf dem Holz zurückgeblieben. Schultke und seine Leute hatten auch hier Spuren genommen.

Der Professor sank auf den Stuhl und trank gierig.

Seine Schuhe waren schmutzig, fiel Birte auf. Schlammspuren waren auch auf seinem rechten Hosenbein zu sehen.

»Wir haben gehofft, dass Sie uns einen Hinweis geben könnten«, sagte Jan.

Ein Handy klingelte wieder. Birte Jessen warf einen kurzen Blick auf ihr Nokia, eine unbekannte Nummer, und schaltete es ab.

»Ich wäre Ihnen sehr verbunden, wenn Sie meinen Namen aus den Ermittlungen heraushalten würden«, sagte der Professor mit gefasster Stimme. »Es geht dabei nicht um mich – dass ich zu einer Hure gegangen bin, damit habe ich kein Problem, aber meine

Frau … sie hatte vor zwei Monaten einen Hirnschlag und liegt im Wachkoma in der Uniklinik. Wir haben keine Kinder, aber zwei Nichten kümmern sich um sie, und ich möchte nicht, dass … Nun, man soll sich nicht das Maul zerreißen, während meine Frau …« Er schluckte und schaute Birte um Verständnis heischend an.

Schiller nahm ihm das Glas ab, und zwar so, dass er keine Fingerabdrücke hinterließ. Gut, Birte nickte ihm zu, sie mussten die Fingerabdrücke des Alten sicherstellen.

»Wir können nichts versprechen«, erklärte sie. »Es würde uns aber weiterhelfen, wenn Sie uns ein wenig mehr über Ihr Verhältnis zu der Toten sagen würden.«

Der Alte rieb sich über den Mund. »Eine junge verwirrte Frau«, sagte er wie zu sich selbst. »Sie war intelligent, fraglos, aber irgendetwas fehlte ihr … Selbstvertrauen, Liebe … eine Frau an der Grenze … Sie hat sich selbst gequält, mit Alkohol, Tabletten oder Drogen …«

»Wie haben Sie Eva Engels kennengelernt?«, fragte Jan. Er hatte sein kleines schwarzes Notizbuch hervorgeholt, das er immer bei sich trug.

Goldmann lächelte bei der Erinnerung. »Ein Missverständnis«, sagte er, »ein peinliches Missverständnis … Ich tue immer so abgeklärt und großspurig, früher an der Uni oder wenn ich meine schrägen Klavierkonzerte gegeben habe, aber im Grunde bin ich ein naives Kind. Ich habe eine Anzeige aufgegeben, ›Gesellschaftsdame gesucht‹, und habe dabei tatsächlich an Theaterbesuche und dergleichen gedacht. Das war vor neun Monaten, da saß meine Frau schon im Rollstuhl. Elaine hat sich gemeldet. Sie hat das naive Blondchen gespielt und gedacht, ich würde irgendwelche perversen Spielchen mit ihr treiben wollen.« Er lachte, dann standen ihm plötzlich Tränen in den Augen. »Sie müssen den Mörder finden«, erklärte er, und es klang wie ein Befehl.

»Was haben Sie noch über Eva gewusst?«, fragte Jan weiter, als Goldmann verstummte und nur noch vor sich hin starrte. »Hat Sie Verwandte, einen Freund?«

Der Professor reagierte nicht sofort. Er leckte sich über die Lippen. Birte registrierte weitere Einzelheiten an ihm – er hatte riesige Ohren, und hinter einem steckte diskret ein Hörgerät. Einen Moment lang versuchte sie, sich eine leicht bekleidete Eva Engels und den Professor zusammen vorzustellen – eine delikate Angelegenheit, die ein gewisses Potenzial für eine Erpressung hatte, aber das galt vermutlich auch für andere Klienten der Toten.

»Von einem Freund weiß ich natürlich nichts«, sagte der Professor nach kurzem Nachdenken, »aber ich glaube es nicht ... sie war unnahbar, zurückgezogen, misstrauisch. Sie war ein Waisenkind, aber sie hatte eine Schwester – das hat sie mir einmal erzählt, in einer Nacht, in der es ihr nicht gut ging. Sie war das schwarze Schaf und ihre Schwester das weiße ... Elaine hatte das Gefühl, dass ihr alles misslang, während ihre Schwester das Glück gepachtet hatte.«

»Sind Sie dieser Schwester einmal begegnet?«, fragte Birte Jessen.

Goldmann blickte entgeistert auf. »Natürlich nicht. Wir haben uns nur in dieser Wohnung getroffen. Anfangs einmal im Monat, später öfter. Bei aller Sympathie war es ein klares Arrangement. Ich habe sie für ihre Zeit und ihre Schönheit bezahlt.« Der Professor wischte sich erneut über den Mund. »Es ist so aberwitzig. Mein Frau liegt da in ihrem Bett, starrt mit offenen Augen vor sich und kann nicht sterben, und hier stirbt eine junge Frau einen sinnlosen Tod.« Er erhob sich. »Ich werde eine Belohnung aussetzen – zehntausend Euro für sachdienliche Hinweise. Glauben Sie, dass so etwas helfen würde?«

»Wir werden den Mörder auch finden, ohne dass eine Belohnung ausgesetzt wird«, erklärte Jan. Dann fragte er: »Herr Professor, reine Routine, aber haben Sie zufällig eine Waffe?«

Goldmann nickte. »Ja, eine Walther P5. Ich habe sie aber noch nie benutzt, und ich habe sie auch nur für mich gekauft – dass ich mir eine Kugel in den Kopf schießen kann, falls mir einmal alles zu viel wird.«

»Bist du eigentlich völlig verrückt geworden?«, fragte Birte, nachdem der alte Professor gegangen war. Sie schaute Schiller wütend an und äffte seine Stimme nach, wobei sie sich an einem kölschen Einschlag versuchte. »›Ich weiß zum Beispiel, wen Sie vor sechzig Jahren in einem Kleingarten in Niehl entjungfert haben.‹«

Schiller nahm das Sektglas, aus dem der Professor Wasser getrunken hatte, und ließ es vorsichtig in eine Plastiktüte fallen. »Es war in Nippes, nicht in Niehl. Therese hat es mir einmal erzählt, als sie betrunken war. Richard Goldmann war ihr erster Mann. Sie war achtzehn, er neunzehn. Sie hat mich vor etlichen Jahren einmal zu einer Lesung geschleppt, da stellte Goldmann ein Buch vor – eine alternative Geschichtsschreibung. Irgend so etwas – er war noch an der Uni und hatte eine richtige Horde von Groupies um sich herum. Die haben ihm buchstäblich das Händchen gehalten, während er las.«

»Dieser alte Professor hat mit Therese ...« Überrascht blickte Birte Jessen ihn an. Im nächsten Moment klingelte ihr Telefon. Mit gerunzelter Stirn blickte sie auf das Display. »Es ist Nele«, sagte sie leise erleichtert. Noch ein Rendezvous mit einem Kunden der Toten hätte sie schlichtweg überfordert.

»Es hat sich etwas ergeben«, erklärte Nele ungewohnt ernst. »Der Express hat von der Story Wind bekommen. Wird morgen auf der Titelseite stehen – sogar mit einem Foto von der Toten. Habe keine Ahnung, wo sie es herhaben, aber es könnte sein, dass die Schwester dahintersteckt.«

»War nicht anders zu erwarten«, erwiderte Birte. »Wir bleiben noch ein, zwei Stunden in der Wohnung und schauen uns ein wenig um. Hast du schon etwas von dem Handy gehört?«

»Nein. Das dauert noch. Hinrichs wollte dich übrigens dringend sprechen. Für morgen um neun haben Fitschen und er eine Pressekonferenz angesetzt.«

Birte verabschiedete sich. Allein den Namen »Hinrichs« zu hören, bereitete ihr Übelkeit. Dass Fitschen, als Kriminaldirektor ihr Vorgesetzter, schon jetzt den großen Auftritt suchte, war eher ungewöhnlich. Meistens wartete er, bis er etwas vorzuweisen hatte. Also musste Hinrichs Druck gemacht haben.

»Klar, dass es eine undichte Stelle geben musste«, meinte Jan gleichmütig. Offenbar war es nicht schwer gewesen, aus ihren Worten zu schließen, was Nele ihr berichtet hatte. »Glaubst du, es wird heute Abend noch jemand auftauchen?« Er sah müde aus – etwas, das sie an ihm nicht kannte.

Sie registrierte, dass eine unbekannte Nummer versucht hatte, sie zweimal zu erreichen. »Ich weiß es nicht.« In plötzlicher Erschöpfung zog sie sich einen Stuhl heran und setzte sich. Dann nahm sie die Plastiktüte mit der Muschel hervor, die Schroeter ihr bei der Obduktion gegeben hatte. Sie erinnerte sich kurz daran, dass sie buchstäblich in Hochstimmung gewesen war, als sie das Rechtsmedizinische Institut verlassen hatte. »Diese weiße Muschel hat die Tote in der Hand gehalten. Schroeter hat sie mir nach der Obduktion gegeben. Sagt dir das etwas?«

Jan beugte sich vor und nahm die Tüte. »Eine Muschel? Wofür kann eine Muschel ein Zeichen sein?« Er dachte einen Moment lang nach. »Gibt es nicht die Legende vom heiligen Jakob, der in Santiago de Compostela begraben ist? Hat er nicht etwas mit Muscheln zu tun?«

Erstaunt blickte Birte auf. »Keine Ahnung. Ich bin nicht katholisch.« Sie wartete einen Moment. Was war mit Jan los? Vor ein paar Tagen noch hätte er sofort nachgefragt, was die Obduktion noch ergeben hatte, aber er schwieg und hatte sich schon wieder abgewandt. »Schroeter hat ganze Arbeit geleistet«, fuhr sie schließlich fort. »Unsere Tote war kerngesund, keine Krankheiten, aber sie hatte ein starkes Schlafmittel eingenommen – könnten auch K.-o.-Tropfen gewesen sein. Das ist noch nicht ganz klar.« Sie beobachtete, wie Schiller sich wieder langsam umwandte. Als wäre sie ein toter, stinkender Fisch, hielt er die Tüte mit der Muschel vor sich hin.

»Du meinst, sie ist im Schlaf getötet worden?«, fragte er ungeduldig.

»Möglicherweise. Tom Hinzen hat ausgesagt, dass er ihr gewisse Medikamente aus Holland besorgt hat.«

»Bisher kennt man nur Geschichten, dass Huren ihre Freier mit K.-o.-Tropfen flachlegen.« Schiller lächelte. Zum ersten Mal schien er sich ein wenig für den Fall zu interessieren.

Nun klingelte zur Abwechselung sein Telefon. Er sah sich die Nummer an und nahm das Gespräch zu ihrer Verwunderung nicht an.

»Hinrichs«, sagte er vollkommen ernst. »Wahrscheinlich will er dich sprechen.« Er zog einen Stuhl heran und setzte sich. »Vielleicht sollten wir zum Rhein runterfahren und uns von unserem Liebeskummer erzählen.«

Birte hielt für einen Moment den Atem an. Was wusste er von ihrer Nacht mit Hinrichs? Nein, er konnte keine Ahnung haben.

»Wie meinst du das?«, fragte sie, ohne ihn anzusehen. Sie fuhr sich durch ihr kurzes Haar, eine Geste der Verlegenheit, wie sie selbst bemerkte.

»Carla ist heute mit ein paar Jugendlichen nach Nizza geflogen – sie hat mir gesagt, ich solle mir überlegen auszuziehen.« Er stöhnte auf. »Vielleicht hat sie recht. Irgendwie macht diese Routine mich fertig. Wir laufen umher, stochern im Leben anderer Menschen herum, um ein Verbrechen aufzuklären … Therese hat mir geraten, mal wieder in ein Orgelkonzert zu gehen, die Orgel sei das Instrument Gottes und reinige den Geist. Manchmal beneide ich sie um ihren Kinderglauben.«

Birte spürte, wie er ihr sanft über den Kopf strich, dabei wusste sie genau, dass es nicht zärtlich gemeint war – nicht erotisch zärtlich zumindest.

Hinrichs verfolgt mich, wollte sie sagen, ich bin einen Moment schwach geworden, und das hat er ausgenutzt – er ist ein Mann, der vor anderen den coolen Pressesprecher mimt und in Wahrheit die Qualitäten eines Stalkers hat.

»Vielleicht gibt es irgendwo ein Violinkonzert«, sagte sie stattdessen. »Ein Violinkonzert wäre mir lieber.«

»Von mir aus«, erwiderte Schiller, und sie hörte, dass er dabei lächelte. Es war beinahe ein Wunder, dass er von Carla gesprochen hatte.

Im nächsten Moment klingelte es an der Tür. Ein lautes, herrisches Klingeln.

»Kundschaft.« Schiller zog seine Hand zurück. »Oder soll ich aufmachen?«

9.

Hinrichs zu erwähnen, war ein Test gewesen. Birte hatte zu blinzeln angefangen, wie sie es immer tat, wenn sie besonders nervös war. Die ganze Sache war ziemlich offensichtlich, zumindest für einen guten Polizisten, der zu beobachten verstand. Der verdammte Kerl lief ihr wie ein Straßenhund hinterher. Bald würden alle in der Abteilung von ihrer verhängnisvollen Affäre wissen. Damit wäre Birtes Schonzeit in Köln endgültig vorbei.

Schiller lächelte, während er sich in die Küche zurückzog. Manchmal wenn man im dicksten Schlamassel steckte, tat es gut, an die Probleme anderer zu denken. Vielleicht sollte er Hinrichs einen Denkzettel erteilen – es gehörte sich nicht, eine Kollegin zu bedrängen, die einmal einen schwachen Moment gehabt hatte, aber Hinrichs waren in den letzten Jahren ein paar Dinge zu Kopf gestiegen – nur weil er bei gewissen Festen den Oberbürgermeister und den Polizeipräsidenten duzen durfte und beinahe jeden Tag mit Journalisten und Fernsehleuten zu tun hatte, war er noch längst keine große Nummer, die sich alles erlauben konnte.

Er beobachtete, wie Birte die Tür öffnete. Sie wirkte äußerst angespannt, ihre Hände schienen sogar ein wenig zu zittern. Ein Schatten fiel durch die geöffnete Tür.

»Wen haben wir denn da?«, sagte eine lässig klingende Männerstimme. »Ist Elaine nicht zu Hause? Hat sie eine hübsche Vertretung geschickt?«

Birte hatte den Kopf gehoben. Offenbar war der Mann an der Tür sehr groß.

»Kommen Sie doch bitte herein«, erklärte sie und machte eine einladende Geste. Sie hatte sich eindeutig wieder gefangen.

Ein Zwei-Meter-Kerl betrat den winzigen Flur – er hatte halb lange blonde Haare, die er in einem Seitenscheitel trug, sein Gesicht war gebräunt und ein wenig faltig. Aufmerksam scannte der Schönling die Wohnung.

»Wo ist Elaine?«, fragte er dann. »Gibt das eine Show zu zweit?«

Birte hielt ihm ihren Ausweis entgegen. »Kriminalpolizei Köln«, sagte sie. »Dürfte ich Ihren Namen erfahren?«

Der blonde Riese schnalzte mit der Zunge. »Oh, was hat das zu bedeuten? Hat Elaine etwas angestellt?« Seine Laune hatte sich innerhalb von Sekunden abgekühlt – seinem mürrischen Gesichtsausdruck nach zu urteilen.

»Wie genau kennen Sie die Mieterin dieser Wohnung?«, fragte Birte weiter.

Schiller spürte, dass sein Telefon wieder klingelte. Zum Glück hatte er es auf lautlos gestellt. Carlas Handynummer blinkte. Endlich!, dachte er und atmete erleichtert auf. Sie wollte doch noch mit ihm sprechen. Er war im Begriff, sich in den hinteren Bereich der Küche zu verziehen, um das Gespräch anzunehmen, als er aus den Augenwinkeln bemerkte, wie der Mann seine Arme ausstreckte und ausrief: »Ich gehe jetzt wohl besser wieder.«

Mit einer ungelenken Bewegung versetzte er Birte einen Schlag, der sie lediglich am Kopf streifte, doch mit der linken Faust traf er sie mitten ins Gesicht. Sie stürzte gegen die Schlafzimmertür und stöhnte auf – eher überrascht als vor Schmerzen.

Der Schönling gönnte ihr keinen Blick mehr, sondern war schon an der Tür. Schiller erwischte ihn an seinem Jackett. Er riss ihn herum und schlug ihm so hart auf das Kinn, dass ihm ein feuriger Schmerz durch die Hand bis in den Kopf fuhr. Verdammt, so kräftig hatte er seit Jahren nicht mehr zugelangt. Der Riese prallte mit dem Kopf gegen die Zarge und ging in die Knie. Schiller stürzte sich auf ihn und warf ihn zu Boden. Er musste sich mit seinem ganzen Gewicht auf den Blonden stemmen, der sich wand und mit den Beinen zuckte, um sich zu befreien, doch einen Moment später war Birte herangekommen und zerrte die Hände des Schönlings mit erstaunlicher Kraft hervor. Ihre Lippe war aufgeplatzt und blutete.

»Was für ein Arschloch!«, stieß sie hervor und lächelte, während sie dem Blonden Handschellen anlegte.

Nachdem sie ihn in die Küche verfrachtet hatten, auf den Stuhl, wo eine halbe Stunde vorher noch der alte Professor gesessen hatte, begann der Schönling zu wimmern. Eine blutige Schramme verlief über seine Stirn und ein Wangenknochen war angeschwollen. Er wischte sich mit den gefesselten Händen die blonden Strähnen aus dem Gesicht und stammelte los. Er heiße Uwe Reimer und sei seit einem halben Jahr verheiratet, mit der Tochter seines Chefs, und sie und ihr Vater dürften niemals erfahren, dass er zu einer Hure gehe.

Schiller hätte den Blonden am liebsten an den Haaren gepackt und ihm noch einmal ins Gesicht geschlagen – der Kerl hatte Birte verletzt und dafür gesorgt, dass er Carlas Anruf nicht hatte annehmen können.

Birte hatte einen Streifenwagen gerufen, der den Schönling aufs Präsidium bringen sollte.

»Wie ist das bei Ihnen gelaufen?«, fragte Schiller. »Hatten Sie einen festen Termin bei Elaine – oder haben Sie einfach angerufen, wenn Sie Zeit ... und Lust hatten?«

Er bemerkte, wie Birte bei seiner Wortwahl lächelte.

Der Schönling blickte ihn an. Schiller konnte das Entsetzen in seinen Augen sehen. Plötzlich fiel ihm bei all seiner Wimmerei auf, dass etwas Ungeheuerliches passiert sein musste, wenn ihm gleich zwei Polizisten aufgelauert hatten.

»Was ist mit ihr?«, fragte er atemlos.

»Sie ist tot«, erwiderte Schiller. »Eva Engels ist vermutlich gestern Abend in ihrer Wohnung erschossen worden – fünf Meter von hier.«

Reimer zuckte zusammen, aber sein Mitgefühl für die Tote hielt sich in Grenzen. »Niemand darf erfahren, dass ich hier war und dass wir diese ... Spiele ... Ich meine, wenn meine Frau mitbekommt, dass ich ...« Er fing erneut an zu schluchzen, ein weißer Riese, der nun wie ein kleines Kind heulte.

»Was für Spiele?« Birte baute sich vor ihm auf. Ostentativ tupfte sie sich ihre blutende Lippe mit einem Papiertaschentuch ab.

Der Schönling starrte sie an und schluckte. Er brauchte ein paar Sekunden, bis ihn die Frage erreicht hatte, aber mittlerweile wirkte er so wehrlos und entsetzt, dass er offen antwortete, ohne sich zu überlegen, was seine Worte für ihn bedeuten konnten.

»Ich mag es ein wenig härter – nicht mit Tritten und Schlägen. Mir gefällt es, wenn man mir die Luft abschnürt und mir gleichzeitig ...« Er geriet ins Stocken und wischte sich wieder über das Gesicht. »Die meisten Frauen können das nicht, haben weder die Technik noch die Nerven dazu, aber Elaine war echt abgeklärt. Ein paar Dinge musste ich ihr zeigen, bis sie eine echte Expertin ...« Der harte Junge schniefte wieder.

»Wie sind Sie auf Elaine gekommen?«, fragte Schiller. »Haben Sie auf eine Anzeige geantwortet?«

»Eine Anzeige?« Reimer schüttelte verblüfft den Kopf. »Ich habe Sie letztes Jahr im Pascha kennengelernt. Da war sie aber nur ein paar Wochen. Ich habe gleich gesehen, dass sie etwas Besonderes war.«

»Ich verstehe das nicht«, sagte Birte, nachdem zwei uniformierte Beamte Reimer aus der Wohnung gebracht hatten. Ihre Lippe blutete nun nicht mehr. »Was war das für eine Frau? Die Wohnung sieht aus, als hätte hier eine mittelmäßige Nutte auf eigene Kosten gearbeitet. Aber sie scheint wirklich alle Register gezogen zu haben – einem alten Professor liest sie erotische Texte vor, und eine Stunde später praktiziert sie Sadomaso-Sex mit irgendeinem dahergelaufenen Typen, der von Beruf vermögender Ehemann ist.«

»Vielleicht müssen selbst solche Damen heutzutage flexibel sein«, erwiderte Schiller. Mäßig interessiert öffnete er die Schränke im Schlafzimmer, obwohl Cremer sie sich vermutlich auch schon angeschaut hatte. Da hingen fast nur Morgenmäntel in allen Farben.

»Nein«, sagte Birte Jessen bestimmt. »Die meisten Mädchen, die nicht der gewöhnlichen Prostitution nachgehen, spezialisieren sich auf etwas. Das weiß ich von St. Pauli. Domina und Samariterin – so etwas geht nicht zusammen.«

Als Schiller die Tür schon wieder schließen wollte, bemerkte er, dass einer der Morgenmäntel ein wenig abseits hing. Er war aus hochwertiger Seide und mit Muscheln bedruckt. Aus der einzigen Tasche förderte er eine Packung Zigaretten, ein unbenutztes Kondom und die Visitenkarte eines Anwalts zutage. *Doktor H.G. Drescher, Zülpicher Straße*, las er.

Schiller steckte die Visitenkarte ein und dachte plötzlich an Carla. Er musste sie anrufen und alles erklären, aber vermutlich würde sie ihm gar nicht zuhören. Er hatte sie am Flughafen versetzt, und nun war er nicht einmal ans Telefon gegangen.

»Auf mich wirkte das alles, als hätte sie gar kein Leben gehabt«, fuhr Birte fort, während sie sich umsah. »Als hätte sie alles immer nur ausprobiert – ein paar Wochen oder Monate in einem Bordell, dann diese Wohnung. Sie tanzt mit einem Schwulen, sie liest einem Professor erotische Texte vor, fesselt und würgt ein reiches Arschloch und bläst ihm einen dabei ... Aber wo sind die wirklichen Menschen in ihrer Umgebung? Nicht einmal mit ihrer Zwillingsschwester hatte sie Kontakt.«

So ist das mit Heimkindern, wollte Schiller erwidern, die Hälfte von ihnen bekommt nie ein Bein auf den Boden.

Plötzlich klingelte es an der Tür. Schiller blickte auf die Uhr. Es war halb zehn. Eva Engels schien einen ordentlichen Terminkalender zu haben.

»Mal sehen, wer jetzt kommt«, erklärte Birte und seufzte. Sie berührte ihre aufgeplatzte Lippe und verzog das Gesicht. »Vielleicht zur Abwechslung eine Frau, die sich die Schamhaare rasieren lassen will, oder ein Junge, der auf Akupunktur beim Sex steht.«

Schiller lächelte müde. »Schöne Phantasien«, sagte er, während er wieder seinen Posten bezog.

Stimmen wecken in jedem Menschen bestimmte Erinnerungen: die ruhige, verständnisvolle Stimme seines Vaters, wenn er vor dem Spiegel stand, sich anschaute und rasierte und gleichzeitig mit ihm sprach. Oder Carlas Stimme – ein warmer, sanfter Alt, eine Stimme, die zunächst Ruhe und Unaufgeregtheit signalisierte. Bei Therese lag ein Kichern hinter ihrer Stimme, sie sprach stets ein wenig schrill und abgehetzt – das ganze Leben einer Hebamme lag darin, die nie Zeit hatte, sondern von Termin zu Termin hetzte und die immer damit rechnete, dass eine Geburt, zu der sie gerufen wurde, all ihre Pläne zunichtemachte.

Die Stimme, die er von der Tür her hörte, erkannte Jan Schiller sofort, auch wenn die Überraschung, sie hier in dieser Wohnung zu hören, ihn einen Moment lang zweifeln ließ. Matthias Brasch war ein Kollege gewesen, ein verdienter Hauptkommissar der Kölner Polizei, bis er geglaubt hatte, einen Mann allein zur Strecke bringen zu müssen, den er für einen Kinderschänder hielt. Brasch hatte Spuren manipuliert und entlastendes Material beiseitegeschafft. Am Ende hatte er recht behalten – aber mit den falschen Mitteln. Zwei Jahre waren seitdem vergangen.

Nun stand Brasch hier in der Tür – er war magerer geworden, sein schwarzes Haar war zu lang und von einzelnen grauen Strähnen durchzogen. Er hatte es nach hinten gekämmt.

Birte betrachtete ihn, doch er sagte nichts, starrte sie an und zog fragend seine Augenbrauen in die Höhe. Brasch war schon immer ein Schweiger gewesen.

Für einen Moment wirkte Birte irritiert, dann zog sie ihren Dienstausweis hervor.

»Kripo Köln«, sagte sie. »Darf ich Sie hereinbitten und ein paar Fragen an Sie stellen?« Sie hatte sich ein wenig vorgebeugt, weil sie auf der Hut war und auch Brasch für einen Kandidaten hielt, der sie angreifen oder sofort die Flucht ergreifen könnte.

Schiller betrachtete Brasch durch den Türspalt mit Mitgefühl und sogar ein wenig Trauer. Brasch mochte Mitte vierzig sein, aber er wirkte deutlich älter. Seine Haut hatte eine gelbliche Färbung angenommen, als wäre er krank, als wäre etwas mit seiner Leber nicht in Ordnung. Man konnte ihm ansehen, dass er trank und rauchte und dass er deshalb so mager war. Und er sieht verlassen aus, dachte Schiller, von allen guten Geistern verlassen.

Brasch verzog sein Gesicht zeitverzögert zu einem matten Grinsen, als er die Marke sah.

»O, ich kenne Sie gar nicht«, sagte er dann leise und nuschelnd. »Sie sind neu? Frisch von der Polizeischule und voll guter Vorsätze, das Böse in der Welt auszurotten? Haben Sie heute schon gegen das Böse gekämpft?« Er hob die Hand, um auf ihre aufgeplatzte, geschwollene Lippe zu deuten.

Birte wandte kurz den Kopf, als wollte sie sich zu Schiller umdrehen. Dann fragte sie in ihrem nasalen Hamburger Tonfall. »Und wer sind Sie? Ein Journalist, der hier herumschnüffeln will?«

»Leider danebengetippt.«

Brasch trat ein, und Birte schloss die Tür hinter ihm. Er trug eine schwarze abgewetzte Lederjacke, die Schiller noch kannte. Diese Jacke hatte er immer angehabt, gleichgültig, ob es minus zehn oder plus dreißig Grad gewesen war. Schiller überlegte, welchen Tarnnamen die Tote Brasch gegeben haben könnte. War er der Beobachter oder der Blinzler? Hatte es auch einen Schweiger in dem Notizbuch gegeben?

»Matthias Brasch«, sagte er und betrachtete sich kurz in dem Spiegel, der im Flur hing, aber er wandte hastig den Blick ab, als hätte ihm das, was er da gesehen hatte, nicht besonders gut gefallen. »Vormals Hauptkommissar der ehrenwerten Kölner Polizei, nun freischaffender Privatdetektiv.«

Schiller blieb noch auf seinem Posten, auch wenn nun der Moment gekommen wäre, hervorzutreten und sich zu erkennen zu geben. Ihm fiel ein, dass Brasch eine Frau gehabt hatte, die sich damals von ihm getrennt hatte – eine wunderschöne schwarzhaarige Frau, die Lehrerin oder so etwas gewesen war. Nur an ihren Namen erinnerte er sich nicht mehr. Nachdem sie ihn verlassen hatte, war Brasch noch einsilbiger geworden.

»Was wollten Sie von Eva Engels?«, fragte Birte. Sie benutzte den wahren Namen der Toten, vielleicht, weil sie ahnte, dass Brasch kein Kunde war.

»Sie hat mich angeheuert«, erwiderte er, gleichmütig und ohne übermäßige Neugier zu zeigen.

»Was mussten Sie für sie tun?« Birte wandte sich um und bedeutete Brasch, in die Küche zu gehen. Schiller wich von der Tür zurück und setzte sich an den Tisch, mit dem Gesicht zur Tür.

Brasch verharrte einen Moment, als er Schiller sah, dann nickte er nur, ohne eine Regung, als könnte ihn nichts auf der Welt mehr überraschen.

»Hallo, Matthias«, sagte Schiller. »Wir haben uns lange nicht gesehen.«

»Wusste ich doch, dass ihr euch kennt.« Birte schob Brasch einen Stuhl hin. »Konnte ja gar nicht anders sein.« Sie warf Schiller einen bösen Blick zu, den er geflissentlich ignorierte.

»Hallo, Jan.« Ein verlegenes Lächeln. »Ich habe für Eva Engels gearbeitet«, fuhr Brasch dann fort. »Sie hat geglaubt, dass jemand sie verfolgt und bedroht.«

Birte zog ihre makellose Stirn in Falten. »Wer soll sie bedroht haben?«

Brasch griff in seine abgewetzte Lederjacke und holte ein Foto hervor, das er wie eine Spielkarte auf den Tisch legte. Darauf war eine schwarzhaarige, ungefähr vierzig Jahre alte Frau zu sehen, die soeben einen Laden verließ; ein heimlich gemachtes Foto, vermutlich von einer Handykamera geschossen.

»Um diese Frau sollte ich mich kümmern – Nachforschungen anstellen, gucken, was sie so treibt. Ein Routineauftrag.«

Birte nahm das Bild und hielt es ins Licht. »Wer ist das?«

»Ist Eva erschossen worden, oder hat man sie erwürgt?«, fragte Brasch in einem Tonfall, als würde er sich nach der Uhrzeit erkundigen. Er blickte Schiller an. Sein rechtes Augenlid zuckte, bemerkte Schiller, und seine Haut hatte wirklich eine viel zu gelbe Färbung.

»Wie kommen Sie darauf, dass Eva Engels tot sein könnte?« Birte legte das Foto so zurück, dass Schiller es genauer anschauen konnte. Die Frau war recht hübsch, dezent, aber geschmackvoll geschminkt, mit einem schön geschwungenen Mund und einer wohlgeformten Nase. Sie trug große Ohrringe, die unter ihrem langen Haar hervorschimmerten.

»Wenn zwei Leute vom KK 11 hier anrücken, heißt das: Ein Gewaltverbrechen ist passiert. Oder irre ich mich?«

Schiller lächelte matt. »Hast du dich jemals geirrt? Du warst ein guter Polizist.«

Brasch winkte ab. Er griff in seine Jacke, als wolle er Zigaretten hervorholen, dann überlegte er es sich anders.

»Alte Zeiten«, sagte er. »Aus und vorbei.«

Er blickte lustlos auf seine Armbanduhr.

»Was ist mit dieser Schwarzhaarigen? Wie heißt sie? Haben Sie etwas herausgefunden?«, fragte Birte ungeduldig. Brasch begann sie zu nerven – das stand ihr deutlich ins Gesicht geschrieben.

»Sie heißt Margit Krahl, sie besitzt eine große Wäscherei im Kölner Norden. Ihr Mann gehörte zu den Kunden von Eva. Kann sein, dass ihr das nicht gefallen hat. Angeblich hat sie Eva einmal abends vor der Haustür angegriffen und bedroht. Meine Mandantin war sich allerdings nicht ganz sicher.« Er atmete tief ein. »Wenn ich ehrlich sein soll, habe ich nicht viel herausgefunden. Die Krahl ist eine Frau, die ständig arbeitet. Vor zwei Wochen hat sie noch eine Galerie am Brüsseler Platz aufgemacht. Hat anscheinend zu viel Geld.«

»Wann hast du den Auftrag bekommen?«, fragte Schiller.

»Vor einer Woche. Vorgestern habe ich mir die Frau zum ersten Mal angeschaut. Von morgens acht bis abends sechs. Ein ziemlich langweiliger Job. Außerdem habe ich mir angesehen, ob gegen sie etwas vorliegt.« Er lächelte. »Dafür reichen meine Kontakte ins Präsidium noch.«

»Und liegt etwas gegen sie vor?«

»Nichts – nicht einmal ein Strafzettel. Aber sie besitzt eine Waffe. Vor vier Jahren ist sie vor ihrer Wäscherei überfallen worden.«

Birte machte sich Notizen. Sie hatte sich auch ein schwarzes Notizbuch besorgt, registrierte Schiller. Ihr Telefon klingelte wieder, aber sie ging nicht an den Apparat. Ihre Lippe war noch weiter angeschwollen. Man konnte ihr ansehen, wie müde sie war und dass dieser Fall sie anstrengte, obschon sie erst zwei der Männer gesehen hatte, die als Kunden gekommen waren.

»Was ist mit dem Mann dieser Frau?«, fragte Birte. »Ist er regelmäßig zu Eva Engels gegangen?«

Brasch zuckte mit den Achseln und leckte sich über die Lippen, als habe er Durst. »Hat sich wohl in Eva verliebt, und sie hat auch recht freundlich über ihn gesprochen, aber er ist ein Verlierer. Er heißt Johann Metzler und ist bei seiner Frau angestellt – als Mädchen für alles.«

»Die beiden haben nicht dieselben Nachnamen?«

»Ein modernes Paar.« Brasch seufzte. »Ich kann euch einen Bericht schreiben, wenn ihr wollt. Gibt es einen Erben?«, erkundigte er sich dann bei Schiller. »Wer bezahlt jetzt meine Rechnung? Sechshundert Euro – mein Tagessatz.«

»Die Tote hat eine Zwillingsschwester«, sagte Birte, bevor Schiller etwas erwidern konnte. »Wussten Sie davon?«

»Nein.« Brasch sah wieder auf seine Uhr. »Es tut mir leid, dass Eva tot ist«, fügte er leiser hinzu. Ihm war jedoch nicht anzusehen, ob er diese Worte ernst meinte.

»Früher warst du ein großer FC-Fan.« Schiller glaubte, etwas Versöhnliches sagen zu müssen. »Aber in der letzten Saison habe ich dich nicht einmal im Stadion entdeckt.«

Brasch nickte. »Ich gehe nicht mehr. Stadionverbot. Einmal war ich so betrunken, dass ich die Treppe hinuntergefallen bin und ein kleines Kind verletzt habe. Nichts Ernstes zum Glück. Ist mir aber ohnehin zu viel Trubel.«

Schiller spürte ein wachsendes Unbehagen. Wie gleichmütig Brasch von seinen Niederlagen redete! Am liebsten wäre er aufgestanden und hätte ihn geschüttelt. Wach auf, Mann, du warst ein großartiger Polizist – aber was ist nun aus dir geworden? Ein mieser Detektiv, der nur an seine Rechnung denkt.

»Wir brauchen Ihren Bericht bis morgen.« Birte legte Brasch ihre Visitenkarte auf den Tisch. »Wenn Sie den Weg zum Präsidium noch kennen – kommen Sie morgen Mittag. Ich bin sicher, dass ich noch ein paar Fragen an Sie habe.«

Brasch nickte wieder.

Was ist mit deiner Frau?, wollte Schiller ihn fragen. Ist sie zu dir zurückgekehrt? Aber nein, diese Frage war überflüssig. Ein Blick in seine glanzlosen Augen beantwortete alles. Hier saß ein verlorener Kämpfer, der sich nur noch mühsam aufrecht hielt und der kein Mitgefühl mehr für irgendjemanden aufbrachte – nicht einmal für sich selbst.

Sie verabschiedeten sich beinahe wortlos, mit einem kurzen Händedruck.

»Was ist das für eine traurige Gestalt!«, sagte Birte, nachdem sie die Tür hinter Brasch geschlossen hatte. »Der Schönling wartet im Präsidium auf uns, aber vorher könnte ich etwas zu essen und ein Glas Rotwein vertragen.«

10.

Es war Mitternacht, als Jan Schiller endlich die Tür zu seiner Wohnung aufschloss. Für einen Moment spürte er den Impuls, ohne Licht zu machen, in die Küche zu schleichen, sich ein Glas Wein zu gönnen und sich dann neben die schlafende Carla zu legen. Aber nein, fiel ihm ein. Sie war in Nizza, schlief vermutlich schon in einem billigen Hotel, bevor sie morgen mit einer Horde Halbwüchsiger auf Segeltour gehen würde. Er hatte seit ihrem verunglückten Anruf kein Wort mehr mit ihr gewechselt.

Er schaltete alle Lichter an und setzte sich an den Küchentisch. Schon nach ein paar Sekunden ging ihm die Stille auf die Nerven, die durch die Wohnung schwebte.

Nach einer Stunde hatten sie den blonden Schönling zu seiner lieben Ehefrau in sein trautes Heim geschickt. Uwe Reimer hatte ein Alibi, aber er würde wegen des tätlichen Angriffs gegen Birte eine Anzeige bekommen. Sie hatten sich auch durch sein Gewimmer nicht erweichen lassen. Eine Information aber hatte der Schönling noch gehabt. Ein Dokumentarfilmer hatte einen Beitrag über Eva Engels gedreht – irgendeine Episode, in einem Film über acht moderne Frauen, der angeblich in einem Nachtprogramm gelaufen war. Birte hatte versprochen, sich darum zu kümmern.

Schiller überlegte, ob er ein Stockwerk höher zu Gabriel Hagen, dem Schriftsteller, gehen sollte. Oder sollte er Sylvie anrufen? Sie hatte eine Tangoschule, und manchmal tanzten sie zusammen, wenn ihre Schüler nach Hause gegangen waren. Der Tango war seine Leidenschaft – beim Tanzen konnte er alles hinter sich lassen und vergessen. Nur Rhythmus zu sein, war für einen Europäer fast unmöglich, und es gelang auch lediglich in den besten Momenten. Sylvie war fast sechzig. Sie hatte ihr altes Leben wie einen Mantel abgestreift, um ganz für den Tanz zu leben. Er nahm das Telefon. Vielleicht saß sie noch in ihrer Schule, rauchte eine Zigarette und hatte eine letzte Tangoplatte aufgelegt. Sie war so mager, als würde sie sich von Luft und Nikotin ernähren. Einmal hatte er sie nackt gesehen – in dem kleinen Gymnastikraum hinter dem

Tanzsaal. Er hatte nicht gewusst, ob sie ihn da verführen wollte oder nicht.

Das Telefon klingelte in seiner Hand. Anonymer Anruf, leuchtete auf.

Schiller wusste sofort, dass es nicht Carla war.

Er hörte einen tiefen Atemzug, als er das Gespräch annahm. Was sollte das?

Schiller wiederholte seinen Namen, doch wieder antwortete ihm nur ein Atemzug. Am anderen Ende der Leitung rauchte jemand.

»Wollen Sie mit mir sprechen?«, fragte Schiller barsch. »Oder gefällt es Ihnen, nachts Leute zu belästigen?«

»Ich hätte gedacht, dass Sie mir zum Geburtstag gratulieren würden«, sagte die Stimme.

»Ich gratuliere Ihnen zum Geburtstag«, erwiderte Schiller kraftlos. Die Überraschung lähmte ihn. Woher hatte Regina Engels seine Nummer? Nein, das war die falsche Frage. Seine Nummer stand im Telefonbuch. Was bezweckte sie mit ihrem Anruf? Das war die richtige Frage.

»Verzeihen Sie!« Regina Engels lachte – sie hatte getrunken. »Ich stehe hier am Fenster, schaue auf die leere Straße und gratuliere mir selbst.« Sie bekam einen Schluckauf. Dann rumpelte es im Hörer, und wie aus weiter Ferne war ein Husten zu hören. Sie hatte das Telefon irgendwo abgelegt.

Sollte er auflegen? Sein Nokia klingelte. Broders Name blinkte auf. Waren heute Nacht alle von Schlaflosigkeit befallen?

»Tut mir leid.« Regina Engels war wieder am Apparat. »Ein kleines Missgeschick.«

»Kann ich etwas für Sie tun?«, fragte Schiller und bedauerte seine Frage sofort. Er ermittelte in einem Mordfall, in dem Regina Engels eine wichtige Rolle spielte – er sollte sich nicht zu sehr auf sie einlassen.

»Ich komme damit nicht klar«, flüsterte Regina in den Hörer. »Dass Eva tot ist und ich heute alleine Geburtstag habe … Ich meine, wir waren uns nie nahe, und doch … es tut weh. Verstehen Sie, was ich meine?«

»Ja«, sagte er, obwohl es nicht stimmte. »Ich bin auch in einem Kinderheim aufgewachsen – genauso wie Sie«, fuhr er gegen seinen Willen fort. »Menschen, die in einem Heim waren, sind anders – manchmal ist die Welt für uns wie aus Papier, leicht zu zerreißen und völlig irreal. Oder dann wieder wie hinter Glas. Wir gehören nicht dazu.«

Was redete er da? Leg auf, sagte eine Stimme in seinem Kopf, du redest dich um Kopf und Kragen.

Er hörte, dass sie rauchte, und stellte sich vor, dass sie nackt war. Nackt stand sie in einem dunklen Zimmer am Fenster und blickte hinaus. Mondlicht strich sanft über ihren silbernen Körper, über ihre kleinen, makellosen Brüste, ihren schön geformten Hals. Schwanenhals, dachte er.

Haben Sie niemanden?, wollte er fragen, aber nicht, weil er ein Polizist war und ihren Hintergrund erforschen musste.

»Ich habe mit meinem Freund Schluss gemacht«, sagte Regina plötzlich. »Eigentlich wegen Eva – sie hat mir die Augen geöffnet. Er war ein Arschloch, hat hinter meinem Rücken andere Frauen angemacht, aber er war reich und sah gut aus.«

»Wegen Eva? Ich dachte, Sie und Ihre Schwester ...«

»Manchmal ist sie in letzter Zeit nach Frankfurt gekommen – unregelmäßig, und da hat sie Max getroffen ... Er war ein Arschloch«, wiederholte sie.

Schiller schwieg. Er hörte, dass sie etwas trank, Sekt vermutlich. Von seiner Wohnung bis ins Chelsea Hotel brauchte er um diese Zeit keine zehn Minuten. Carla war weit weg. Sie würde nichts erfahren ...

»Haben Sie schon etwas herausgefunden? Wenn Sie mir schon nicht zum Geburtstag gratulieren, dann müssen Sie wenigstens arbeiten.« Ihre Stimme klang nun fester. Er hörte eine Tür klappen und dann das Rauschen eines Autos. Hatte sie das Fenster geöffnet?

»Wir ermitteln pausenlos«, erklärte er lahm. »Ihre Schwester war ein ziemlich widersprüchlicher Mensch. Sie war eine Hure, aber offensichtlich hat sie sich sehr individuell auf ihre Kundschaft eingestellt. Wissen Sie, dass sie sich bedroht gefühlt und einen Detektiv engagiert hat?«

Regina atmete wieder ein. Die Geräusche im Hintergrund waren verstummt. Sie liegt auf dem Bett, dachte Schiller plötzlich. Sie hat ihre Zigarette auf die Straße geworfen, und nun liegt sie auf ihren Kissen, nackt und schön. Er schloss die Augen. Das Licht in seiner Küche war plötzlich viel zu grell. Er stand auf und schaltete es aus. Wie eine Decke fiel die Dunkelheit über ihn.

»Nein«, sagte sie nach einem langen Zögern, als hätte sie so lange gewartet, bis auch er im Dunkeln saß. »Davon wusste ich nichts ... oder doch, sie hat es in unserem letzten Telefonat erwähnt. Da gab es einen Typen, dessen Frau Ärger machte. Ich habe es nicht ernst genommen.«

»Sie sind Ihrer Schwester nah gewesen und doch wieder nicht«, sagte Schiller.

Sie lachte leise. »So ist das wohl bei Zwillingen. Vielleicht hält uns ein unsichtbares Band zusammen, und unser Schicksal ist irgendwie verknüpft. Sie sollten auf mich aufpassen, Herr Polizist.« Sie lachte wieder und trank einen Schluck.

»Glauben Sie, dass Sie in Gefahr sind?« Schiller versuchte, förmlich zu klingen, wie ein guter Polizist, der nur seine Arbeit tat, aber seine Stimme hatte einen anderen Unterton, interessiert, ein wenig aufgekratzt. Regina Engels wusste wahrscheinlich, dass sie ihn am Haken hatte.

»Haben Sie Kinder?«, fragte sie unvermittelt, nun ohne ein Kichern in der Stimme. »Gibt es eine Frau, die sich um Sie kümmert?« Als er nicht sofort antwortete, fuhr sie hastig fort. »Nein, sagen Sie es mir nicht ... ich will es gar nicht wissen.«

Sie ist unglücklich, dachte Schiller, auf eine gewisse Weise genauso unglücklich, wie es ihre Schwester gewesen ist.

Er hörte, wie er sagte: »Ich könnte in ein paar Minuten bei Ihnen sein. Wir könnten noch etwas trinken – nicht auf Ihrem Zimmer, versteht sich, aber unten am Ring gibt es eine Bar, da gibt es die besten Cocktails in ganz Köln.«

»Wenn Sie mir artig gratulieren, verrate ich Ihnen vielleicht ein Geheimnis«, flüsterte sie. »Bis gleich.«

Dann legte sie auf.

Ja, Schiller, du bist komplett verrückt geworden, sagte eine harte Stimme in seinem Kopf. Carla hat dir ein paar unfreundliche Worte gesagt, bevor sie weggefahren ist, und kaum ist sie aus der Tür, läufst du einer durchgeknallten blonden Frau hinterher. Du bist Polizist! Mache deine Arbeit, aber vorher legst du dich ins Bett und schläfst ein paar Stunden.

Sie ist schön, sagte eine andere Stimme, sie bewegt sich so anmutig und fließend, wie sich noch nie jemand bewegt hat. Außerdem kann es nicht schaden, mehr von ihr zu erfahren. Was sie denkt und tut. Und wie ihr Verhältnis zu ihrer Schwester genau aussah. Außerdem hatte sie von einem Geheimnis gesprochen, das sie ihm verraten wollte.

Während er die Wohnung verließ und durch das dunkle Treppenhaus auf die Straße schlich, als dürfe ihn niemand sehen, überlegte er, Birte Jessen anzurufen. Er würde ihr sagen, wohin er fahren wollte, eine Art Rückversicherung.

Nein, er verwarf den Gedanken sofort wieder. Er wusste, was sie ihm sagen würde. Wo hast du deinen Verstand, Schiller? Im Kopf oder tatsächlich in deinem Schwanz? Bist du so ein Idiot wie die meisten anderen Männer?

Er schloss sanft die Haustür. Niemand war auf der Straße. Mittlerweile war es halb eins. Eine leere erleuchtete Straßenbahn fuhr die Zülpicher Straße hinunter.

Er würde nur vorbeifahren, nachschauen, ob in ihrem Zimmer Licht brannte, und wenn er da ihre Silhouette wahrnahm, würde er nicht weiterfahren. Er würde die Dinge mit Carla wieder ins Lot bringen. Mehr mit ihr reden, für sie da sein … Vielleicht sollten sie zusammen Urlaub machen. Wandern … ja, einfach durch die Eifel wandern, wie sie es ihm schon mal vorgeschlagen hatte. Er machte sich wenig aus Natur, aber vielleicht würde sie ja das Schweigen, das sich unweigerlich auf solchen Wanderungen einstellte, wieder einander näherbringen.

Er startete den Wagen. Er wusste, dass er sich etwas vormachte. Wenn er ganz ehrlich war, wollte er zu dieser blonden Frau, er wollte sie riechen und schmecken und neben ihr liegen und ihr das Haar aus dem Nacken schieben und sich auf sie legen … Gleich im ersten Moment, als er sie gesehen hatte, hatte er das gedacht …

Verdammt, für gewöhnlich war er überlegter, abgeklärter …

Er begriff plötzlich, warum es für die tote Eva Engels so leicht gewesen war, eine Hure zu sein – zumindest wenn man es mit den Augen eines Mannes betrachtete. Sie war eine Verführerin gewesen, wahrscheinlich mit jeder Geste, jedem Blinzeln, und auch wenn ihre Schwester eine ganz andere Karriere gemacht hatte, so war Regina Engels doch ihre Zwillingsschwester.

Als wäre er auf einem Einsatz, parkte er direkt vor der Tür. Ein Nachtportier öffnete ihm. Schiller zeigte ihm seinen Ausweis. Man kannte ihn hier, es wäre sinnlos gewesen, unerkannt zu Regina Engels gelangen zu wollen. Außerdem war er ja der Ermittler.

Der Portier war ein kleiner Araber, ein Marokkaner vielleicht. Er sprach hervorragend Deutsch.

»Tut mir leid«, sagte er. »Frau Engels hat vor ein paar Minuten das Haus noch mal verlassen. Sie hatte Kopfschmerzen und wollte an die frische Luft.«

Sie war nicht da? Jan Schiller nickte mechanisch, als hätte er verstanden, und kehrte wieder um, Richtung Ausgang. Aber er kapierte es nicht. Hatte sie nun plötzlich Angst, ihn zu sehen, und war geflohen? Oder was hatte sie mit ihrem Anruf bezweckt?

Schiller fuhr zurück. Er hielt seinen Kopf in den Fahrtwind. Zum Glück war sie nicht da, dachte er. Was hätten wir getan?

11.

Birte Jessen war so müde, dass sie nicht schlafen konnte. Sie versuchte es mit Bach, Violinkonzert No. 2, Adagio, gespielt vom göttlichen Gidon Kremer, aber selbst das nutzte nichts. Im Krankenhaus, während sie bei Martin gewacht hatte, hatte diese Musik sie beruhigt. Ein Hauch ihrer Schönheit war auch auf sie übergegangen, aber nun war es nur Musik für sie, hübsche Wohlklänge, nicht mehr.

Sie dachte an Hinrichs, diesen Idioten. Eine rote Rose hatte jemand an ihren Briefkasten geklebt, ohne Absender, aber sie brauchte keinen Funken Phantasie, um zu sehen, dass er dahintersteckte.

Einen Moment dachte sie daran, Jan anzurufen. Wie tickt ihr Männer eigentlich?, wollte sie ihn fragen. Kapiert ihr kein glasklares Nein? Muss man es euch erst auf die Stirn tätowieren?

Aber Jan stand selbst neben sich. Wie er die blonde Zwillingsschwester angeschaut hatte – als wäre er sofort auf ein paar eindeutige Gedanken gekommen. Sie würde ihm sagen müssen, dass bei Carla noch nicht alles verloren war. Viele Frauen waren so, sprachen von Auszug und Trennung – einfach weil sie ein besonderes Signal erhofften, ein Zeichen, dass sie wirklich geliebt wurden.

Birte schaltete ihren Computer ein. Den Dokumentarfilm, in dem die Tote mitgespielt hatte, fand sie sofort, er war über ein Jahr alt und offensichtlich ein völliger Flop gewesen. »Frauenleben – acht Frauen sind anders.« Über ein Kinoportal konnte man den Film ansehen und herunterladen. Sie hatte so etwas noch nie gemacht. Seit sie in Köln war, hatte sie keinen einzigen Film im Kino angeschaut.

Zwei Minuten später starrte Eva Engels sie von ihrem Bildschirm aus an – verschlafen, mürrisch, lustlos. Die Kamera war auf sie gerichtet. Die Fragen, die eine verständnisvoll klingende Frauenstimme stellte, waren aus dem Off zu hören.

»Ich verkaufe mich«, sagte Eva Engels. Ihr Mund bewegte sich dabei, als würde sie Kaugummi kauen. »Meinen Körper«, fügte sie hinzu. »Damit werde ich so reich wie durch nichts sonst.«

Sie sprach ein wenig anders als ihre Schwester, meinte Birte Jessen herauszuhören, wirkte affektierter, altklüger, aber vielleicht lag es auch an dem erbarmungslosen Auge der Kamera.

Dann erzählte sie, wie sie im Pascha angefangen und da auf Kunden gewartet hatte. Es klang alles unspektakulär – als würde sie von einer gewöhnlichen Arbeit berichten. Sie sei aus einer Klinik gekommen, ohne einen Cent in der Tasche, und die anderen Mädchen hätten ihr ganz viel geholfen, zwei Mädchen aus Litauen und aus Finnland.

Birte Jessen hörte immer interessierter zu, obwohl sie solche Geschichten aus St. Pauli kannte. Lang und breit ließ sich Eva darüber aus, wie sie ihren Freiern »eine Falle stellte«. Jede Hure konnte das, man klemmte sich den Schwanz des Kunden einfach zwischen die Beine, so geschickt, dass er glaubte, schon in die Vagina eingedrungen zu sein. Nach ein paar Stößen war die Sache ohnehin vorbei, und man hatte sein Geld leicht verdient.

»Haben Sie Freunde, Verwandte?«, fragte die Frauenstimme.

Eva verzog das Gesicht. Sie war nicht wirklich hübsch, aber man konnte verstehen, dass sie Männer reizte, ihr blondes Haar, ihr Augenaufschlag, die Art, wie sie ihren sinnlichen Mund bewegte.

»Nö«, sagte sie, nun mit Kleinmädchenstimme. »Ich bin ganz allein.«

Hatte ihre Schwester diesen Film gesehen? Wie war es, wenn man in einer Frankfurter Bank arbeitete, und die Zwillingsschwester trat als Prostituierte in solch einem Film auf? Birte machte sich ein paar Notizen. Sie mussten Regina Engels genauer befragen, mussten vielleicht in Frankfurt mit ihr reden, mit ein wenig Abstand und in ihrem eigenen Umfeld.

»Was glauben Sie?«, fragte die Frauenstimme dann. »Sind Sie in einem Jahr noch im Pascha?«

Eva Engels richtete sich auf. Sie warf ihr Haar zurück. Birte konnte die goldene Kette sehen, die sie um den Hals trug. Sie hielt den Film an. Ein Medaillon hing an der Kette – eine kleine goldene Muschel. Hatten sie das Schmuckstück in der Wohnung gefunden? Sie machte sich eine Notiz. Morgen musste sie mit Cremer die Listen durchgehen.

»Ich mache mich selbstständig«, sagte Eva. Zum ersten Mal lächelte sie. »Vielleicht werde ich auch Schauspielerin. Jetzt, wo ich zum ersten Mal in einem Film mitspiele. Wer mir ein Angebot machen will, soll es schnell tun.« Sie formte mit den Lippen einen Kussmund, ordinär und abstoßend.

Warum hat man eine solche Szene nicht herausgeschnitten?, dachte Birte.

Die nächste Frau wurde eingeblendet, eine korpulente Blumenhändlerin, von der man erst auf den zweiten Blick bemerkte, dass sie nur einen Arm hatte.

Birte klickte sich aus dem Film aus. Nele würde feststellen müssen, ob Eva Engels noch in anderen Passagen auftauchte.

Als Birte endlich im Bett lag, hatte sie das Medaillon vor Augen. Ein paar Gegenstände der Toten fehlten – ihr Mobiltelefon, dieses Medaillon und wahrscheinlich noch das ein oder andere Schmuckstück. Worum ging es bei diesem Mord? Der klassische Mord eines Freiers an einer Hure? Nein, sie konnte es nicht glauben.

Die Müdigkeit kam, und mit ihr flog Martin aus dem Nichts heran – er lächelte gelassen. Darauf hatte sie eigentlich den ganzen Tag gewartet.

Sie erwachte, weil ihr Mobiltelefon klingelte. Es war hell, ihre aufgeplatzte Lippe tat weh, und in ihrem Mund hatte sie ein taubes Gefühl, als hätte sie viel zu lange nichts getrunken.

Hinrichs, dachte sie und erschrak darüber, dass er sie mit seiner Aufdringlichkeit schon so vereinnahmt hatte, dass ihr erster Gedanke ihm galt.

»Wo bleibt ihr denn?«, rief Nele in den Apparat. »Es ist gleich neun. Fitschen, die Staatsanwältin und Neuendorf rücken an, dann ist Pressekonferenz. Jan ist auch noch nicht da. Habt ihr zusammen die Nacht verbracht?«

Verschlafen blickte Birte Jessen auf die Uhr. Es war dreizehn Minuten vor neun. Sie hatte fast acht Stunden geschlafen – so etwas war schon lange nicht mehr passiert.

»Ich komme«, sagte sie heiser.

Nele lachte. »Dass mit Jan und der gemeinsamen Nacht war natürlich nur ein Scherz«, sagte sie. »Ach, außerdem hat ein Mann angerufen, ein Rechtsanwalt, der behauptet zu wissen, warum man Eva Engels umgebracht hat.«

Birte Jessen brauchte fast eine Stunde mit ihrem alten Alfa bis zum Präsidium. Die Besprechung lief bereits. Cremer hatte die Leitung übernommen. Neben Neuendorf und Fitschen saß die Staatsanwältin Wimschneider da, eine junge, forsche Bayerin, sowie Schultke von der Kriminaltechnik. Nur Hinrichs fehlte, was sie mit Erleichterung zur Kenntnis nahm. Cremer tat das, was alle Ermittler taten, wenn sie nichts in der Hand hatten: Er verlor sich in Details, beschrieb die Spurenlage in der Wohnung und machte einen Katalog auf, was sie alles schon in die Wege geleitet hatten. Die Zwillingsschwester erwähnte er nur beiläufig. Jan, der anscheinend auch deutlich zu spät gekommen war, hockte neben ihm und sah genauso übermüdet aus wie sie selbst. Birte spürte, wie der Blick des Kriminaldirektors von ihr zu ihm glitt. Es war nicht schwer, seine Gedanken zu lesen. Es machte wirklich den Anschein, als hätten sie gemeinsam die Nacht verbracht. Passierte schließlich nicht selten, dass Ermittlerteams so eng zusammenarbeiteten, dass die ein oder andere kurzzeitige Liaison entstand.

Schließlich ergriff Jan das Wort. Er berichtete erst von Uwe Reimer, den sie in der Wohnung der Toten überwältigt hatten, dann sprach er von dem Privatdetektiv, der bei ihm namenlos blieb, und den Drohungen. Über die schwarzhaarige Frau, die Eva Engels angeblich angegriffen haben sollte, habe er auch schon Erkundigungen eingezogen. Braschs Nachforschungen gab er als seine eigenen weiter.

»Birte und ich haben gleich einen Termin, um uns die Dame anzuschauen«, fügte er süßlich lächelnd hinzu, als wollte er etwaigen Gerüchten um sie neue Nahrung geben. »Wir können daher nicht an der Pressekonferenz teilnehmen.«

Wenn er in Reichweite gewesen wäre, hätte sie ihm einen Tritt vor das Schienbein versetzt, aber dann begriff sie. Ja, vielleicht war das ein Weg, um Hinrichs etwas klarzumachen. Wo war der Pressesprecher der Kölner Polizei überhaupt?

Kaum hatte sie sich das gefragt, stürzte er mit hochrotem Kopf herein.

»Tut mir leid«, rief er zu laut und aufgeregt. »Jemand hat mir den Reifen zerstochen.« Er legte einen Schraubenzieher auf den Tisch, den ein Aufdruck am Griff als Eigentum der Kölner Polizei auswies. »Das steckte in meinem Reifen.« Er blickte finster in die

Runde. Über sie wanderte sein Blick hinweg, um an Schiller hängenzubleiben.

Die Staatsanwältin stieß den Schraubenzieher mit ihrem manikürten Zeigefinger an, als wäre er ein totes, ekelhaftes Insekt. »Haben Sie das Tatwerkzeug erkennungsdienstlich behandeln lassen?«

Hinrichs schnaubte. »Nee«, sagte er dann, ungewöhnlich undiplomatisch, was Vorgesetzten gegenüber sonst nicht seine Art war, »das hätte wohl nichts gebracht.«

Nun wanderten seine Augen doch zu Birte. Warst du das?, fragten sie, und dann trat für einen winzigen Moment ein fast flehentlicher Ausdruck in sein Gesicht. Sie wandte den Blick ab, und er fuhr fort: »Außerdem habe ich gerade gehört, dass gestern Nacht ein weiterer Teil dieser Holzpuppe aufgetaucht ist. Der Oberkörper lag auf der Treppe zum Rathaus. ›Zündet das Rathaus an!‹, stand in komisch verdrechselter Schrift auf einem Stück Karton neben dem Fundstück. Der Stadtanzeiger weiß auch schon davon und hat mich gefragt, ob nun, nach dem Einsturz des Archivs, die Anarchoszene verrückt spiele und ob der Oberbürgermeister Personenschutz bekomme.«

»Hast du gesehen?«, sagte Jan, während sie zu seinem Passat gingen. »Neuendorf und die Bayerin sind richtig bleich geworden, als Hinrichs von diesem neuen Puppenfund berichtet hat. ›Zündet das Rathaus an!‹ Wenn sie solche Parolen hören, geht ihnen der Arsch auf Grundeis. Ich werde mich gleich mal erkundigen, wo sie ihren Fund hingebracht haben.«

Er öffnete den Wagen, startete und telefonierte gleichzeitig. Blonde Bartstoppeln überzogen seine Wangen. Er hatte sich weder rasiert noch gewaschen. Plötzlich war Birte sicher, dass er in der Nacht nicht zu Hause gewesen war.

»Ist ein seltsames Spiel, was jemand da treibt. Einen sauberen Oberkörper haben sie unserem Oberbürgermeister vor die Tür gelegt – in einem uralten weißen Leinenhemd und einer schwarzen Samtweste.«

»Hast du Hinrichs den Schraubenzieher in den Reifen gesteckt?«, fragte sie unvermittelt. Sie behielt ihn im Blick, betrachtete sein Profil, aber er zuckte nicht mit der Wimper.

»Warum sollte ich?«, fragte er tonlos. »Nur weil er dir nachstellt? Bist du nicht alt genug, einen unliebsamen Verehrer loszuwerden?«

Also hatte er es doch mitbekommen. Wer im Präsidium weiß sonst noch davon?, wollte sie fragen, aber stattdessen sagte sie: »Ich habe mir heute Nacht den Dokumentarfilm über die Tote angeschaut. Kann man im Internet. Sie hat ziemlichen Unsinn geredet, eines aber ist mir aufgefallen: ein Medaillon in Form einer Muschel, an dem sie die ganze Zeit herumgegriffen hat.«

Jan nickte, als wüsste er das schon längst, dann klingelte sein Telefon, und er sprach mit jemandem, dessen Namen er nicht nannte, über eine Musikerin.

»Nico war keine Sängerin, sie war eigentlich nichts – sie war nur schön. Deshalb wollte jeder mit ihr ins Bett gehen, sogar Andy Warhol … ich finde, du solltest etwas Besseres mit deiner Zeit anfangen, als ein Denkmal für eine schöne, untalentierte Kölnerin zu bauen.«

Als er die Verbindung unterbrochen hatte, lachte er. »Mein Freund Broder«, sagte er, »kaum hat er ein paar Bilder gemalt, die er verkaufen konnte, dreht er durch. Jetzt will er ein Denkmal für die Sängerin Nico bauen. Hörte eigentlich auf den wunderbaren Namen Christa Päffgen und ist am 18. Juli 1988 gestorben.« Er lachte wieder. »Jetzt, wo das Archiv eingestürzt ist, erinnern sich alle Kölner daran, dass diese Stadt eine Vergangenheit hat.«

Birte verstand nicht genau, was er meinte. Klar hatte diese Stadt eine Vergangenheit. Das war doch an jeder Ecke zu besichtigen, auch wenn die meisten Häuser hässlich waren, mit schmutzigen Fassaden. Hamburg war viel schöner, nicht etwa die protzige Hafencity, sondern ein paar einfache Straßen in Eppendorf oder die Gegend an der Elbe oberhalb der Landungsbrücken. Mitunter überfiel sie eine heftige Sehnsucht. Der Wind war anders in Hamburg, frischer, voller Meeresduft, und die Schiffe auf der Elbe waren richtige Schiffe, die aus Shanghai oder New York kamen, und keine langweiligen Lastkähne.

Vielleicht ist es doch gut, wenn sich eine Stadt an ihre Vergangenheit erinnert, daran, wie sie so geworden ist, wie sie ist, dachte sie. Und das galt natürlich auch für einen Menschen. Wie war man so geworden, wie man ist?

»Martha«, sagte sie plötzlich. »Die Mutter von meinem toten

Freund – sie baut keine Geigen mehr, sie sitzt nur noch in ihrer Wohnung und starrt auf einen Bildschirm. Sie hat auf dem Friedhof eine Kamera so in einem Baum aufgehängt, dass sie im Internet immer Martins Grab sehen kann.«

Jan bremste abrupt. »Ich glaube nicht, dass so etwas gesund ist«, sagte er. »Vielleicht sollten wir ihr mal Therese vorbeischicken – für eine kleine Lektion in Sachen Lebensmut. Therese ist bald dreiundachtzig, und wenn sie mir morgen erzählen würde, sie überlege noch mal zu heiraten, würde ich es sofort glauben und mich freuen, ihr Trauzeuge zu sein.«

»Hast du ihr von dem Professor erzählt – ihrem ersten Liebhaber?«, fragte Birte.

Plötzlich fiel ihr auf, dass sie noch keinen einzigen Anruf von einem der Klienten der Toten erhalten hatte. Sie musste sich dringend eine Zeitung besorgen und nachschauen, ob der Fall tatsächlich schon auf den Titelseiten gelandet war.

»Noch nicht«, erwiderte Jan. Er parkte vor einem lang gestreckten grauen Gebäude. Im Norden von Köln, in einem Industriegebiet in der Nähe der Fordwerke, war sie noch nie gewesen, aber verpasst hatte sie damit offenkundig nichts.

»Mal sehen, was die Dame zu sagen hat.« Schiller lächelte sie an. Plötzlich war sie doch sicher, dass er einen kleinen Umweg gefahren war, um Hinrichs außer Gefecht zu setzen.

Ein Schwall heißer Luft wehte ihnen entgegen, als sie die Wäscherei betraten. Links lag ein langer Tresen, wo die Wäsche ausgegeben wurde. Durch eine große Tür konnte man in eine Halle blicken, wo Frauen in weißer Kluft hin und her liefen und Pakete verpackten. Eine Frau mit schokoladenbrauner Hautfarbe, die an dem Tresen ebenfalls dabei war, Wäsche zu verpacken, schaute sie fragend an.

Jan hielt ihr seinen Ausweis entgegen. »Wir würden gerne Ihre Chefin sprechen – Frau Margit Krahl.«

Die Frau starrte voller Unverständnis auf den Dienstausweis. Konnte sie vielleicht kein Deutsch? Bevor sie etwas sagen konnte, war eine andere Frau herangekommen. Eben hatte sie noch einen Befehl, den Birte nicht verstanden hatte, in die Halle gerufen, nun machte sie Anstalten, an der Ausgabe vorbei in die Lobby zu stürmen.

Auch Jan hatte sie sofort erkannt. Nun hielt er ihr den Ausweis hin.

»Frau Krahl«, sagte er, »wir würden Sie gerne einmal sprechen.«

Die Frau kniff die Augen zusammen, als sei sie kurzsichtig, aber zu eitel, eine Brille zu tragen. Sie war deutlich älter als die tote Eva Engels, aber eindeutig derselbe Frauentyp: gepflegtes Make-up, eine Figur, die von regelmäßigen Besuchen im Fitnessstudio kündete, nur dass sie lange schwarze Haare hatte, die vermutlich gefärbt waren, zumindest war kein einziges graues Härchen zu sehen.

»Was kann ich für Sie tun?«, fragte sie, ohne innezuhalten. Mit einer Geste dirigierte sie Jan in ihr Büro, das auf der anderen Seite der Eingangshalle lag, dem Tresen gegenüber. Birte hatte sie noch gar nicht registriert. »Haben Sie etwas über den Tankdiebstahl herausgefunden?«

Jan warf Birte einen Blick zu und zuckte lächelnd mit den Achseln.

Margrit Krahl hatte die Glastür aufgerissen und sich schon hinter ihren ebenfalls gläsernen Schreibtisch gesetzt. Mit einem kühlen Lächeln, ganz die Managerin des Jahres, blickte sie ihnen entgegen.

»Wir wissen nichts von einem Tankdiebstahl«, sagte Birte Jessen. »Wir kommen wegen einer anderen Angelegenheit.«

»Eva Engels ist tot – gestern Nacht ist sie in ihrer Wohnung erschossen worden.«

Jan hatte Platz genommen, ohne eine Aufforderung abzuwarten. Die zwei Stühle vor dem Schreibtisch hatten eine winzige schwarze Sitzfläche und sahen aus wie Kunstwerke aus Draht, die eigentlich nur zur Zierde dastanden.

Margit Krahl warf Birte einen dunklen Blick zu, dann beugte sie sich vor und nahm einen Telefonhörer in die Hand. Birte ahnte, was nun folgen würde: das Stück »Geschäftsfrau ruft Anwalt an«. Doch zu ihrer Überraschung sagte die kühle Schwarzhaarige: »Uta, bring uns bitte drei Kaffee – und weißt du, ob mein Mann im Haus ist?« Sie lauschte einen Moment, dann vertieften sich zwei Falten um ihren Mund, und sie fügte hinzu: »Vielleicht kann er sich mal herbemühen – auch wenn ich ja verstehe, dass er nichts lieber tut, als an unseren Autos herumzubasteln.«

»Sie kennen Eva Engels also«, erklärte Jan mit einem zuckersüßen Lächeln.

»Ich weiß, dass mein Mann gelegentlich zu ihr geht, aber da wir seit ein paar Jahren getrennte Schlafzimmer haben, ist mir das relativ gleichgültig, solange die Dame nicht hier auftaucht. Offenbar muss ich diese Möglichkeit nun nicht mehr in Betracht ziehen.«

Eine Tür, die Birte Jessen übersehen hatte, weil sie vollkommen unauffällig in die Wand eingelassen worden war, öffnete sich, und eine Frau mit kurzen blonden Haaren, die ganz in Schwarz gekleidet war, kam herein. Sie nickte kurz und stellte dann ein Tablett mit drei gefüllten Kaffeetassen auf dem Schreibtisch ab. Schweigend sah Margit Krahl ihr zu. Dann verschwand die Sekretärin, jedoch nicht ohne ihrer Chefin einen Blick zugeworfen zu haben, der stumm fragte, ob alles in Ordnung sei.

Margit Krahl beantwortete diese stumme Frage nicht. Birte hatte das Gefühl, dass sie keine Spur von Nervosität zeigte. Wie sah der Mann einer solchen Frau aus – groß und genauso stark oder eher unscheinbar?

»Wie oft sind Sie der Geliebten Ihres Mannes begegnet?«, fragte Jan, während er zur Kaffeetasse griff. Er war ein Meister darin, seinen Fragen den Anschein von Beiläufigkeit zu geben. Kaum hatte er die Tasse abgestellt, stieß er einen leisen Pfiff aus. »Ein wunderbarer Kaffee«, sagte er. »Ihre Sekretärin ist eine Könnerin.«

»Der beste Kaffee aus Costa Rica, doppelt geröstet«, erwiderte Margit Krahl. »Kostet ein Vermögen, aber für guten Kaffee ist es das wert. Frau Mönch ist im Übrigen nicht meine Sekretärin, sondern meine engste Mitarbeiterin. Ich treffe nie eine wichtige Entscheidung, ohne sie zu fragen. Sie wohnt auch in meinem Haus.«

Die Art, wie sie »in meinem Haus« sagte, machte Birte klar, dass ihr Mann wohl eher im Souterrain wohnte.

Jan trank noch einmal. »Sie wollten uns etwas über die Geliebte Ihres Mannes erzählen.«

»Sie ist nicht seine Geliebte, er geht gelegentlich zu ihr. Mehr weiß ich nicht. Ich habe sie auch noch nie gesehen.« Margit Krahl musterte Jan, dann blickte sie Birte an. Ihre Augen waren von einem kalten, dunklen Grün. Zum ersten Mal schien sie eine Gefahr zu wittern. »Warum fragen Sie mich das überhaupt alles?«

Jan trank genüsslich seinen Kaffee aus, und Birte wartete einen Moment, bevor sie antwortete. »Eva Engels hat vor ihrem Tod einen Privatdetektiv engagiert, der herausfinden sollte, wer sie einmal nachts angegriffen hat. Angeblich eine Frau mit langen schwarzen Haaren, deren Mann zu ihrer Kundschaft gehörte.«

Margit Krahl lachte auf, hohl und hässlich. »Da sind Sie auf mich gekommen! – Das ist ja lächerlich.« Sie breitete ihre Hände aus, die viel faltiger waren als ihr Gesicht und ihr wahres Alter verrieten. »Ich habe zu tun, den ganzen Tag von morgens fünf bis abends um neun – da habe ich überhaupt keine Zeit, mich um eine kleine Schlampe zu kümmern, zu der mein Mann gelegentlich ins Bett steigt.«

Jan erhob sich. Birte war einen Moment irritiert. Reichte ihm diese Auskunft? Wollte er schon wieder gehen?

»Dürfte ich kurz?«, fragte er ungewohnt zaghaft. »Ein dringendes Bedürfnis ...«

Margit Krahl deutete unwillig hinter sich zu der versteckten Tür. »Gleich links.«

Jan verschwand, und Birte begriff plötzlich, was er tat. Anscheinend hatte er sein Formtief überwunden.

»Hat Ihr Mann mit Ihnen über diese merkwürdige Liaison gesprochen?«, fragte sie. Während Margit Krahl zögerte, holte sie ihren Block hervor.

»Dass Johann zu einer Hure geht, hat er mir einmal erzählt – ich finde das nicht weiter schlimm. Viele Männer tun das in einem bestimmten Alter, und unsere Ehe ...«

Die versteckte Tür wurde geöffnet. Die schwarz gekleidete Frau blickte herein und sagte: »Ihr Mann ist beim Arzt ... Er hat wohl eine schlechte Nachricht erhalten und fühlt sich nicht wohl.«

Birte brauchte nicht viel Phantasie, um sich vorzustellen, um was für eine schlechte Nachricht es sich da gehandelt hatte.

Margit Krahl winkte ab, und die Frau zog sich mit steinerner Miene zurück. Jan tauchte einen Moment später wieder auf. Er nickte Birte kurz zu und lächelte zufrieden. Man sollte die Polizei nicht in das eigene private Bad lassen, vor allem nicht, wenn es um DNA-Spuren ging.

Birte reichte eine Visitenkarte hinüber. »Ihr Mann möchte sich bei uns melden, sobald er von seinem Arzt zurück ist.« Sie erhob sich. »Besitzen Sie zufällig eine Waffe?«

Die Wäschereibesitzerin war ebenfalls aufgestanden. »Nicht nur zufällig«, sagte sie. »Ich bin schon mal überfallen worden, und abends treiben sich in dieser Gegend ziemlich üble Leute herum.«

»Dürfen wir einmal einen Blick auf die Waffe werfen?« Jan war herangetreten.

Margit Krahl nickte. Dann ging sie zu einem Schrank hinter ihr und öffnete ihn. Ein kleiner Tresor kam zum Vorschein, der mit einem Zahlenschloss gesichert war.

Birte beobachtete das Gesicht der Frau. Sie sah, wie es sich veränderte, wie sich drei verschiedene Gefühle auf ihm abzeichneten: erst Überraschung, dann Ratlosigkeit, schließlich Entsetzen.

»Die Waffe«, sagte Margit Krahl atemlos, »sie ist nicht mehr da.«

12.

Er bekam den Gedanken an sie nicht aus dem Kopf. Warum hatte sie ihn angerufen und war dann verschwunden? Während Birte bereits in den Passat gestiegen war, hielt er sich ein Stück abseits und rief im Hotel Chelsea an. Was sollte er ihr sagen? Ich wollte nur hören, ob es Ihnen gut geht? Wenn Sie Lust haben, können wir ein Glas Wein auf Ihr Wohl trinken? Nein, Schiller entschied sich, es dienstlich zu machen – eine förmliche Aufforderung, ins Präsidium zu kommen.

»Bedauere«, sagte der Mann an der Rezeption im Chelsea. Schiller mochte seinen arabischen Singsang. »Frau Engels hat bereits ausgecheckt. Außerdem war ein Mann hier ... sind beide zusammen weggegangen.«

Schiller untersagte sich, nach Einzelheiten zu fragen. Was für ein Mann war da aufgetaucht? Und war Regina Engels vielleicht doch wieder nach Frankfurt abgereist?

»Kleine Geheimnisse?«, fragte Birte in einem süffisanten Tonfall, als er noch mit dem Handy in der Hand zum Wagen zurückgekehrt war.

Schiller verzog nur das Gesicht. »Broder«, sagte er. »Ich habe mich entschlossen, jetzt doch seinem Verein beizutreten ... wegen des Denkmals.«

Sie lächelte. Sie glaubte ihm kein Wort. Sollte er ihr sagen, dass er Broder beauftragt hatte, Hinrichs' Nobelkarosse flachzulegen – ausgerechnet mit einem Schraubenzieher der Polizei? Nein, keine gute Idee. Das war nur ein Denkzettel für Hinrichs gewesen, nichts weiter.

Schiller griff in seine Jackentasche und holte eine kleine, durchsichtige Plastiktüte hervor. »Würde mich sehr wundern, wenn wir nicht in der Wohnung der Toten Haare von der werten Frau Krahl gefunden hätten.«

»Du hast wirklich in ihren Sachen herumgeschnüffelt?« Aufmerksam betrachtete Birte die langen schwarzen Haare.

»Die Versuchung war einfach zu groß. Steckten ganz offen in einer Bürste auf einem Regal. Da konnte ich nicht widerstehen.«

»Damit steht sie ganz oben auf der Liste«, sagte Birte. »Sie hat ein Motiv, ihre Waffe ist verschwunden, und ihre Spuren finden sich vermutlich in der Wohnung des Opfers.«

»Schade nur, dass sie angeblich ein Alibi hat, aber wahrscheinlich würde eine Person, die für einen arbeitet und bei einem wohnt, so ziemlich alles bezeugen.«

Trotz ihres Entsetzens darüber, dass sich die Waffe scheinbar in Luft aufgelöst hatte, war Margit Krahl so gefasst gewesen, ihnen zu erklären, was sie zur Tatzeit gemacht hatte – weil sie nicht schlafen konnte, hatte sie mit Uta Mönch, ihrer Frau für alles, einen Film angeschaut: Aimée und Jaguar – ausgerechnet.

»Wir brauchen ihren Mann«, erklärte Schiller. »Er müsste uns ein paar Dinge erklären können.«

Birte nickte. Er wäre sie gerne losgeworden. Sollte sie doch nach Johann Metzler Ausschau halten, während er in die Wohnung der Toten fuhr, oder mit Drescher, dem Anwalt, reden, der sich gemeldet hatte. Nein, zu ihm war Cremer unterwegs.

»Halt mal an!«, sagte Birte plötzlich. Er stoppte, und sie sprang heraus und holte aus einer Metallbox eine Zeitung. Sie hielt sie ihm hin. »Deshalb klingelt das Telefon nicht mehr. Der Mord steht auf Seite eins.«

Schiller wandte den Blick. »Anarchos terrorisieren Köln«, stand da. Damit musste die Holzpuppe gemeint sein, die anscheinend die Stadt in Atem hielt. Viel kleiner war unten auf der Seite von einem Mord an einer blonden Prostituierten im Stadtteil Mülheim die Rede. Ein unscharfes Foto von Eva Engels war neben der Nachricht platziert.

»Vielleicht gibt es noch einen anderen Grund, warum du keine Anrufe mehr bekommst«, sagte er.

Er parkte vor dem Haus. Ein Wagen der Kriminaltechnik stand noch da, sonst wirkte alles friedlich und harmlos.

Wortlos stiegen sie aus dem Wagen.

»Wegen der Haarproben hättest du Schultke auch anrufen können.« Birte blickte ihn düster an.

Schon an der Tür zu der Privatwohnung der Toten hörte er Schultkes tiefe, ruhige Stimme. »Noch«, sagte er, »handelt es sich hier um einen Tatort. Sie können da nicht so ohne Weiteres …«

»Diese Frau sucht den Mörder ihrer Schwester«, unterbrach ihn eine Männerstimme.

Schiller sprang die letzten Stufen hinauf. Er sah, dass Regina Engels in der Tür lehnte und rauchte. Das Sprechen überließ sie einem Mann mit langen, nach hinten gekämmten Haaren, den er im ersten Moment für seinen Ex-Kollegen Brasch hielt. Langsam wandte sie ihm den Kopf zu.

»Hallo, Herr Schiller«, sagte sie leise. »Heute riechen Sie ja gar nicht nach Kölnisch Wasser?«

Neben ihr stand ihr blauer Rollkoffer.

Schiller spürte, wie er tief durchatmete. »Sie haben tatsächlich vor, hier einzuziehen?«, stieß er hervor.

Birte Jessen schob sich neben ihn. Sie bedachte ihn mit einem kurzen, harten Blick. Ach, deshalb bist du hierhin gefahren, sagten ihre Augen.

Schultke kam mit dem schwarzhaarigen Mann zur Tür. Schiller begriff seinen Irrtum, es war nicht Brasch, sondern ein Mann namens Michael Lepper, ein freier Journalist, dem er schon zwei-, dreimal begegnet war, wenn der vermeintlich großen Geschichten nachjagte.

»Sie waren schon da, als ich kam«, sagte der Kriminaltechniker entschuldigend. »Hatten das Siegel aufgebrochen und das Telefon umgestellt ...«

Schiller nickte. »Was soll das?«, fragte er Regina Engels. »Woher haben Sie einen Schlüssel? Und warum haben Sie sich einen Journalisten als Verstärkung mitgebracht?«

Regina Engels schaute ihn nur an. »Ich konnte in dem Hotelzimmer nicht schlafen«, sagte sie leise und nahm einen Zug aus ihrer Zigarette. »Bekam eine Panikattacke und musste auf die Straße ...«

Schiller spürte, wie sich sein Herzschlag beschleunigte. Ein weiteres Wort von ihr, und er würde in echte Schwierigkeiten geraten. Er wandte den Blick ab und nahm den Journalisten ins Visier – er war deutlich kleiner als er, aber elegant gekleidet. Ganz in Schwarz, nur seine extravaganten Turnschuhe hatten weiße Streifen.

»Hören Sie«, sagte Lepper. »Wir haben einen Schlüsseldienst organisiert. Frau Engels hat ein Recht darauf, in die Wohnung ihrer Schwester zu gelangen. Im Übrigen möchte sie die Ermittlungen jederzeit unterstützen, so gut sie kann ...«

»Sie haben erst mal Pause«, mischte sich Birte ein. »Ein Siegel an einem Tatort aufzubrechen, ist eine Straftat. Außerdem behindern Sie unsere Arbeit.«

»Ich werde warten«, sagte Regina Engels immer noch in einem gehauchten Flüstertonfall. »Hier im Treppenhaus.« Sie nahm ihren Rollkoffer und schob ihn zur Seite. Auffordernd blickte sie den Journalisten an, dann machte sie eine kleine, beinahe zärtliche Geste – ein zaghafter Wink. »Kommst du, Michael? Wir haben noch einiges zu bereden.«

Schiller war überrascht, wie provozierend sie auftreten konnte. Der Wink hatte eigentlich ihm gegolten – sie wollte ihn aus der Reserve locken, deshalb hatte sie auch diesen Schreiber aufgetrieben.

Birte Jessen machte einen Schritt vor. Ihre Stimme war honigsüß und gleichzeitig voller Spott. Natürlich hatte sie die Provokation auch bemerkt.

»Werte Frau Engels«, sagte sie, »bevor sie irgendwelche Exklusivinterviews über Ihre Schwester geben, mit der Sie ja eigentlich gar keinen Kontakt hatten, darf ich Sie bitten, meinen Kollegen und mich zu begleiten. Wir haben noch ein paar Fragen an Sie.«

»Ich möchte baldmöglichst meine Schwester beerdigen«, sagte Regina Engels leise. Sie griff an einer Schachtel Zigaretten herum, ohne sich eine anzustecken. Ihre Hände wirkten überraschend klein und waren schön geformt. Sie trug einen Ring mit einem grünen Stein. Schiller zwang sich, den Blick abzuwenden. »Eine richtig große Trauerfeier mit Musik, eine Geigenspielerin, und dann eine Ansprache, kein Pfarrer, sondern ein Dichter ... Ja, ein Dichter soll reden. Kennen Sie einen Dichter?«

Schiller schob ihr einen Kaffee hin. Lepper, der Journalist, saß draußen und telefonierte unentwegt. Birte war von Hinrichs abgefangen worden. Anscheinend gab er nicht auf – da musste sie wohl noch ein wenig deutlicher werden.

»Ja, ich kenne einen Dichter.« Er dachte an Gabriel Hagen, den alten Schriftsteller in der Wohnung über ihm, der stets in einem weißen Anzug umherlief und garantiert die richtigen Worte finden würde. Plötzlich fiel ihm ein, dass er ihn nach der Holzpuppe fragen musste. Auch der Oberkörper, den man gegen Mitternacht auf der Rathaustreppe gefunden hatte, war nun ins Präsidium gebracht worden. Hinrichs hatte das veranlasst.

Regina Engels lächelte unvermittelt. Ihre schöne rechte Hand mit dem grünen Stein wanderte über den Schreibtisch in seine Richtung. »Ich wusste es«, sagte sie. »Ich wusste, dass Sie mir helfen würden.«

Er sah ihren Mund, den zarten Schmelz von Lippenstift. Auch Carlas Lippen hatten ihn zu Beginn fasziniert – die Art, wie sie sich formten, wenn sie lachte, wenn die Zunge einen Moment zum Vorschein kam. Kaum hatte er diesen Gedanken gedacht, erschrak er. Er hatte noch keinen Versuch unternommen, sie zu erreichen, hatte ihr noch nicht einmal eine SMS geschickt.

»Wir müssen über Ihre Schwester reden«, sagte Birte von der Tür her, in der Hand ebenfalls einen Kaffee. »Wir verstehen noch nicht ganz, in welcher Verbindung Sie zu ihr standen. Und da ist noch etwas ... Ihre Schwester hatte eine Muschel in der Hand, als sie starb. Können Sie uns das erklären?«

Birte setzte sich hinter ihren Schreibtisch und schob Schiller einen Zettel hin. Nele hatte herausgefunden, dass Margit Krahl mehrmals von ihrem Büro aus Eva Engels in ihrer Wohnung angerufen hatte. Die Anrufe hatten immer nur ein paar Sekunden gedauert. Außerdem hatte man das Handy der Toten bisher nicht orten können. Wahrscheinlich hatte der Mörder es irgendwo versenkt.

Regina Engels hielt sich an ihrer Kaffeetasse fest. »Merkwürdig«, sagte sie mit ihrer leisen, tonlosen Stimme. »Bei unserer Mutter, als sie noch lebte, hing das große Bild einer Muschel in der Küche. Wenn ich die Augen schließe, sehe ich sie noch vor mir – weiß, mit ein paar braunen Flecken. Unsere Mutter hat dieses Bild sehr geliebt. Und dann hat Eva einmal in den Rheinwiesen eine Muschel gefunden, die genauso aussah. Sie wollte sie unserer Mutter schenken, aber ein anderes Mädchen hat sie ihr gestohlen.«

»Gestohlen?«, fragte Birte interessiert.

Regina Engels verzog das Gesicht. »Ja, ein Mädchen aus der Nachbarschaft – Eva hat sie deshalb sehr gehasst.«

»Was ist mit Ihrer Mutter passiert?«, fragte Birte weiter.

»Sie ist gestorben, als wir sechs waren – sie wurde von einem Auto überfahren, ein Betrunkener, den sie angeblich kannte und der eifersüchtig auf sie war. Wir haben die Wahrheit nie erfahren.« Regina Engels blickte auf den Schreibtisch. Ihre blonden Haare fielen ihr ins Gesicht. Schiller war sicher, dass ihr gleich die Tränen kommen würden.

»Und Ihr Vater?« Selbst Birtes Stimme klang nun weicher.

»Er war Schauspieler – das hat uns unsere Mutter jedenfalls gesagt. Er ist sogar manchmal im Fernsehen aufgetreten, hat irgendeine Kommissarrolle gespielt. Wir sind ihm aber nie begegnet.« Regina Engels zog nun eine Zigarette aus der Packung und schob sie sich zwischen die Lippen. Hilfesuchend blickte sie Schiller mit ihren blauen Augen an.

Birte kam ihm zuvor. »Tut mir leid – Rauchen ist hier leider nicht gestattet. Anweisung vom Polizeipräsidenten höchstpersönlich.«

Schiller meinte, eine gewisse Genugtuung in ihrer Stimme zu hören, die ihm galt. Eigentlich war das sein Spruch, den sie hier aufsagte.

»Und dann kam Ihre Schwester ins Kinderheim und Sie kamen zu einer Familie«, fuhr Birte fort. »Von da an waren Sie getrennt.«

Regina Engels nickte. »Mehr oder weniger. Ich hatte nette Pflegeeltern – ein Architektenehepaar aus Bonn. Sie sind letztes Jahr überraschend auf Ibiza gestorben. Autounfall.« Sie wandte sich Birte zu. »Aber eigentlich weiß ich nicht, warum Sie mich das alles fragen. Was hat das mit dem Mord zu tun?«

»Vielleicht nichts«, erwiderte Birte gleichmütig. »Wir wollen nur ein paar Dinge verstehen. – Besitzen Sie eine Waffe?« Die Frage kam hart und schonungslos.

Regina Engels atmete tief ein. »Gott bewahre – nein.«

Schiller bemerkte den Schatten, der in die Tür fiel. Hielt Michael Lepper, der Journalist, es nicht mehr aus? Meinte er, seinem Schützling, der Frau, die ihm eine große Geschichte liefern sollte, zu Hilfe kommen zu müssen?

Aber es stand gar nicht der Journalist da, sondern ein anderer Mann – ein blasser Brillenträger mit hageren Gesichtszügen und kurzem lockigem Haar, das an den Schläfen grau geworden war. Er blickte Regina Engels ungläubig an und sah aus, als wollte er sich auf sie stürzen, sie umarmen, ihr zu Füßen fallen – etwas in der Art.

Johann Metzler hatte augenscheinlich seinen Arztbesuch beendet. Eine Packung Tabletten hielt er noch in der Hand.

»Ich störe …«, sagte er leise und wollte sich wieder abwenden, aber auch er war von dem Anblick der Zwillingsschwester fasziniert. Regina Engels hatte sich auch umgedreht, fixierte ihn mit den Augen. Er wusste von ihr – so viel meinte Schiller sehen zu können. Jedenfalls war seine Faszination größer als sein Erstaunen.

Schiller bat ihn mit einer Geste hereinzukommen. Für einen Moment war er sicher, den Mörder von Eva Engels vor sich zu sehen – einen unsicheren Mann, der seine Frau hasste und bei einer Hure ein kurzes Glück gefunden hatte. Aber warum hätte er sie umbringen sollen? Um seiner Frau den Mord in die Schuhe zu schieben?

»Herr Metzler, nehme ich an«, sagte Schiller und schob ihm einen Stuhl so zurecht, dass er beinahe neben Regina Engels saß. Dann machte er Birte ein Zeichen. Mit einer kurzen Entschuldigung zogen sie sich zurück und gingen in Cremers Büro hinüber.

Michael Lepper hatte sich ans Ende des Gangs verzogen und telefonierte. Durch einen Spalt in der heruntergelassenen Jalousie blickten sie ins Nebenzimmer.

»Was versprichst du dir davon?«, fragte Birte. Ihr Handy klingelte, sie nahm das Gespräch jedoch nicht an. Wahrscheinlich hatte Schultke den Apparat in der Wohnung wieder umgestellt.

»Ich möchte die beiden nebeneinander sehen«, erwiderte Schiller. »Wenn er Eva Engels getötet hat, sitzt er nun neben dem Ebenbild seines Opfers.«

»Jan Schiller – der große Psychologe«, bemerkte Birte spöttisch, aber auch sie behielt die beiden im Blick.

Sie gaben sich alle Mühe, sich zu ignorieren. Metzler blickte auf seine gefalteten Hände. Für einen Moment sah es wirklich aus, als bete er. Regina Engels hingegen fingerte an der Zigarettenschachtel herum und zog schließlich eine Zigarette hervor, um sie sich anzustecken. Auch sie hielt den Kopf gesenkt, aber vermutlich, um unauffällig zu Metzler hinüberspähen zu können. Beide waren angespannt.

»Er hat ein Glaskinn«, sagte Schiller laut. »Wenn wir ihn uns richtig vornehmen, haben wir in zwei Stunden ein Geständnis.

Vielleicht hat er sich nur an Eva Engels herangemacht, um eine Geschichte aufzubauen – das Märchen, dass seine Frau aus Eifersucht seine Geliebte umgebracht haben könnte.«

»Ich weiß nicht.« Birte neben ihm atmete tief ein. Er roch ihr Parfüm.

Ein Geräusch ließ ihn sich umwenden. Nele Krach war hereingekommen. Sie hatte ihre langen blonden Haare zu zwei Zöpfen gebunden und wirkte wie eine Gestalt aus einem Kinderbuch. Sie lächelte, sodass man ihre großen Schneidezähne sehen konnte.

»Was macht ihr hier – geheimer Lauschangriff?«

Birte rückte unwillkürlich von Schiller ab, als wären sie bei einer Intimität ertappt worden.

Nele wedelte mit einem Computerausdruck. »Ein paar Neuigkeiten. Erstens: Wir wissen endlich, mit welcher Waffe Eva Engels erschossen worden ist. Mit einer Walther P5 – könnte also die Waffe gewesen sein, die Margit Krahl nun vermisst. Zweitens: Cremer ist auf dem Rückweg von diesem Anwalt Drescher. Eva Engels hatte ihn beauftragt, eine Klage gegen Tom Hinzen einzureichen – wegen eines privaten Darlehens von hunderttausend Euro, das er ihr nicht zurückzahlen wollte. Scheinen beide wirklich gute Freunde gewesen zu sein.«

»Oder Eva Engels hatte die Neigung, sich nach einiger Zeit wirklich mit allen zu überwerfen. Und hatte Hinzen nicht von fünfzigtausend Euro gesprochen? Na, vielleicht hat er da ein wenig abgerundet.«

Dass Margrit Krahls Pistole als Tatwaffe in Frage kam, überraschte Schiller überhaupt nicht. Aber reichte das, um sie zu verhaften? Vermutlich nicht. Auch Richard Goldmann besaß so eine Waffe. Er wandte sich wieder um. Während Regina Engels sich nun eine Zigarette angesteckt hatte, hatte Metzler den Kopf gehoben. Sein Blick irrte im Zimmer umher, sparte sie jedoch stets aus. Er wirkte wie unter Strom, als würde er im nächsten Moment aufspringen und aus dem Zimmer stürzen.

»Außerdem meldet das Labor noch etwas«, fügte Nele mit einem triumphierenden Unterton in der Stimme hinzu. »Sie arbeiten dort ohne Pause. Das benutzte Kondom, das wir bei der Toten gefunden haben …«

»Ja?«, sagte Schiller. Sein Blick hatte sich wieder unwillkürlich an die Hände von Regina Engels geheftet. »Was ist damit? Haben wir Metzlers DNA gespeichert?«

Nele lächelte. »Metzlers DNA haben wir nicht ... Dieses Kondom ...« Sie geriet ganz gegen ihre Gewohnheit ins Stocken. »Es ist eher ein Zufall, dass wir diese DNA im Computer haben – das waren damals Versuche. Polizeibeamte haben ihre Daten zur Verfügung gestellt, auch wegen etwaiger Verunreinigungen am Tatort, wenn jemand die Schutzkleidung nicht richtig anzieht.« Sie warf Schiller einen vielsagenden Blick zu. »Die Tote hatte zuletzt mit einem ehemaligen Polizisten Verkehr – Matthias Brasch. Er ist vor zwei Jahren aus dem Dienst ausgeschieden. Nun ist er ...«

»... ein heruntergekommener Privatdetektiv«, unterbrach Schiller sie.

Im nächsten Augenblick erhob Metzler sich und machte Anstalten, zur Tür zu eilen.

13.

Birte beobachtete, wie Regina Engels zusammen mit Michael Lepper das Präsidium verließ. Sie hatte ein ungutes Gefühl dabei. Was stimmte mit den beiden nicht? Warum hatte die Zwillingsschwester sich einen Journalisten an ihre Seite geholt?

»Er ist ein Schnüffler«, hatte Jan ihr gesagt. »Sieht tatsächlich so aus, als wollte sie uns ins Handwerk pfuschen und den Mörder ihrer Schwester finden.«

Am späten Nachmittag würde die Leiche von der Staatsanwältin freigegeben werden. Dann könnte sie ihre Schwester begraben.

Birte ließ sich aus der Kantine etwas zu essen bringen – ein wenig Salat und etwas Brot. Ihr war schlecht vor Hunger, oder vielleicht lag es daran, dass sie nicht weiterkamen, dass sich immer mehr Spuren auftaten. Nun hatten sie einen ehemaligen Hauptkommissar als Verdächtigen.

Und was hatte es mit der Muschel in der Hand der Toten auf sich? Irgendwie hatte sie das Gefühl, dieses Rätsel lösen zu müssen. Erst dann würden sie eine Ahnung davon bekommen, warum Eva Engels getötet worden war.

Während Schiller sich mit Metzler befasste, ihn erst nach seinen Personalien und dann nach seinem Verhältnis zu der Toten befragte, hörte sie kaum zu, sondern surfte im Internet.

Die Muschel war das Symbol der Liebe – das Zeichen der Göttin Aphrodite, die angeblich aus Schaum geboren war. Im Mittelalter dagegen hatten Taufbecken die Form einer Muschel gehabt und waren in die christliche Symbolsprache eingegangen, und die Muschel war in der Tat, wie Jan gesagt hatte, das Zeichen der Jakobspilger, die auf dem Jakobsweg nach Santiago de Compostela zogen.

»Sie wollen uns wirklich weismachen, dass Sie Eva Engels geliebt haben – dass Sie ein Liebespaar waren?«, fragte Jan ungewohnt laut.

Birte sah, wie Metzler nickte. Nichts konnte man sich von diesem Mann weniger vorstellen, als dass eine Frau wie Eva Engels sich in ihn verliebte. Aber nein, das hatte Margit Krahl offenbar auch irgendwann getan. Also mochte Metzler gewisse geheime Qualitäten haben.

»Ja«, sagte Metzler leise. »Erst habe ich nur auf ihre Anzeige reagiert, aber dann ... Wir waren uns ähnlich, nicht äußerlich natürlich ... sie war die Schöne, aber innerlich, so wie wir die Welt sahen ...« Er sprach leise und schleppend. Hatte Schiller ihn schon nach seinen Medikamenten gefragt?

Eine leere Muschel hatte eine ganz andere Bedeutung, nichts von Liebe und Wollust – sie stand vielmehr für Tod und Vergänglichkeit. Hatte der Mörder das gemeint: einen religiösen Hinweis darauf, wie vergänglich das Leben war?

Sie mussten mehr über den Hintergrund von Eva Engels und ihrer Schwester herausfinden – einen lückenlosen Lebenslauf, seit sie auf die Welt gekommen waren, aber das schien einfacher gesagt als in die Tat umgesetzt.

»Wie hat es dann begonnen?«, fragte Jan. »Wie schafft man es, eine professionelle Dame für sich zu gewinnen?«

Birte schaute auf, er hatte so eindringlich gefragt, als würde es ihn über die Ermittlungen hinaus interessieren.

»Ich habe ihr kleine Geschenke gemacht – zuerst«, sagte Metzler. »Nichts Besonderes ... weil mich ihre Schönheit bezaubert hat. Außerdem war Eva keine Professionelle ... Sie war immer auf der Suche, ja, sie war eine Suchende.« Er betonte das letzte Wort, als sei ihm diese Erkenntnis erst jetzt gekommen. »Dann haben wir zum ersten Mal geredet, und als es an der Tür klingelte und ein neuer Gast kam, hat sie nicht aufgemacht. Sie hat auch über ihre Schwester gesprochen, über ihre Kopfschmerzen, und dass sie deswegen in einer Klinik war. Migräneanfälle – ja, darunter hat sie gelitten.«

»Wie kommen Sie eigentlich mit Ihrer Frau aus?«, fragte Jan. Er warf Birte einen vorwurfsvollen Blick zu. Was soll das?, fragten seine Augen. Warum bist du nicht an diesem Verhör interessiert?

»Wir wissen, was wir aneinander haben«, erwiderte Metzler. »Wenn Sie mich nun entschuldigen würden – die Sache hat mich sehr mitgenommen. Ich muss mich hinlegen ... zu Hause.«

»Herr Metzler«, sagte Birte Jessen mit sanfter Stimme, die Verständnis ausdrücken sollte. »Geben Sie uns noch ein paar Momente? Hat Ihre Frau gewusst, dass Sie zu Eva gingen?«

Metzler nickte. »Es macht ihr nichts aus – sie ist eine Geschäftsfrau. Die Wäscherei und ihre Galerie, mehr interessiert sie nicht.«

»Und was ist mit Uta Mönch?«

Birte sah, wie Metzler blinzelte. Er wischte sich über das Gesicht. Hatte sie irgendeinen Nerv getroffen? Sie wartete, und auch Schiller sagte kein Wort. Man hörte, wie über ihnen ein Flugzeug am Himmel entlangflog. Dann raste ein Wagen mit heulendem Motor vom Hof.

»Die beiden sind gute Freundinnen«, presste Metzler leise hervor. »Uta wohnt bei uns. Das ist alles.«

»Und haben Sie gewusst, dass Ihre Frau eine Waffe hatte?«

»Sie hat sie mir mal gezeigt – vor ein paar Jahren.«

»Wissen Sie auch, wo sich diese Waffe befindet?«

Metzler blickte Birte wie ein Verdurstender an, dem sie das Wasser verweigerte. Er ist schwach, dachte sie, aber nicht so schwach, wie er wirkt.

»Ich vermute, dass Sie die Waffe in der Firma hat. Ich weiß es aber nicht genau. – Und jetzt möchte ich gehen, oder Sie müssen mir einen Arzt rufen, der bestätigen wird, dass ich unter Schmerzmitteln stehe.«

Birte nickte Jan zu. Blieb die Frage nach dem Alibi, wo Metzler sich vorgestern aufgehalten hatte, als seine Geliebte ermordet worden war.

»Was tun Sie eigentlich genau in der Firma Ihrer Frau?«, fragte Jan.

Zum ersten Mal lächelte Metzler. »Ich kümmere mich um die Maschinen, ob alles läuft, aber meistens bin ich hinten in der Garage und baue an meinem Boot.«

Schiller beugte sich interessiert vor. »Sie bauen ein Boot?«

Metzler nickte eifrig. Mit einem Schlag wirkte er jünger. »Ein Segelboot, mit dem ich die Welt umsegeln will – eines Tages. Habe ich auch gestern gemacht, die ganze Nacht.«

Er schaute Birte an, als hätte er ihre Frage nach seinem Alibi geahnt.

»Aber wahrscheinlich kann das niemand bestätigen«, sagte sie kühl.

Er zuckte mit den Achseln. »Meine Frau vielleicht«, erwiderte er vage.

Nele postierte sich in der Tür, hinter ihr Hinrichs. Er sah ernst aus und ein wenig übernächtigt. Birte vermied es, ihn anzuschauen. Kaum hatte Metzler das Zimmer verlassen, sagte Nele: »Nun ist der erste Arm der Holzfigur aufgetaucht – ausgerechnet in der Marienkapelle im Dom. In den Fingern einen Rosenkranz und ein Schild mit der Aufschrift«, sie blickte auf ein Stück Papier, »›Auge um Auge, Zahn um Zahn, aber Beten allein hilft nicht.‹«

»Ihr müsst da ein wenig Druck machen – herausfinden, was dahinter steckt«, sagte Hinrichs mit energischer Stimme. »Der Oberbürgermeister hat schon zweimal deswegen bei Neuendorf angerufen.«

»Was für ein Irrsinn!« Schiller stöhnte. Er schaute Hinrichs an. »Interessiert die Stadt sich mehr für eine Holzpuppe als für einen Mörder, der noch frei herumläuft?«

»Da ist noch etwas!« Nele tat so, als wäre Hinrichs gar nicht anwesend. »Tom Hinzen ist verschwunden – das behauptet jedenfalls sein Freund oder besser Ehemann. Dieser Strasser sitzt auf Mallorca und macht sich Sorgen, weil er Hinzen nirgendwo erreichen kann.«

Es war später Nachmittag. Am liebsten hätte sie sich in ihren Alfa gesetzt und wäre zum Fühlinger See gefahren. Zweimal die Woche ruderte sie zwei Bahnen in einem Skull und war hinterher so erschöpft, dass sie zufrieden war, ein Zustand, den sie sonst nicht erreichte, nicht einmal, wenn sie drei, vier Gläser Rotwein trank.

Hinrichs blieb ein Problem, aber dahinter lauerte noch ein anderes: die Leere nach Martins Tod. Wer war sie eigentlich – die Kriminalbeamtin, die in ihrer Pflichterfüllung aufging, oder eine fünfunddreißigjährige Frau, die ihre große Liebe verloren hatte und nun darauf wartete oder hoffte, dass noch etwas mit ihrem Leben geschah?

Vorsicht, dachte sie. Auch wenn das Schicksal es nicht gut mit mir gemeint hat, bin ich kein Opfer, und Dinge geschehen nicht einfach. Sie war nicht Martha, die sich in ihrem Selbstmitleid verlor.

»Es reicht nicht, Hinrichs Wagen flachzulegen, um ihn abzuschrecken«, sagte sie aus einem Impuls heraus.

Jan, der am Steuer saß, verzog das Gesicht. »Habe ich auch gemerkt – im Gegenteil, er wird immer aufdringlicher. Jetzt glaubt er schon, uns Anweisungen geben zu können. Am Anfang fand ich die Sache mit der Holzpuppe noch originell, aber allmählich beginnt sie mich zu nerven.«

»Ich hoffe, du hast nicht selbst Hand an seinen Wagen gelegt«, erwiderte Birte.

Jan schüttelte den Kopf, und dann berichtete sie ihm von ihrer Nacht mit Hinrichs, nicht in allen Einzelheiten, nur in groben Zügen. Trotzdem fühlte sie sich erleichtert.

»Manche können so etwas auf die leichte Schulter nehmen«, bemerkte Jan. »Ein klassischer One-Night-Stand, nicht mehr, aber ihr beide könnt das nicht. Du verzeihst dir diesen Fehltritt nicht, und Hinrichs hat da etwas gründlich missverstanden. Vielleicht sollten wir beide eine Affäre beginnen, damit er sieht, dass er auf verlorenem Posten steht.«

»Eine großartige Idee.« Sie versuchte, so viel Spott wie möglich in ihre Stimme zu legen.

Jan grinste vor sich hin. »War nur so ein Gedanke!«

Hast du mit Carla gesprochen?, wollte sie ihn fragen. Was ist mit euch beiden? Doch da parkte er schon vor der Tanzschule in der Apostelstraße ein. »Hinzen«, stand in violetten Neonröhren über dem Eingang, einer goldfarbenen Doppeltür, die irgendwie nach fünfziger Jahre aussah, aber vielleicht war das ja wieder angesagt.

Der Eingang war verschlossen. »Vorübergehend kein Unterricht«, stand in einer krakeligen Handschrift auf einem weißen Blatt Papier, das innen an der Scheibe klebte.

»Sieht wirklich nicht nach einem florierenden Geschäft aus«, sagte Schiller.

Hinzen wohnte in der Wohnung über der Tanzschule. »Hinzen/ Strasser« stand auf dem Klingelschild.

Auf ihr Klingeln öffnete niemand.

Jan drückte auf einen anderen Klingelknopf. Als geöffnet wurde, rief er »Einschreiben für Hinzen« ins Treppenhaus. Sie hörten, wie oben eine Tür wieder geschlossen wurde.

Das Treppenhaus war eng und muffig, mit weißen hässlichen Kacheln an den Wänden.

Sie blieben vor Hinzens Tür stehen und lauschten. Musik drang leise heraus.

»Ein Tango«, sagte Schiller und blickte Birte an. Er drückte auf den Klingelknopf, aber nichts tat sich hinter der Tür. Keine Schritte, nur die gedämpft klingende Musik.

Eine junge Frau, die sich eine Hälfte ihres Schädels rasiert hatte, die Haare auf der anderen hatte sie schwarz gefärbt, kam die Treppe hinunter. Sie nickte ihnen zu.

»Die Musik läuft schon die ganze Zeit«, sagte sie. »Immer dasselbe Lied. Tom hat wohl vergessen, es auszustellen. Er ist ein Musikfreak.«

»Wann haben Sie ihn zuletzt gesehen?«, fragte Birte.

»Sie sind von der Polizei, was?« Das Mädchen zupfte an ihrem schwarzen Rock herum, darunter trug sie schwarze Strümpfe – das klassische Punkeroutfit. »Keine Ahnung, vor zwei Tagen oder so.«

Birte hielt ihren Dienstausweis hoch. »Sie haben nicht zufällig einen Schlüssel für die Wohnung – wenn Sie mal Blumengießen sollen?«

Die Punkerin lächelte, sodass eine hässliche Zahnlücke zutage trat. »Das nicht, aber hinter dem Stromkasten hat er seinen Ersatzschlüssel versteckt. Er vergisst ihn ziemlich oft und musste früher immer den Schlüsseldienst holen.« Dann hüpfte sie weiter die Treppe hinunter.

Schiller öffnete den Stromkasten, der sich neben dem schmalen Fenster des Treppenhauses befand. Drei Zähler befanden sich da, und hinter dem dritten lag tatsächlich ein einzelner silberner Schlüssel.

Er nahm den Schlüssel. Die Tür ließ sich problemlos öffnen. Die Musik klang nun lauter, aber immer noch recht gedämpft. Es war ein argentinischer Tango. Er warf Birte einen Blick zu und rief nach Hinzen.

Keine Antwort.

Birte bemerkte, wie sie sich in einem Spiegel, der die ganze Wand einnahm, selbst gegenübertraten. Sie sah schlecht aus, unausgeschlafen, ihre Lippe war noch immer leicht angeschwollen, während Jan einen überaus wachen Eindruck machte.

Er ging nach rechts, zwei Türen befanden sich da. Als er eine Tür geöffnet hatte, stieß er einen leisen Pfiff aus.

»Sieh dir das an!« Birte blickte an ihm vorbei. Ein weißer, flauschiger Teppich lag da, auf dem zwei weiße Plüschsessel standen. Das Bett dahinter war absolut überdimensioniert. In die Lehne waren ein Radio und ein CD-Spieler eingelassen. Rechts von der Tür war eine Kamera auf einem Stativ aufgebaut.

»Nicht schlecht!«, sagte Schiller. »Unsereiner ist einfach zu normal, oder bist du schon mal auf die Idee gekommen, dich bei irgendwelchen Liebesspielen filmen zu lassen.«

»Vielleicht werden hier professionelle Aufnahmen gemacht«, erwiderte Birte. Irgendwie hatte sie nicht den Eindruck, als handele es sich um eine private Spielerei – Deutschland intim, sozusagen. »Hat der Freund von Hinzen nicht irgendwas mit Filmen gemacht?«

»Strasser? Der hat seine Finger überall drin.«

Sie wandten sich ab. Die zweite Tür führte in ein recht kleines Arbeitszimmer mit einem Schreibtisch, auf dem ein Laptop stand, sowie einem Regal und einer schmalen Liege, auf der jemand geschlafen hatte. Zumindest deuteten ein Kissen und eine hastig beiseitegeschobene Decke darauf hin.

Von dem Vorraum, in dem der Spiegel hing, führte ein Gang in den hinteren Teil der Wohnung. Sie näherten sich nun der Musik. Schiller griff nach einem Lichtschalter. Zwei Halogenleuchten sprangen an. Vier weitere Türen wiesen von dem Gang ab. Die Wände hatte Hinzen mit Fotos von Tänzern geschmückt. Alles Männer, wie Birte Jessen registrierte. Einen meinte sie als Nurejew zu erkennen.

Die erste Tür öffnete sich in eine supermoderne Küche, ganz in Schwarz und Weiß gehalten, die absolut unbenutzt wirkte.

Sie schritten weiter. Links lag nur eine Tür. Hier musste sich der größte Raum der Wohnung befinden.

Schiller rief noch mal Hinzens Namen. Ein Telefon klingelte irgendwo.

Birte hatte das Gefühl, dass sie gleich ein Liebespaar aufschrecken würden – zwei Männer, die sich bei lauter Tangomusik lieben würden. Jeder hatte schließlich seine eigene Art, über den Tod eines geliebten Menschen zu trauern.

Die Tür war nur angelehnt. Dahinter lief die Musik.

Birte sah zuerst den Parkettboden, der wie fürs Tanzen gemacht schien. Übte Hinzen auch hier in seiner Wohnung? Der

Raum war leer, zwei Stühle standen am hinteren Ende vor einem Spiegel.

Den Toten sah sie zuerst in diesem Spiegel. Tom Hinzen hing von einem schwarzen Deckenbalken. Seine Füße bewegten sich sacht. Er trug Tanzschuhe, als hätte er sich eben noch zum Tango bewegt. Ein Stuhl lag umgekippt zwei Meter entfernt.

»Selbstmord bei Tangomusik!«, sagte Birte leise. Ihr war übel. Hinzens Gesicht war so blau geschwollen, dass man es kaum noch erkennen konnte.

»Oder jemand hat sich mächtig viel Mühe gegeben, es wie Selbstmord aussehen zu lassen.« Jan griff nach seinem Mobiltelefon.

Birte spürte, wie sie ein Anflug von Mitleid überkam. Sie hatte noch nie einen Erhängten gesehen. Der Tod war gewiss nicht sofort eingetreten. Tom Hinzen wirkte entstellt und traurig. Vielleicht hatte es ihn sofort gereut, als er den Stuhl unter seinen Füßen weggetreten hatte. Aber da war es zu spät gewesen.

Wie er da hing, war Birte plötzlich überzeugt, dass ihr Fall gelöst war. Der Mörder hatte sich selbst gerichtet – vermutlich wegen lächerlicher Schulden, die er nicht zurückzahlen konnte.

14.

Schiller überließ Birte und Cremer die Sicherung des Tatortes. Cremer berichtete noch einmal von seinem Besuch bei dem Anwalt Drescher, der im Namen der toten Eva Engels eine Klage gegen Hinzen einreichen sollte. Für Birte war eindeutig, dass Hinzen sich selbst gerichtet hatte. Er hatte seine Freundin wegen seiner Schulden getötet und war damit nicht zurechtgekommen. Schiller glaubte jedoch nicht daran.

Als Schiller zu seinem Wagen zurückgekehrt war, versuchte er, Carla zu erreichen. Er hatte den ganzen Tag nicht an sie gedacht und bedauerte es nun, keinen Versuch unternommen zu haben, mit ihr zu sprechen.

Ihr Telefon war abgeschaltet, oder vielleicht war sie schon auf ihrem Schiff und hatte kein Netz. »Wie geht es Dir?«, schrieb er. »Hier müssen wir in einem zweiten Todesfall ermitteln. Gruß – Jan.«

Kaum hatte er die Nachricht abgeschickt, fiel ihm ein, dass er die völlig falschen Worte gefunden hatte. Von seiner Arbeit wollte Carla nichts wissen. Aber was hätte er schreiben sollen? Ich vermisse Dich – oder: Lass es uns noch einmal versuchen!

Er wusste es nicht.

Nachdem er den Motor angelassen hatte und Richtung Norden aus der Stadt herausgefahren war, rief er Therese an, um ihr von dem Professor zu erzählen.

Sie kicherte. »Tolle Geschichte, aber ich kannte sie schon.«

»Woher?«

»Richard hat mich angerufen. Er hat mit dem Mord nichts zu tun. Das kannst du mir glauben. Das Mädchen hat ihm wirklich nur vorgelesen. Na, wahrscheinlich war sie dabei nackt.« Sie kicherte wieder, dann wurde sie abrupt ernst. »Seine Frau liegt im Koma. Ich habe seine drei Kinder und zwei seiner Enkelkinder auf die Welt gebracht. Wenn ich kurz überlege, fallen mir ihre Namen gleich ein …«

»Schon gut«, unterbrach Schiller sie. Er wechselte das Thema. »Von der Holzpuppe ist heute nur ein Arm aufgetaucht. Anscheinend haben es die Leute, die dahinterstecken, nicht eilig.« Er wartete auf ihre Reaktion.

Sie schwieg einen Moment, dann sagte sie: »Die Puppe war heute mächtig in den Schlagzeilen. Jetzt fragen sich alle Leute, was es zu bedeuten hat.«

»Und – weißt du es?«

»Ich bin nur eine alte, unwissende Hebamme«, erwiderte sie, dann hörte Schiller nur ein beinahe hexenhaftes Kichern, bevor sie die Verbindung unterbrach.

Es war schon fast dunkel, als Schiller nach Worringen einfuhr. Hier, im äußersten Norden Kölns, war er lange nicht gewesen. Rechts der Landstraße lag der Rhein. Beleuchtete Schiffe waren zu sehen. Eine öde, recht einsame Gegend. Fast hätte er die schmale Einfahrt verpasst.

In einem Fenster brannte Licht. Er brauchte einen Moment, um sich zu wappnen.

Wenn Carla mich verlässt, schoss es ihm plötzlich durch den Kopf, wird es mir dann auch so gehen – dass ich den Boden unter den Füßen verliere und auf einmal alles falsch mache?

Vielleicht hätte er Birte mitnehmen sollen. Aber nein, sie hatte müde und erschöpft ausgesehen.

Er legte den Finger auf den Klingelknopf. Zwei Namen standen noch da.

Leonie Stiller – richtig, so hatte ihr Name gelautet.

Matthias Brasch öffnete sofort, als hätte er Schiller längst kommen gehört.

»Später Besuch«, sagte er nur.

Im Haus roch es ein wenig muffig. Musik spielte – ein Sänger sang, den Schiller nicht kannte.

Brasch führte ihn an einen Esstisch, der im Wohnzimmer stand. Nur eine Lampe war eingeschaltet, sodass die Tiefe des Raumes im Dunkeln lag. Es sah karg, aber sehr aufgeräumt aus. Nichts deutete daraufhin, wie Brasch hier seine Zeit verbrachte.

»Es ist eine Überraschung, dass du kommst«, sagte Brasch, nachdem er ihm einen Tee oder ein Bier angeboten hatte. »Oder nein, aber ich hätte nicht gedacht, dass du allein hier auftauchst. Deine Kollegin ist hübsch.« Er lächelte.

Schiller schaute sich in dem dunklen Zimmer um. Er begriff,

dass hier in diesem Haus keine Frau mehr gewesen war, seit diese Leonie Stiller den damaligen Hauptkommissar Matthias Brasch verlassen hatte. Er griff in seine Jackentasche und holte eine Visitenkarte hervor.

»Lies die Karte erst, wenn ich weg bin, und versprich mir, dort anzurufen – es ist eine Tangoschule, aber viel, viel mehr.«

Brasch lächelte und strich sich durch sein Haar. »Eine Tangoschule für gestrandete Ex-Polizisten.«

»Genau«, sagte Schiller, »aber nun musst du mir erzählen, warum du mit Eva Engels geschlafen hast. Du hättest es uns sagen müssen.«

»Es war eine Gelegenheit«, sagte Brasch ungerührt. »Diese Frau war verrückt, unberechenbar – ein Borderline-Fall, wenn du mich fragst. Sie hat den Tod ihrer Mutter nicht verkraftet, aber in dem Moment, als sie vor mir stand, mich küsste … da war es mir egal. Sie war schön und hatte einige Tricks auf Lager. Ich habe noch nie mit einer so schönen Frau geschlafen.«

Plötzlich schlich sich das Bild von Regina Engels an Schiller heran – ihr sanfter Nacken, wenn sie ihre blonden Haare hochgesteckt hatte.

»Du hast mit dem Mord nichts zu tun?«, fragte Schiller. Er hätte nun gerne einen Kaffee gehabt. Der Sänger im Hintergrund sang nicht mehr.

»Ich war der Detektiv, den sie einmal gevögelt hat«, erwiderte Brasch. »Sonst nichts. – Glaubst du, die Wäschereibesitzerin hat sie umgebracht? Ich kann es mir nicht vorstellen. Eher der Mann … Vielleicht wollte er mit ihr durchbrennen, und sie wollte dann nicht mehr – enttäuschte Liebe, oder er hat es getan, um es seiner Frau in die Schuhe zu schieben. Habt ihr Spuren von ihr gefunden – Haare, andere DNA-Hinweise?«

Schiller erwiderte nichts darauf, stattdessen sagte er: »Es hat einen zweiten Toten gegeben, der vielleicht alles verändert. Tom Hinzen, ihren schwulen Tanzlehrer, der angeblich auch ihr bester Freund war, haben wir in seiner Wohnung an einem Balken gefunden. Könnte ein Selbstmord gewesen sein. Er hat zugegeben, fünfzigtausend Euro Schulden bei ihr gehabt zu haben. Sie hat über einen Anwalt hunderttausend Euro von ihm zurückhaben wollen.«

»Borderline – sage ich doch«, meinte Brasch. »Ich kann mir nicht vorstellen, dass sie wirklich mit jemandem befreundet war, nicht mal mit ihrer Schwester.«

»Du hast also doch von ihrer Schwester gewusst?«, fragte Schiller.

Brasch erhob sich. Er ging zu einem kleinen Schreibtisch und griff nach einer Mappe, die da neben einer zusammengefalteten Zeitung lag.

»Hier«, er reichte sie Schiller. »Ordentliche Recherche – brauche ich ja jetzt nicht mehr. Hoffe nur, dass die Schwester meine Rechnung bezahlt.«

Er versuchte sich vorzustellen, dass er bald ein Leben ohne Carla führen würde, aber was bedeutete das? Erwartete sie tatsächlich, dass er seine Sachen packte und auszog? Sie hatten die Wohnung vor mehr als vier Jahren zusammen ausgesucht. Zweimal nahm er während der Fahrt sein Mobiltelefon hervor und sah nach, ob sie ihm eine Nachricht geschickt hatte. Nein, nichts.

Für einen Moment überlegte er, Broder anzurufen oder in Franks Cafe vorbeizufahren. Er wollte auf keinen Fall allein in seiner Wohnung sitzen. Sylvie wäre eine Alternative gewesen, aber sie hatte wahrscheinlich noch einen Abendkurs.

Eine Gestalt saß im Halbschatten auf der Treppe, wie er aus den Augenwinkeln bemerkte, als er seine Wohnung aufschloss. Hatte Gabriel Hagen, der Schriftsteller mit der Vorliebe für weiße Anzüge, auf ihn gewartet?

»Ich habe immer noch Geburtstag – noch genau zwei Stunden und vierundzwanzig Minuten«, sagte Regina Engels, während sie zwei Stufen herunterschritt. Sie trug rote Stoffturnschuhe zu einer weißen Leinenhose und einem weißen T-Shirt. Über ihrer Schulter hing ein schwarzer Lederbeutel. »Bisher war es ein eher trauriger Geburtstag.«

Schiller brauchte einen langen Atemzug, um seine Überraschung zu überwinden.

»Was machen Sie hier?«, fragte er dann.

Regina Engels lächelte und strich sich das Haar zurück. »Ich habe gestern Nacht Angst vor meiner eigenen Courage bekommen«, sagte sie. »Das wollte ich Ihnen erklären.«

Schiller schloss die Tür auf und bat sie mit einer Geste einzutreten. War die Wohnung aufgeräumt?, fragte er sich unwillkürlich. Was würde sie über ihn verraten?

Er nahm sich vor, Regina Engels nur in die Küche zu führen. Carla brachte manchmal Patienten mit zu ihnen nach Hause, aber er hatte noch nie jemanden bei sich gehabt, der mit einem Mordfall zu tun hatte.

»Ich kann Ihnen einen Kaffee machen«, sagte er.

Regina Engels folgte ihm. Einen Moment betrachtete sie das Foto von Carla und ihm, das im Flur hing und sie frisch verliebt auf seinem kleinen Boot zeigte, sie sagte jedoch nichts. Das Foto war fast fünf Jahre alt.

»Warum haben Sie diesen Journalisten aufgetan?«, fragte er, während er an der Kaffeemaschine hantierte.

Regina Engels hatte sich gesetzt. Mit einer sanften Bewegung strich sie sich eine Haarsträhne hinter das Ohr – er hatte diese Geste schon bei einigen Frauen gesehen, aber noch nie hatte jemand sie so anmutig und selbstversunken ausgeführt.

»Ich wollte, dass er etwas über Eva schreibt – und ihr Mörder soll wissen, dass ich jetzt da bin. Morgen wird ein großer Artikel über sie und mich erscheinen. Außerdem bin ich in Evas Wohnung eingezogen.«

»Die Wohnung ist schon freigegeben?«

Regina Engels lächelte wieder. Ihre Zähne blinkten im Licht. »Ja, erschrecken Sie nicht. Vielleicht geht uns der Mörder so ins Netz.«

Er schaltete die Kaffeemaschine an. Er war für ihre Schönheit empfänglich – das spürte er, während er sie ansah, und plötzlich verstand er, wie es Brasch gegangen sein musste, als er Reginas verrücktem Ebenbild gegenübergestanden hatte.

»Sie sollten uns die Ermittlungen überlassen«, sagte er betont förmlich. »Außerdem ist eine neue Situation entstanden: Tom Hinzen ist tot aufgefunden worden.«

Sie zeigte keine Überraschung. Ihr Mobiltelefon klingelte. Sie zog es aus dem Lederbeutel hervor und warf einen beiläufigen Blick darauf. Eine SMS war eingegangen – so viel konnte er erkennen.

»Glauben Sie, Hinzen hat meine Schwester umgebracht? Oder

hat der Mörder ein zweites Mal zugeschlagen?«, fragte sie, nachdem sie kurz gezögert und dann das Telefon wieder in den Beutel geschoben hatte.

Schiller schüttelte den Kopf. »Ehrlich gesagt, wir wissen es nicht. Im Moment sieht es nach Selbstmord aus, aber vielleicht hat er etwas gewusst, was dem Mörder gefährlich werden könnte.«

Er beobachtete sie. Eine Stelle an ihrem Hals war gerötet. War sie dem Journalisten Lepper zu nahe gekommen? Hatte sie etwas mit ihm? Er spürte einen Stich Eifersucht, der ihn gleich maßlos ärgerte. Zum Glück war der Kaffee fertig. Er holte zwei Tassen und stellte sie auf den Tisch. Regina Engels hatte sich eine Zigarette angesteckt. Es störte ihn, gleichzeitig beobachtete er fasziniert ihre kleinen Bewegungen.

»Ich habe von dir geträumt«, sagte sie plötzlich. »Ein schöner Traum.«

Einen Moment schwieg Schiller, dann sagte er: »Warum fahren Sie nicht nach Frankfurt zurück?«

»Weil …« Sie verstummte und trank ihren Kaffee. »Ich will herausfinden, wer Eva getötet hat. Vorher kann ich nicht gehen. – Schade, dass Sie nichts von meinem Traum wissen wollen«, fügte sie mit einem sanften Lächeln hinzu. Nun siezte sie ihn wieder. »Wir waren beide nackt, und wir haben uns geliebt. Ich habe auf dir gehockt. Wir hatten viel Spaß.« Sie strich sich wieder eine Strähne hinter ihr Ohr. Dann trank sie aus, jedenfalls setzte sie die Tasse abrupt ab. »Ich muss jetzt gehen. Morgen um zehn Uhr findet die Trauerfeier für Eva statt. Ich habe für viel Geld an die richtigen Stellen bei der Stadtverwaltung und mit Michaels Hilfe ein Grab auf dem Melatenfriedhof bekommen. Wäre schön, wenn Sie auch kommen würden. Es werden nicht viele Menschen da sein, wo auch Hinzen tot ist.« Kein Bedauern lag in ihrer Stimme.

Nun klingelte ihr Telefon wieder. Ein Anruf, den sie jedoch nicht annahm. Er hätte brennend gerne gewusst, wer sie da so dringend erreichen wollte.

Sie erhob sich. Als sie an ihm vorbeischritt, blieb sie kurz stehen und küsste ihn auf die Wange. »Ein Dichter wird auch kommen – Michael hat einen Dichter besorgt.«

Schiller schauderte, als Regina Engels gegangen war. Ihr Duft hüllte ihn ein. Roch sie nach Parfüm? Oder war das der Duft ihres

Körpers? Was hatte sie gesagt – sie hatte von ihm geträumt? War sie gekommen, weil sie mit ihm reden oder vielleicht sogar mit ihm schlafen wollte? Er konnte sich nicht erinnern, wann er das letzte Mal so verwirrt gewesen war.

Als er Birte anrief, hörte er nur ihre nüchterne Stimme aus der Mailbox.

15.

Sie hörte die Ouvertüre zu »Rienzi« von Wagner, gespielt von den Berliner Philharmonikern. Gab es Musik, die schöner und klarer war? Nein, für sie nicht.

Der Tag hatte sie vollkommen erschöpft. Als sie versucht hatten, den toten Hinzen von dem Balken zu bekommen, war ihr so übel geworden, dass sie sich beinahe übergeben hätte. Zum Glück hatte Schroeter den Überblick behalten. Wahrscheinlich hatte Hinzen schon etliche Stunden da gehangen. Sein Rücken war voller Leichenflecken gewesen. Äußere Verletzungen hatte er nicht aufgewiesen. Einen Abschiedsbrief hatten sie in der Wohnung nicht gefunden. Das war Cremers stille Hoffnung gewesen – ein kurzer, in schöner Handschrift abgefasster Brief, der alles erklärte. Habe Eva getötet, weil sie mich erpresst hat ... Irgendetwas in der Art. Ein leeres Glas hatte in der Spüle gestanden – abgewaschen und ohne jeden Fingerabdruck.

Als es an der Tür klingelte, öffnete sie nicht. Es gab niemanden, den sie um diese Zeit und nach einem solchen Tag sprechen wollte. Der einzige Mensch, mit dem sie hätte reden können, war tot und lag auf dem fernen Ohlsdorfer Friedhof. Manchmal überkam sie nachts der Drang, alles stehen und liegen zu lassen und zu ihm zu fahren, als könnte sie so seine Nähe erfahren. Martin hatte die geduldigsten Hände gehabt, die sie jemals auf ihrer Haut gespürt hatte.

Als die Ouvertüre verklungen war, hörte sie ein lautes Atmen, das aus dem Treppenhaus drang, dann raunte jemand ihren Namen. »Birte ...«

Zuerst dachte sie an Schiller, der sich wieder vom Tatort gestohlen hatte, doch als sie durch den Spion blickte, sah sie Hinrichs. Wütend öffnete sie die Tür.

»Was willst du hier?«, rief sie.

Er lächelte einen winzigen Moment lang, dann verdüsterte sich sein Gesicht.

»Hast du was mit Schiller?«, stieß er hervor. »Du musst es mir sagen!«

»Bist du verrückt geworden?« Sie spürte selbst, wie sich ihr Gesicht verzerrte. »Außerdem geht dich das gar nichts an!«

»Ist er jetzt bei dir?« Hinrichs stürmte an ihr vorbei. »Bist du deshalb so abweisend?«

Sie packte ihn am Jackett und schleuderte ihn gegen die Tür, dann drehte sie ihm den Arm auf den Rücken, als wäre sie im Einsatz. Dafür dass er Polizist war, stellte er sich hilflos und ungelenk an.

»Hör auf«, zischte sie ihm ins Ohr. »Es ist nichts zwischen uns. Verstanden? Das war alles ein Irrtum.«

Hinrichs begann zu wimmern und ging in die Hocke. »Du verstehst das nicht«, flüsterte er. »Für mich bist du ein Engel. Ich trinke nicht mehr, seitdem ich dich kenne ... Ich will nicht mehr so werden, wie ich war, bevor ich dir begegnet bin.«

Abrupt ließ sie seinen Arm los und schob ihn ins Treppenhaus.

»Lass mich in Ruhe«, sagte sie tonlos und schloss die Tür.

Sie war beinahe sicher, dass er sofort wieder klingeln oder klopfen würde, aber nichts geschah. Er hockte auf der Treppe, das Gesicht in den Händen verborgen, und schien zu warten.

Wie konnte das sein?, fragte sie sich. Da saß der Sprecher der Kölner Polizei, die Stimme eines riesigen Apparats, und wimmerte vor sich hin. Wenn eine Kamera auf ihn gerichtet war, konnte Hinrichs sich wie ein Schauspieler aufführen, agierte eloquent und mit großen Gesten.

In ihrem Wohnzimmer schaltete sie die Musik wieder an. Rienzi zum zweiten, aber sie fühlte sich unwohl, belagert und bedrängt. Dann fuhr sie den Computer hoch und klickte sich ins Internet ein. Über Regina Engels fand sie nur drei Einträge. Sie arbeitete als Analystin bei der Commerzbank in Frankfurt. Außerdem hatte sie vor drei Jahren an einem internationalen Mathematikwettbewerb teilgenommen und gewonnen. In einem Artikel wurde sie als eine absolute Hochbegabung für alles bezeichnet, was mit Zahlen zusammenhing. Ein Foto zeigte, wie sie reichlich verlegen eine Urkunde in Empfang nahm. Den Ring mit einem grünen Jadestein hatte sie auch an dem Tag getragen, als sie in der Wohnung ihrer toten Schwester aufgetaucht war.

Über Tom Hinzen und seine Tanzschule gab es sogar ein Video

bei YouTube. In genau den Schuhen, mit denen sie ihn an dem Balken gefunden hatten, hatte er mit einer jungen Frau einen Tango getanzt. Die Frau hatte sich geziert wie eine Profitänzerin bewegt. Birte machte sich eine Notiz. Schiller tanzte auch Tango. Ihm musste sie das Video zeigen.

Als sie im Dunkeln, und ohne ein Geräusch zu verursachen, in den Flur schlich, erwartete sie, Hinrichs in Lauerstellung vorzufinden. Doch das Treppenhaus war leer. Nur seine Schuhe, ausgetretene schwarze Halbschuhe, standen da. War er auf Socken nach Hause gegangen? Und was sollte das?

Um halb acht weckte der Klingelton ihres Nokias sie. Mit dem Gefühl, verschlafen zu haben, nahm sie das Gespräch an.

Bert Cremer war am Apparat. Er klang hellwach.

»Mit ist etwas eingefallen«, sagte er. »Du musst sofort zu Hinzens Tanzschule kommen.«

Birte hatte die Schuhe, die Hinrichs im Treppenhaus stehen gelassen hatte, in ihre Wohnung gestellt. War das der Sinn dieser seltsamen Aktionen gewesen – wollte er ihr irgendetwas hinterlassen, um dann später einen Grund zu haben vorbeizukommen? Oder hatte er sie nur verwirren wollen? Das zumindest war ihm gelungen. Sie nahm sich vor, ihm aus dem Weg zu gehen, aber ganz würde sich eine Begegnung nicht vermeiden lassen. Sie konnte schlecht zu Fitschen oder gar zu Neuendorf, dem Polizeipräsidenten, gehen und ihnen erklären, dass Hinrichs ein verrückter Stalker sei.

Cremer wartete vor der Tanzschule auf sie. Er hielt einen Kaffeebecher in der Hand und winkte sie mit übertriebenen Gesten in eine Parklücke. Triumphierend lachte er sie an. Seit er sich von seiner Frau getrennt hatte, schien es ihm besser zu gehen.

»Gestern«, sagte er, »während ich mir eine uralte Platte von Bob Dylan angehört habe, ist es mir wieder eingefallen.« Er deutete hinter sich.

Birte schaute sich um. Da war Hinzens Tanzschule, daneben eine Bank.

»Ich habe hier auch schon mal Geld abgehoben«, sagte sie, ohne zu verstehen, worauf er hinauswollte.

Cremer zog sie mit. Obwohl die Bank noch nicht geöffnet hatte, glitt die Glastür zum Vorraum auf, als sie sich ihr näherten. Links befanden sich drei Geldautomaten, rechts ein Metallkasten für eilige Postsendungen.

»Wenn wir Glück haben«, sagte Cremer und deutete zur Decke, »dann können wir sehen, wer bei Hinzen ein- und ausgegangen ist. Vielleicht hat er ja Besuch bekommen, bevor er sich umgebracht hat. Oder es war doch kein Selbstmord.«

An der Decke hing eine Kamera, die frontal auf den Eingang und damit auch auf die Straße gerichtet war.

Zehn Minuten später erschien der Filialleiter, den Cremer schon alarmiert hatte. Er war ganz in Grau gekleidet und wirkte überaus seriös – jedenfalls bis er den Mund auftat und Birte in breitem Kölsch ansprach.

»Dann kommen Sie mal mit – wird ja eine richtig spannende Kinovorführung«, sagte er und führte sie in ein winziges Hinterzimmer, in dem ein Computerbildschirm und das Aufzeichnungsgerät standen.

Sie konnten in der Aufzeichnung achtundvierzig Stunden zurückgehen, dann wurde das Band automatisch gelöscht. Wie lange war Hinzen schon tot, als sie ihn gefunden hatten? Die Obduktion würde erst am Vormittag vorgenommen werden. Also war Birte auf eine Vermutung angewiesen.

»Starten Sie einfach um Mitternacht«, erklärte Cremer dem Filialdirektor.

Es gab sogar einen Schnelldurchlauf. Man hatte durch die Glastür einen guten Blick auf die Straße, die von einer Laterne unmittelbar vor dem Bankgebäude beleuchtet wurde. Ein schwules Paar zog Arm in Arm vorüber, dann torkelte ein Betrunkener vorbei. Ein dreibeiniger Hund, der offenkundig zu niemandem gehörte, pinkelte vor die Tür. Angewidert verzog der Banker das Gesicht. Eine junge, blass aussehende Frau trat ein und hob Geld ab, wobei sie unentwegt rauchte und sich umblickte. Offenbar fühlte sie sich verfolgt. Dann sah man eine Weile lediglich Autos schattenhaft die Straße entlangfahren.

Gegen halb zwei eilte ein Mann vorbei, der den Kragen seiner Jacke hochgeschlagen hatte, als würde er frieren. Er blickte stur geradeaus, trotzdem hatte Birte Jessen ihn sofort erkannt.

»Stoppen Sie das Band bitte«, sagte sie zu dem Filialdirektor.

Die Gestalt auf dem Bildschirm gefror mitten in der Bewegung. Sie warf einen kurzen Blick in Richtung Bank. Ihr Gesicht wirkte müde und entschlossen zugleich. Dann legte sich plötzlich ein Lächeln auf ihre angespannten Gesichtszüge.

»Johann Metzler«, sagte Birte zu Cremer. »Was macht er um halb zwei in der Nacht vor Hinzens Haus?«

16.

Keine Nachricht. Carla meldete sich nicht. Vermutlich war sie auf hoher See – ohne Empfang und ohne eine Möglichkeit, ihm eine Nachricht zukommen zu lassen. Er begann zu begreifen, was ihre letzten Worte zu bedeuten hatten. Sie wollte, dass er ging … Er dachte daran, wie sie sich einmal auf seinem Boot geliebt hatten. Sie waren Richtung Bonn den Rhein hinaufgefahren und hatten sich dann treiben lassen, in die Dunkelheit hinein – eigentlich eine gefährliche Angelegenheit, weil man schnell in die Fahrrinne geraten konnte. Carlas Haare hatten nach Wasser und Wind gerochen und nach dem dezenten Lavendelduft, den sie immer benutzte.

Schiller schloss die Augen, doch plötzlich sah er nicht Carla, sondern Regina Engels vor sich. Sie reizte ihn, und irgendwie war es, als hätte sie sein Jagdfieber angestachelt. Wie wäre es, einmal ihren wunderschönen Nacken zu küssen und mit ihr zu schlafen – nur ein einziges Mal?

Es war kurz nach sieben, als er aufstand. Im Radio wurde gemeldet, dass im eingestürzten Archiv vermutlich noch eine dritte Person ums Leben gekommen war. Feuerwehrleute hatten tief im Schutt eine Hand entdeckt. Seltsam – niemand war bisher als vermisst gemeldet worden.

Er erkundigte sich im Präsidium, aber auch da wusste man nicht mehr über die Hand.

Therese war sofort am Apparat, als er sie anrief. Sie stand meistens um sechs Uhr auf und begann den Tag damit, irgendwelche Notizen in ihrem Haus zu ordnen. Sie hatte die Angewohnheit, nichts wegzuwerfen – keine Zeitung, kein Buch, nichts, was man ihr mal geschenkt hatte.

»Ich habe eine Erfindung gemacht«, sagte sie. »Einen Strampler, der im Sommer kühl hält und im Winter warm. Wenn ich darauf ein Patent anmelde, werden wir noch stinkreich.«

Sie dachte sich unentwegt irgendwelche Dinge für Säuglinge aus – besondere Fläschchen oder eigentümlich geformte Schuhe oder Spielzeug, das angeblich die Phantasie der Kinder anregte.

Nichts davon hatte ihr aber bisher auch nur einen Cent eingebracht.

»Hast du so einen Strampler nicht schon letztes Jahr erfunden?«, fragte Schiller.

»Aber nun ist er wirklich perfekt.« Sie kicherte.

»Im Radio habe ich gehört, dass man in dem Loch an der Severinstraße noch einen Toten gefunden hat – genauer gesagt die Hand eines Toten. Weißt du etwas darüber?«

Therese zögerte einen Moment. »Vielleicht ist in dem eingestürzten Nachbarhaus jemand zu Besuch gewesen«, sagte sie dann. »Eine Katze wird auch noch vermisst. Und angeklagt hat man noch niemanden – keinen Bauleiter, keinen Planer, und der Oberbürgermeister redet dummes Zeug. Dass man in bewohnten Städten keine U-Bahn mehr bauen sollte.« Nun hatte sie sich in Rage geredet, was bei ihr selten vorkam. »Ich habe heute schon für die beiden Toten gebetet«, fügte sie versöhnlicher hinzu.

»Vielleicht sollten wir uns diese Hand einmal ansehen«, meinte Schiller. »Ich hole dich in einer halben Stunde ab. Dann fahren wir zur Einsturzstelle.«

Als sie an der Unglücksstelle an der Severinstraße eintrafen, war die Hand mittlerweile geborgen worden – acht Meter unterhalb des Straßenniveaus. Schillers Vermutung hatte sich bestätigt: Es war die zweite Hand der Holzpuppe, die man ausgegraben hatte. Kurz über dem Gelenk war sie fein säuberlich abgetrennt worden. Ein Stück weißer Stoff, offenbar die Reste eines Hemdes, hatte sich um die Hand befunden. Darin hatte auch die Botschaft gesteckt: »Steht auf, wenn ihr Kölner seid!« Ein Spruch, der auch im Stadion bei Spielen vom FC gesungen wurde, um die gegnerische Mannschaft einzuschüchtern. Humor schienen die Leute, die hinter diesem Theater steckten, ja zu haben.

Therese begutachtete den Fund, als hätte sie ein besonders seltenes Tier vor sich. Sie beugte sich vor und kniff die Augen zusammen, aber sie wagte es nicht, die Hand zu berühren.

Wie war die Hand in die Grube gekommen? Dem Einsatzleiter der Feuerwehr war es ein Rätsel. Die ganze Nacht über waren Leute vor Ort gewesen, doch niemand hatte etwas bemerkt. Allerdings waren immer noch so viele Helfer am Werk, dass ein Eindringling, wenn er die richtige Kleidung trug, vermutlich nicht weiter aufgefallen wäre.

»Vielleicht hat jemand die Hand einfach über den Zaun geworfen«, sagte Therese.

Eine völlig abwegige Annahme, denn die Einsturzstelle war weiträumig abgeriegelt.

Schiller sorgte dafür, dass die Hand ins Präsidium transportiert wurde. Die Kriminaltechnik sollte sich mit ihr befassen, obwohl er sicher war, dass man keine Spuren finden würde. Möglicherweise jedoch würde es schon weiterhelfen, wenn man endlich herausfand, aus welchem Material die Reste des Hemdes bestanden.

»Ich muss los«, erklärte Therese dann, nachdem sie sich gründlich umgeschaut hatte. Einigen verdutzten Feuerwehrleuten hatte sie sogar die Hand geschüttelt und sich für ihren Einsatz bedankt. »Muss in der Uni einen Kurs geben – über natürliche Geburt und Geburtsnachsorge. Die jungen Mädchen von heute wissen gar nichts mehr.«

Schiller hielt sie am Arm fest. »Was ist eigentlich mit diesem Professor?«, fragte er. »Hattest du die ganze Zeit mit Goldmann Kontakt?«

Sie nickte. »Wir sind uns immer mal wieder über den Weg gelaufen. Die erste Liebe seines Lebens vergisst man nicht – das solltest du doch auch wissen.« Sie strich sich eine Strähne aus dem Gesicht und blickte Schiller hinter ihren dicken Brillengläsern neugierig an. »Aber warum fragst du mich das? Richard ist bestimmt kein Mörder.«

»Ich finde, wir sollten ihn mal gemeinsam besuchen. Heute Abend? Ich hole dich um sieben Uhr ab.«

Therese winkte ihm zu, ohne eine Antwort zu geben, dann hüpfte sie in ihrem babyblauen Wollmantel zwischen den Feuerwehrleuten in Richtung Severinstraße davon.

Schiller beschloss, in Franks Café am Ehrenfeldgürtel zu frühstücken. Die FC-Fahne wehte stolz im Wind. Im Schaufenster standen jede Menge FC-Devotionalien und ein handgemaltes Schild mit der Aufschrift »Nie wieder 2. Liga!«.

Frank brachte ihm sofort einen Kaffee und ein großes Stück

Apfelkuchen. Dazu legte er die neueste Ausgabe vom Express. Lepper hatte wirklich eine große Story gebracht. Zwei Seiten – mit der Überschrift: »Diese Frau sucht den Mörder ihrer Schwester.« Darunter: »An ihrem Geburtstag erhielt Regina E. die traurigste Nachricht ihres Lebens.«

Nun ja, das stimmte nicht ganz, sondern lief wohl unter dem Motto dichterische Freiheit. Lepper hatte den Geburtstag einen Tag vorverlegt.

Das größte Foto, das fast eine halbe Seite einnahm, zeigte Regina Engels am Rhein, in der Nähe der Wohnung ihrer Schwester. Sie lächelte und sah auf eine schmerzhafte Weise schön aus. Daneben gab es ein kleines Foto der Ermordeten sowie eines, das die Zwillinge auf dem Schoß ihrer Mutter zeigte. Das Bild war offenbar in einer altertümlichen Küche aufgenommen worden. Im Vordergrund waren ein Tisch und die Lehne eines Stuhls zu sehen, im Hintergrund eine typische Küchenuhr und ein Ausschnitt eines Bildes, das an der Wand hing. Es zeigte die Muschel, von der Regina Engels schon gesprochen hatte. Die Mädchen mochten drei oder vier Jahre alt sein – sie trugen beide ein weißes Rüschenhemd; ihre blonden Haare waren hochgesteckt. Die Mutter war erstaunlicherweise dunkelhaarig, sie lächelte, aber um ihren Mund hatten sich bereits Falten einer tiefen Erschöpfung eingegraben. Der Artikel referierte kurz das Geschehen – den Mord an Eva Engels, ohne darauf einzugehen, wie sie ihren Lebensunterhalt verdient hatte. Am Ende fand Schiller auch seinen Namen. »›Ich unterstütze Hauptkommissar Schiller bei seinen Ermittlungen‹«, erklärte die Schwester der Toten. Sie hat für die Ergreifung des Täters eine Belohnung von fünfundzwanzigtausend Euro ausgesetzt.« Weiter oben hatte Lepper sie als Analystin und Computerspezialistin bezeichnet.

Schiller steckte die Zeitung ein. Was sollte das: »Ich unterstütze Hauptkommissar Schiller?« War das wieder eine geheime Botschaft? Irgendein Spiel, das sie mit ihm spielen wollte?

Frank brachte ihm noch eine Tasse Kaffee.

»Was würdest du tun, wenn dein Bruder ermordet wird?«, fragte Schiller.

Frank zuckte mit den Schultern. »Keine Ahnung – vermutlich trauern und die Welt verfluchen, und dann würde ich nachgucken, wo er seine Dauerkarte für den FC hat, damit sie nicht in falsche Hände gerät.«

»Unsinn«, sagte Schiller, »aber du würdest wahrscheinlich nicht versuchen, den Mörder auf eigene Faust zu finden, nicht wahr?«

»Nee«, erwiderte Frank. »Das würde ich wohl dir überlassen, aber eigentlich glaube ich nicht, dass jemand sich an Niko vergreifen würde – von seiner Freundin mal abgesehen.«

Schiller nickte und legte einen Zehneuroschein auf den Tisch.

Im Auto versuchte er, Birte zu erreichen, die aber telefonierte. Dann fuhr er zum Apartment von Eva Engels. Hatte sie tatsächlich vor, den Mörder zu finden, indem sie in die Rolle ihrer Schwester schlüpfte? Hieß das, sie wollte mit dem Artikel die Kunden ihrer Schwester anlocken? Lepper hatte in seinem Artikel auch erwähnt, dass Regina Engels in die Wohnung der Toten gezogen war.

Während er vor dem Haus wartete, schrieb er Carla eine weitere SMS. »Ich vermisse Dich – ich würde gerne mit Dir reden. In Liebe, Jan.«

Konnte er diese Nachricht abschicken – oder klang sie zu kitschig oder gar nach der Panik eines verlassenen Mannes? Er wusste es nicht. Mit einem gewissen Erstaunen stellte er fest, wie schwer es ihm fiel, die richtigen Worte zu finden. Warum war Carla bloß keine Tangotänzerin – im Tanz konnte man einiges klären, aber nein, sie hatte sich diesem Tanz stets verweigert. Nachdem eine kurze, heftige Romanze mit einer Übersetzerin schiefgegangen war, hatte Schiller mit dem Tango angefangen – das war nun schon über zehn Jahre her.

Als er noch überlegte, ob er aussteigen sollte, um Regina Engels vor der Trauerfeier für ihre Schwester auf den Artikel anzusprechen, bemerkte er eine schwarz gekleidete Frau, die mit eiligen Schritten auf den Eingang zuhielt. Er brauchte einen Moment, um in ihr Uta Mönch zu erkennen. Sie hielt einen Diplomatenkoffer aus dunkelrotem Leder in der Hand und sah ganz wie die seriöse Geschäftsfrau aus, die auf dem Weg zu einem Termin war.

Schiller wartete einen Moment, dann folgte er ihr. Als sein Mobiltelefon schrillte, nahm er das Gespräch nicht an, sondern drückte es weg.

Birte würde noch ein paar Momente warten müssen

Er klingelte bei Eva Engels' privater Wohnung. Als aus der Gegensprechanlage ein zaghaftes »Ja?« ertönte, nannte Schiller seinen Namen.

Regina Engels zögerte einen Moment. »Ich bin nicht sicher, ob jetzt die richtige Zeit ist ...«

»Ich weiß, dass Sie Damenbesuch haben – stört mich aber nicht.« Schiller gestattete sich ein wenig Ironie.

Einen Moment später wurde ihm aufgedrückt.

Regina Engels war schon in Trauerkleidung – ein dezenter schwarzer Rock, eine elegante schwarze Bluse, die ihre perfekte Figur betonte, und schwarze Strümpfe. Wann hatte sie es geschafft, sich all diese Sachen zu besorgen?

Sie lächelte ihn an, nun ganz gefasst. »Überwachen Sie mich, Herr Polizist?«

Schiller antwortete nichts darauf. Die Wohnung roch nach ihr – nach einer neuen Anwesenheit. Am liebsten hätte er sämtliche Räume inspiziert, um zu sehen, inwieweit sie sich in dem Reich ihrer toten Schwester schon ausgebreitet hatte.

»Wollen Sie tatsächlich hier wohnen?«, fragte er. Sein Erstaunen war echt.

»In Frankfurt bei meiner Bank bin ich ohnehin beurlaubt«, erwiderte Regina Engels, ohne allerdings mehr zu erklären. »Außerdem interessieren mich Ihre Ermittlungen«, fügte sie in einem nüchternen Tonfall hinzu.

Uta Mönch saß in der Küche. Mit versteinerter Miene blickte sie auf, als Schiller eintrat. Sie sah in ihrer schwarzen Kleidung ebenfalls wie eine Trauernde aus, aber bei ihr schien es der persönliche Stil zu sein. Auch im Büro der Wäscherei, als sie Margit Krahl befragt hatten, hatte sie Schwarz getragen. Der Diplomatenkoffer lag vor ihr auf dem Tisch.

Sie nickte ihm zu, eine sportliche, leicht hagere Frau, auf ihre herbe Art auch eine Schönheit, und zog dann an einer Zigarette, die sie in der linken Hand hielt und offenbar vor ein paar Sekunden angezündet hatte. »Frau Krahl hat mich gebeten hierherzufahren, um unser Beileid auszudrücken – und um Frau Engels mitzuteilen, dass wir nichts mit dem Tod ihrer Schwester zu tun haben.«

»Wie außerordentlich rücksichtsvoll von Frau Krahl«, erwiderte Schiller. Er deutete auf den Koffer. »Würde es Ihnen etwas ausmachen, mir den Inhalt zu zeigen?«

»Es ist eine Erklärung, die Frau Krahl mir mitgegeben hat«, sagte Ute Mönch tonlos. »Wir haben heute Morgen die Zeitung gelesen und möchten Frau Engels bei ihrer Suche nach dem Mörder unterstützen. Zehntausend Euro für die Belohnung stellen wir zur Verfügung.«

Einen Moment später klingelte Schillers Mobiltelefon wieder. Diesmal war Nele am Apparat. »Du musst zur Obduktion von Tom Hinzen fahren«, erklärte sie. »Außerdem gibt es ein paar neue wichtige Nachrichten. Das lange schwarze Haar im Apartment der Toten gehört tatsächlich Margit Krahl. Wir suchen nun ihren Mann. Er war vorgestern Nacht in der Nähe der Tanzschule. Birte und Cremer haben eine Überwachungskamera der Bank nebenan gecheckt. Die Kamera hat ihn um zwei Uhr elf erfasst.«

Keine Nachricht von Carla. Schiller merkte, dass er immer unruhiger wurde. Er stellte sich zu viele Fragen, sah zu oft auf sein Mobiltelefon. Wollte sie ihm kein Zeichen geben? Oder empfing sie seine Nachrichten tatsächlich nicht? Er hatte nicht genau mitbekommen, ob sie mit ihrem Segelschiff auch nachts auf dem Wasser blieben – groß genug würde es sein, wenn über zwanzig Leute an Bord Platz hatten. Doch wenn sie abends einen Hafen ansteuerten, würden sie auch ein Netz haben. Er begann sich zu ärgern – er hatte tatsächlich nicht richtig zugehört.

Als er das Rechtsmedizinische Institut verließ, rief er Therese an. Vielleicht musste er einen Umweg einschlagen.

»Na, ist der Kopf deiner Puppe endlich aufgetaucht?«, fragte sie.

»Wo bist du?« Schiller startete seinen Wagen.

»Ich war mit Richard am Loch«, erwiderte Therese. »Er hatte es noch nicht gesehen, dabei hat er früher oft im Archiv gearbeitet und kennt die Leiterin sehr gut, eine wirklich patente Frau.«

»Hast du ihm schon unseren Besuch heute Abend angekündigt?«, fragte Schiller. Er wunderte sich, dass sie in den letzten Jahren niemals von Richard Goldmann gesprochen hatte, und nun traf sie ihn sogar.

»Nee, das sollte doch eine Überraschung sein. Gut, dass er seine Sachen nicht dem Archiv vermacht hat«, fuhr sie fort. »Läge sonst alles im Dreck.«

Schiller konnte sich nicht vorstellen, dass Goldmann solche Kostbarkeiten besaß, dass sich ein Archiv dafür interessieren würde.

»Richard besitzt einige seltene Handschriften von Revolutionären wie Marx und Engels, Lassalle und ein paar anderen«, erklärte Therese weiter, als hätte sie seinen Argwohn gespürt. »Auch mit Dutschke gab es einen Briefwechsel. – Aber deshalb hast du doch bestimmt nicht angerufen? Ist was mit deiner Puppe?«

»Es ist nicht meine Puppe«, antwortete Schiller gereizt. »Ich wollte dich um einen Gefallen bitten. Könntest du Carla anrufen? Mir antwortet sie nicht. Ich würde aber gerne wissen, wie es ihr geht.«

»Carla ist die beste Frau, mit der du je zusammen warst, Jan«, sagte Therese ernst. »Ich rufe sie an, aber tu mir einen Gefallen und kümmere dich wieder ein wenig mehr um sie.«

Nach einem kurzen Gruß unterbrach sie die Verbindung.

Es war halb elf. Die Trauerfeier für Eva Engels hatte bereits begonnen. Vom Rechtsmedizinischen Institut waren es keine zwei Minuten bis zum Melatenfriedhof, dem ältesten und ehrwürdigsten Friedhof Kölns.

Schroeter hatte die Obduktion von Tom Hinzen bei Opernmusik durchgeführt – »Rusalka« von Dvořák, eine romantische Musik, die so gar nicht zu der sterilen Umgebung einer Pathologie passte. Bei Schroeter musste man auf alles gefasst sein – manchmal lief im Hintergrund sogar Karnevalsmusik, während er einen Toten mit der Säge bearbeitete. Über die Todesursache von Hinzen gab es keinen Zweifel. Das Seil, das um seinen Hals geschlungen war, hatte ihm die Luft abgedrückt. Er war an akutem Sauerstoffmangel gestorben. Äußere Verletzungen hatte sein Körper nicht aufgewiesen. Vor seinem Tod jedoch hatte er ein Narkosemittel eingenommen – oder es war ihm verabreicht worden.

»Könnten auch K.-o.-Tropfen gewesen sein – ich bin sicher, dass wir Gamma-Hydroxy-Buttersäure nachweisen können«, erklärte Schroeter, während er sich die Hände wusch. »Daher kommt auch Mord in Betracht. Einen bewusstlosen Mann aufzuhängen, ist nicht so einfach, wie man es sich vorstellt. Man müsste sich den Balken noch einmal genauer ansehen, an dem der Tote gehangen hat. Vielleicht findet man Kerben im Holz, die beweisen, dass er regelrecht hinaufgezogen worden ist.«

»Ist nicht auch Eva Engels mit einem solchen Mittel narkotisiert worden?«, fragte Schiller.

Schroeter nickte. »Bei ihr war die Dosis nur deutlich geringer.«

»Wann ist Hinzen gestorben?«, war Schillers letzte Frage gewesen.

Schroeter hatte einen Moment gezögert. »Irgendwann in der Nacht oder am frühen Morgen.«

Also ungefähr zu der Zeit, als Johann Metzler an der Bank vorbeigelaufen war.

Schiller schritt auf die Kapelle auf dem Melatenfriedhof zu. Sanfte Geigenklänge waren zu hören, dann ergriff ein Mann das Wort. Vorsichtig öffnete Schiller die Tür. War er hier richtig? Ja, vorne war Regina Engels zu sehen. Nun trug sie noch einen breiten schwarzen Hut. Neben ihr hatte Michael Lepper Platz genommen, der sich wohl als eine Art persönlicher Betreuer verstand. Außerdem saßen eine ältere Frau an ihrer Seite und ein kleiner Junge, der sich ständig umblickte, als würde er sich langweilen. Richard Goldmann entdeckte Schiller in der zweiten Reihe, Therese an seiner Seite. Sie trug wie immer ihren babyblauen Mantel und hielt sich ein weißes Taschentuch vor das Gesicht, als würde sie mit den Tränen kämpfen. Schiller war kaum überrascht, sie hier zu sehen, obwohl sie bei ihrem Telefonat vor fünf Minuten noch so getan hatte, als wäre sie in der Severinstraße. Thereses Neugier kannte trotz ihrer zweiundachtzig Jahre keine Grenzen. Vielleicht hatte sie deshalb auch ihre Freundschaft zu Goldmann wieder aufgefrischt. Fünf Männer saßen vereinzelt in der dritten und vierten Reihe. Sie wirkten nicht wie ehemalige Freier, eher wie Journalisten, die sich für die Geschichte der Toten interessierten. Von Johann Metzler war nichts zu sehen, aber das hatte Schiller auch nicht erwartet.

Der Mann vorne breitete die Hände aus, er war jedoch kein Priester. Neben ihm saß eine junge Frau mit orangefarbenen Haaren, die eine Geige vor sich auf den Knien hielt.

»Wir sind heute hier zusammengekommen, um eine junge Frau

zu Grabe zu tragen, die einem entsetzlichen Verbrechen zum Opfer gefallen ist«, erklärte der Mann. Er war noch jung, Anfang dreißig vielleicht, doch sein Haar war bereits schütter. War er der Dichter, den Regina Engels engagiert hatte?

Schiller setzte sich in die letzte Reihe. Sein Mobiltelefon hatte er auf lautlos gestellt. Für einen Moment schloss er die Augen und hörte zu. In der Dunkelheit, die ihn nun umgab, gewann die Stimme des Mannes an Kraft und Bedeutung.

»Wer war diese junge Frau, die so früh vom Antlitz der Erde gehen musste – diese schöne Kerze, die viel zu früh erlosch?«

War alles so einfach?, dachte Schiller. Hatte Metzler erst Eva Engels und dann Hinzen getötet?

»Eva war von Anfang an nicht vom Glück begünstigt. Als ihre Mutter starb, war sie sechs Jahre alt – zu jung, um den Verlust zu verarbeiten, aber alt genug, um ihn jeden Tag zu spüren. Ihre Schwester Regina, die mich gebeten hat, hier ein paar Worte zu sprechen, hat mir einen Brief Evas gegeben, den ich nun vorlesen möchte und der ihren Kummer, aber auch ihre Sehnsucht beschreibt.«

Der Mann machte eine Pause, in der es war, als würde eine große, weite Stille auf Schiller einstürzen. Sie wussten nicht genug von Eva Engels. Cremer hatte zwar die Wohnung nach Hinweisen durchsucht, aber er hatte nichts gefunden, was ihm von Bedeutung erschienen war. Doch war das möglich? Kein Tagebuch, keine Briefe, kein Laptop? Wo hatte Eva Engels all ihre persönlichen Unterlagen aufbewahrt?

»Ich bin ein Todesengel«, erklärte der Mann mit leiserer, beinahe flüsternder Stimme, die trotzdem weit durch die Kapelle trug. »Ich bringe mir selbst den Tod. Ich bin eine Katze, die sich vor Mäusen fürchtet. Ich bin ein Hund, der nicht bellt. Ich bin eine Frau, die im Dunklen tanzt. Ich bin ein Lied, das niemand hört. Ich bin der Wind, der irgendwo verweht. Ich bin eine Scherbe, die irgendwo liegt …«

Schiller öffnete die Augen wieder. Der angebliche Dichter, der wohl eher ein Schauspieler war, rezitierte weiter monoton Verse, die offenbar nur das eine sagen sollten: Ich bin ein unglücklicher Mensch. Ja, darauf lief es hinaus. Eva Engels war ein unglücklicher Mensch gewesen. Hatte sie Metzler vielleicht sogar angestiftet, sie zu töten? Bevor sie ihn nicht gefasst hatten, würden sie mit ihren Fragen nicht weiterkommen.

Schiller blickte auf sein Telefon und sah, dass Birte versucht hatte, ihn zu erreichen.

Er erhob sich, und dann, während der Schauspieler über Schönheit und Vergänglichkeit sprach, bemerkte er, dass Regina Engels ihn ansah. Sie lächelte wie befreit, ganz unpassend für eine solche Feier, und dann formte ihr Mund die stummen Worte: Wir sehen uns, nicht wahr?

17.

Wo war Johann Metzler? Während Cremer ins Präsidium fuhr, um eine Fahndung herauszugeben, machte Birte Jessen sich in den Kölner Norden auf. Die Wäscherei hatte schon geöffnet, auch Margrit Krahl saß bereits in ihrem Büro. Sie trug ein cremefarbenes Kostüm mit aufgesetzten Taschen und wirkte viel zu elegant für diese Umgebung.

Argwöhnisch musterte sie Birte Jessen. »Hat sich etwas Neues ergeben?« Auf dem Tisch lag aufgeschlagen die Zeitung mit dem Artikel von Michael Lepper.

»Ja«, sagte Birte Jessen. »Wir haben Ihre DNA-Spuren in der Wohnung der Toten gefunden – in beiden Wohnungen genauer gesagt. In einer hat Eva Engels gewohnt, in der anderen hat sie ihre Kundschaft empfangen.«

»Ich bin ihr nie begegnet.« Margit Krahl blickte nach draußen, auf einen öden Parkplatz, wo ein nagelneuer, blinkender BMW stand, und verharrte dort. »Es ist alles eine Lüge.«

»Dann sagen Sie uns, wer hier lügt.« Birte musterte sie. Eine winzige Ader an ihrer Stirn hatte zu pochen begonnen, und da waren sie doch zu sehen, kleine graue Haare in dem gefärbten Schwarz, die ihr wahres Alter verrieten.

»Was haben Sie gefunden? Haare? Wie sind Sie an meine Haare gekommen? Hat Johann ...« Sie brach ab und griff nach einer Kaffeetasse neben sich, aber die Tasse war leer. In nächsten Moment würde sie nach ihrer Assistentin rufen, die vermutlich auch ihre Liebhaberin war. Hatte Metzler daher beschlossen, seiner Frau einen Mord in die Schuhe zu schieben?, fragte Birte sich. Um sich für die Zurückweisung zu rächen, dafür, dass er nur noch ein besserer Hausmeister war, während seine Frau sich eine Geliebte hielt, mit der sie ihr Leben teilte?

»Wir würden Ihren Mann gerne sprechen«, sagte Birte. »Auch wegen einer anderen Sache. Wissen Sie, wo er ist?«

»Vermutlich liegt er noch im Bett – er ist krank, Magen-Darm-Infekt. Hat er jedenfalls gesagt.« Margit Krahl griff zu ihrem Telefon und wählte eine dreistellige Nummer. »Mona«, sagte sie dann.

»Gehen Sie und wecken Sie meinen Mann! Er möchte bitte in mein Büro kommen.« Ihre Augen waren auf die Zeitung gerichtet, auf das Gesicht von Regina Engels, die sich wirklich zu einem Racheengel aufschwang.

»Er wird gleich kommen«, sagte sie wie zur Beruhigung. »Unser Haus liegt hinter der Wäscherei. Aber Sie haben meine Frage noch nicht beantwortet. Wie sind Sie an meine Haare gekommen? Es war Ihr Kollege, nicht wahr? Er hat sich im Bad hier meine Haare besorgt. Sind das neuerdings die Methoden der Kölner Polizei?«

Birte zögerte einen Moment, dann entschloss sie sich, in die Offensive zu gehen. »Vermutlich ist mit Ihrer Waffe ein Mord begangen worden, und lange schwarze Haare haben wir am Tatort gefunden …«

Das Telefon klingelte – ein müdes, unmelodiöses Schrillen.

Mona, die Hausangestellte, erstattete offenbar Bericht, und Margit Krahl hörte zu. Sie starrte vor sich hin. »Er war gar nicht da«, sagte sie, nachdem sie, ohne ein Wort gesagt zu haben, aufgelegt hatte. »Die ganze Nacht nicht, aber er hat etwas zurückgelassen – meine verschwundene Waffe.«

Wie ein Geschenk lag die Waffe da – in einer Pappschachtel auf dem Kopfkissen seines gemachten Bettes, so als hätte Johann Metzler seiner Frau eine Schachtel teure Pralinen zurückgelassen.

»Ich habe nichts angefasst – nur den Deckel abgenommen.« Mona, ein überraschend junges Mädchen in Jeans und weißem T-Shirt, hielt die Hand entsetzt vor den Mund. Ein buntes Tattoo war auf ihrem Unterarm zu sehen, eine Schlange mit aufgerissenem Maul, die sich um einen Rosenstock wand.

»Schon gut«, sagte Margit Krahl leise und scheuchte sie dann mit einer Handbewegung hinaus.

Birte Jessen sah sich in dem Zimmer um, es lag im Souterrain mit Blick auf einen weitläufigen Garten, in dem vermutlich ein professioneller Gärtner Hand anlegte – Büsche, ein kleiner Teich mit Springbrunnen, eine Rasenfläche mit einer steinernen Bank, alles wirkte durchdacht und doch leblos.

»Können Sie feststellen, ob etwas fehlt?«, fragte Birte, nachdem sie sich gründlich umgeschaut hatte. »Ist es hier immer so aufgeräumt?«

Margit Krahl drehte sich einmal um sich selbst, so als hätte sie einen ihr völlig unbekannten Raum betreten, den sie zuerst einmal erfassen müsste. Das Bett, viel zu schmal für eine Nacht zu zweit, befand sich in einer Ecke, davor, mitten im Zimmer, auf einer Kommode ein Flachbildschirm, dahinter ein alter Bauernschrank mit geschnitzten Verzierungen. Ein Schreibtisch stand in der anderen Ecke. Schreibtischlampe, Unterlage, Laptop – es hätte auch ein Arbeitsplatz in einer Versicherung sein können. An der Wand hingen drei Fotografien und ein Kalender. Eine Fotografie zeigte den Schatten eines Segelbootes im Abendlicht, auf der zweiten war ein viel jüngerer Johann Metzler zu sehen, der mit einem Drachen im Schlepptau einen Strand entlanglief, an der Hand hielt er einen vielleicht siebenjährigen Jungen, der ihm wie aus dem Gesicht geschnitten war und ebenfalls lachte. Auf dem dritten Bild war in Schwarz-Weiß ein frisches Grab mit einem Meer von Blumen und Kränzen zu sehen.

Als wäre sie in diesem Zimmer eine Fremde, ging Margit Krahl zu dem Schreibtisch und zog eine der zwei Schubladen heraus. »Ich glaube, ich bin schon mehr als fast zwei Jahre nicht mehr hier gewesen«, sagte sie. »Erst hat mich sein ständiges Rauchen gestört, seine Stimme, überhaupt nur seine Nähe, sein Geruch ... So ist es immer weitergegangen.« Sie schob die Schublade wieder zu, ohne überhaupt genauer hineingesehen zu haben. Dann schritt sie zum Schrank hinüber und öffnete ihn. Anzüge hingen da, einzelne Hosen, Hemden, alles sah traurig und wie abgelegt aus, als wäre Metzler nicht erst gestern oder heute geflohen, sondern wohnte schon länger nicht mehr hier.

»Wo könnte Ihr Mann hingefahren sein?« Birte Jessen zog eine Plastiktüte hervor, packte die Schachtel mit der Waffe mit spitzen Fingern und ließ sie hineinfallen. »Und was ist mit seinem Mobiltelefon? Wir brauchen die Nummer Ihres Mannes.«

Margit Krahl war vor dem Foto mit dem schwarz-weißen Grab stehen geblieben.

»Das haben wir nicht verkraftet«, sagte sie. »Den Tod unseres Sohnes – Meningitis, zu spät erkannt. Ich hätte sämtliche Ärzte umbringen können. Da ist Johann aus der Bahn geraten, und ich habe begonnen, Tag und Nacht zu arbeiten. Er hat mir das übel genommen. Ich bin nicht mehr auf den Friedhof gegangen, hier in

Fühlingen, fünf Minuten entfernt, er hingegen war jeden Tag da und manchmal auch die ganze Nacht. Der Irre vom Friedhof – so haben sie ihn schon genannt. Dann hat er dieses Mädchen getroffen und … Glauben Sie, er hat sie wirklich umgebracht und meine Haare in der Wohnung verteilt?«

Birte antwortete nicht. Sie spürte, wie sich ihr Magen zusammenzog. Sie hatte nicht erwartet, hier plötzlich in die tiefen Abgründe einer Familientragödie zu schauen. Für einen Moment hatte sie ein anderes Grab vor Augen – und dazu Martin in seiner Werkstatt, seine leuchtenden blauen Augen, sein dünnes blondes Haar, das er sich oft nachdenklich aus der Stirn schob – eine typische Geste für ihn. Irgendwie passten diese Bilder nicht zusammen – ein stummes schwarzes Grab und ein lächelnder Geigenbauer, der, von Musik umgeben, mit Leim und Holz hantierte.

»Glauben Sie wirklich, dass mein Mann dieses Mädchen umgebracht hat?« Margit Krahls erneute Frage klang wie ein verzweifeltes Stöhnen.

»Es gibt Verdachtsmomente, denen wir nachgehen, und die Waffe …« Birte Jessen empfand selbst, wie dürr und wenig überzeugend ihre Worte klangen. Eine Polizistenauskunft. »Erklären Sie mir, warum er die Waffe hier hingelegt hat! Wenn sie die Tatwaffe ist, dann müssen wir davon ausgehen, dass er der Täter ist.«

Margit Krahl wischte sich über das Gesicht. »Aber warum? Diese Frau hat ihn fasziniert … Warum sollte er sie erschießen – mit meiner Waffe? Oder vielleicht haben sie beide an Selbstmord gedacht. Und er hat erst sie getötet und dann nicht den Mut gehabt …« Mit einer abrupten Bewegung zog sie ihr Mobiltelefon hervor und wählte eine Nummer. Einen Moment lauschte sie voller Anspannung, dann trat ein bitterer, enttäuschter Ausdruck in ihre Augen. »Teilnehmer nicht erreichbar – versuchen Sie es später wieder.«

Sie steckte das Telefon wieder in eine kleine Tasche an ihrem Rock. »Johann ist tot«, stieß sie unvermittelt hervor. »Ja, er hat sich umgebracht, aber ich weiß, wo er ist.«

Margit Krahl begann plötzlich, unaufhörlich zu reden, als hätte sich ein Schleusentor geöffnet, das eine viel zu lange Zeit geschlossen gewesen war. Sie sprach von Metzler und ihrem Sohn, wie sie die

Firma gemeinsam aufgebaut hatten, sie war für die Wäsche zuständig und ihr Mann für die Logistik. Anfangs hatte er die Wäsche selbst ausgefahren, doch dann hatte er sich ein Computerprogramm ausgedacht, um die Routen zu optimieren, und dann war ihr Sohn krank geworden – der kleine, zarte Sebastian, der die Augen und das stille Lachen seines Vaters geerbt hatte.

Birte spürte, dass Margit Krahl schon im Begriff war, Abschied zu nehmen. Ihr Mann war tot, hatte sich auf dem Friedhof am Grab seines Sohnes getötet – so lautete ihre Vermutung. Aber warum sollte er dann die Waffe zurückgelassen haben? Weil er noch eine zweite besaß? Oder weil er Gift oder Tabletten genommen hatte?

Sie rasten zu dem kleinen Parkplatz vor dem Friedhof hinauf. Hier war es plötzlich ruhig und idyllisch. Hohe Bäume spendeten Schatten, Vögel sangen. Die Glocke der nahen Kirche schlug. Irgendwo hier musste auch der Fühlinger See liegen, auf dem sie frühmorgens gelegentlich ruderte. So genau kannte Birte sich in Köln noch nicht aus.

Margit Krahl eilte auf die kleine Kapelle zu. Sie war abgeschlossen, doch durch eine getönte Glasfront konnte man hineinsehen. Lag dort jemand? Nein, der kleine Raum war verlassen.

»Hier ist er nicht!«, stieß Margit Krahl hervor. Sie drehte sich um und schien nachzudenken. »Zum Grab«, flüsterte sie. »Er wird am Grab sein.«

Langsamer gingen sie weiter. Der Friedhof war klein, nur ein paar Reihen unauffälliger, biederer Gräber. Hier gab es keinen Pomp, kein riesigen Grüfte wie auf dem Melatenfriedhof.

Margit Krahl blieb plötzlich stehen, sie wischte sich über das Gesicht. »Ich habe Fehler gemacht, viel zu viele Fehler ... Mit Johann und Uta. Wenn ich ihn retten könnte, würde ich gestehen, dass ich das Mädchen getötet habe ...« Sie drehte sich herum, als wollte sie vom Friedhof davonlaufen.

»Ich glaube nicht, dass Ihr Mann tot ist«, sagte Birte Jessen, um sie aufzuhalten.

Margit Krahl schaute sie an und nickte. Sie straffte sich, und die Geschäftsfrau in ihr kam wieder zum Vorschein. »Gehen wir«, sagte sie, als wäre Birte es gewesen, die gezögert hatte.

Zwei Gänge weiter kam ein kleines Rasenstück, dann drei Kindergräber. Auf einem drehte sich eine kleine Windmühle. Auf dem daneben lag ein großer länglicher Stein, der wie ein Maikäfer angemalt auf. Auf einem Holzkreuz stand schlicht »Sebastian«. Von Metzler war nichts zu sehen, wie Birte es erwartet hatte.

Margit Krahl seufzte auf. »Dieser Schweinehund«, flüsterte sie, als wäre sie nun enttäuscht, nicht vor der Leiche ihres Mannes zu stehen.

Birte machte einen Schritt auf das Grab zu. Zwei Schalen mit frischen Veilchen standen da – und dazwischen ein kleines handgeschnitztes Segelboot, das vollkommen neu aussah. Das unbehandelte Kiefernholz hatte garantiert noch keinen Tropfen Regen abgekriegt.

»Wissen Sie, ob das Boot schon länger dort steht?«, fragte Birte.

Margit Krahl zuckte mit den Achseln. Einen Moment später klingelte ihr Telefon. Sie nahm das Gespräch an und wandte sich ab. Uta Mönch war am Apparat, vermutete Birte.

Johann Metzler hatte seinem Sohn als letzten Gruß ein kleines Segelboot hinterlassen. Was sollte das bedeuten? Hatte er nicht bei der Vernehmung gesagt, er baue sich ein Boot, mit dem er die Welt umsegeln wollte?

»Wo hat Ihr Mann an seinem Schiff gebastelt?«, rief sie Margit Krahl zu, die noch immer telefonierte. »Wir müssen sofort nachschauen, ob es noch da ist.«

18.

Als er am Schokoladenmuseum auf den Fluss hinausfuhr, hatte Schiller für einen Moment das Gefühl, er wäre zehn, fünfzehn Jahre jünger und säße zum ersten Mal hinter dem Steuer eines Motorbootes. Es war ein dekadentes Vergnügen, an den schweren, ungelenken Schiffen vorbeizupreschen, den Fahrtwind im Gesicht und das Dröhnen des Motors um sich herum. Der Fluss roch viel intensiver. Wenn man die Augen einen winzigen Moment schloss, konnte man sich vorstellen, mitten auf dem Meer zu sein. Nichts hatte mehr eine Bedeutung, es gab die Sonne, die Wolken, das Wasser und einen selbst.

Carla hatte ihn schon oft gebeten, das Boot zu verkaufen, er benutzte es fast nie, aber irgendwie hing er an der alten SBM. Sein Vater, der Motorradpolizist, hatte immer davon geträumt, ein Boot zu besitzen. Er hatte den Rhein genauso geliebt, wie Schiller ihn jetzt liebte. Im Frühjahr war er manchmal mitten in der Nacht aufgestanden und war nach Langel zum Angeln hinausgefahren. Schiller hatte ihn in den Ferien ein paarmal begleitet. Die Stille war ihm in Erinnerung geblieben, die eigentümlicherweise vom plätschernden Wasser auf sie übergegriffen hatte, und das Gefühl, wie es war, wenn das erste Licht den Horizont streifte und sich auf den zarten Wellen spiegelte. Vögel hatten sich dann erhoben, waren tief über dem Wasser dahingeglitten. Es waren magische Momente gewesen – Vater und Sohn wortlos nebeneinander auf zwei billigen Campingstühlen. Ob sie ein paar Fische fingen oder nicht, war gleichgültig; darum war es nie gegangen.

Johann Metzler war offensichtlich mit seinem Boot geflohen – jedenfalls war die Garage leer gewesen. Birte hatte sofort die Wasserpolizei alarmiert. Allerdings hatte niemand eine genaue Beschreibung des Bootes durchgeben können. Weder Margit Krahl noch Uta Mönch hatten eine Ahnung gehabt, wie das Schiff aussah, ob es einen Motor hatte oder nicht.

Schiller zog an einem Lastkahn vorbei, der tief im Wasser lag. Zwei Schrottberge türmten sich auf der offenen Ladefläche. Ein

Ausflugsboot mühte sich den Fluss hinauf. Zwei Kinder winkten ihm zu. Möwen tanzten in der Luft um sie herum. Von einem anderen Schiff, das den Strom hinauffuhr, bellte ein Hund aufgeregt herüber.

Langel im Norden Kölns war von der Wäscherei aus der beste Platz, um ein Boot ins Wasser zu lassen. Auf einer Rampe, die direkt neben der Anlegestelle einer Fähre lag, konnte man bis zum Fluss hinunterfahren. Wenn man sich nicht allzu ungeschickt anstellte, war man fünf Minuten später auf dem Rhein. Doch wieso war Metzler auf die Idee verfallen, mit seinem Boot zu verschwinden? Selbst wenn es keine genaue Beschreibung gab – ein Segelboot fiel auf. Zwei Besatzungen der Wasserschutzpolizei reichten aus, um jemanden an der Weiterfahrt zu hindern. Aber wahrscheinlich war es Metzler gar nicht wirklich um Flucht gegangen. Anscheinend hatte er das Gefühl gehabt, die Polizei sei ihm auf den Fersen, und bevor man ihn verhaftete, wollte er sein Boot wenigstens einmal für ein paar Minuten oder Stunden ausprobiert haben.

Kurz nachdem Schiller den Dom hinter sich gelassen hatte und während er auf die Mülheimer Brücke zuhielt, klingelte sein Mobiltelefon. Er verringerte die Geschwindigkeit.

»Du hast recht gehabt«, sagte Birte Jessen. »Sein alter Mercedes mit dem Hänger steht in Langel an der Fähre. Er hat nicht einmal den Zündschlüssel abgezogen. Es kann aber niemand sagen, wann er sein Boot zu Wasser gelassen hat. Wir haben bisher keine Zeugen gefunden.«

»Was ist mit den Kollegen der Wasserschutzpolizei?«, fragte Schiller.

»Sind unterwegs, aber sie haben ihn noch nicht gesehen.«

Schiller gab seine Position durch, dann beendete er das Gespräch. Wenn Metzlers Boot einen Motor besaß, hatte er zumindest die Option, den Fluss hinaufzufahren und sich irgendwo einen Abzweig zu suchen – in die Lahn oder die Mosel, falls er es bis Koblenz schaffte. Ginge er da irgendwo an Land, könnte er sich vielleicht sogar für eine Weile verstecken. Oder möglicherweise hatte Metzler auch etwas anderes vor – vielleicht plante er mit seinem Boot einen stilvollen Untergang.

Schiller fuhr unter der Mülheimer Brücke her. Bis nach Langel waren es noch knapp zehn Kilometer. Er gab Vollgas. Birte Jessen hatte ihm auch von der Waffe als Abschiedsgruß auf dem Kopfkissen berichtet. Damit war aber noch nicht die Frage beantwortet, ob Metzler eine Waffe an Bord hatte.

Ein Polizeiboot kam ihm entgegen. Ein Uniformierter am Bug stand mit einem Feldstecher da und blickte zu ihm herüber. Dann glitt sein Blick jedoch weiter. Er wirkte mäßig interessiert, jedenfalls nicht wie jemand, der mit Hochdruck nach einem flüchtigen Mörder fahndete.

Backbord lag nun der Niehler Hafen mit seiner Einfahrt unter der großen Fußgängerbrücke. Danach kamen die Fordwerke. Von einem Mann in einem Segelboot war nichts zu sehen.

Als sein Telefon nochmals klingelte, bremste Schiller erneut ab.

»Tut mir leid«, sagte Therese. »Sie will nicht mit dir reden. Habe alles versucht.«

Schiller wurde noch langsamer. »Was soll das heißen?«, schrie er gegen den Fahrtwind.

»Was machst du um diese Zeit auf dem Boot?«, fragte Therese. »Warum hast du mich nicht mitgenommen?« Nun klang sie ganz gegen ihre Art verärgert. »Ich habe Carla angerufen, und sie hat gesagt, sie habe zu tun, ein Problem mit einem Jungen aus ihrer Gruppe, und wolle nicht mit dir sprechen. Das war alles.«

Einen Moment schwieg Schiller. Er spürte seine Enttäuschung, und plötzlich traf ihn die harte, bittere Erkenntnis, dass Carla es ernst meinte – sie wollte tatsächlich, dass er auszog. Zum ersten Mal stellte er sich die Frage, ob jemand anders dahinterstecken konnte, aber nein, das war ein billiger Reflex und verletzte männliche Eitelkeit. Im nächsten Moment fiel ihm Regina Engels ein, und er spürte wieder die Faszination, die sie auf ihn ausübte.

»Warum hast du mir nicht gesagt, dass du zu der Trauerfeier gehst?« Nun klang er verärgert.

»Es war Richards Idee«, erwiderte sie unbeeindruckt. »Außerdem gehe ich gern auf Beerdigungen. Weißt du doch! Aber ist es dir aufgefallen? Die Schwester hat nicht geweint, und immer war dieser merkwürdige Mann an ihrer Seite, hat sie nie aus den Augen gelassen und ihre Hand gehalten.«

Schiller antwortete nichts darauf, sondern versprach, am Abend vorbeizukommen. Goldmann wollte er immer noch aufsuchen, auch wenn die beiden Morde möglicherweise aufgeklärt waren.

Der Rhein beschrieb eine lange Biegung, dann ging es am Bayer-Werk in Leverkusen vorbei. Vermutlich die hässlichste Gegend weit und breit. Früher hatte hier oft ein fauliger Geruch in der Luft gehangen. Auch als Schiller wieder Vollgas gab, hatte er das Gefühl, viel zu langsam zu sein. Wenn Metzler auf dem Fluss war, hätte die Polizei ihn längst entdeckt haben müssen.

Fünf Minuten später hatte er Langel erreicht. Die Fähre kroch langsam über den Fluss. Am Kölner Anleger waren zwei Polizeiwagen zu sehen. Metzlers Mercedes wurde auf einen Abschleppwagen geladen. Birtes Alfa konnte er nicht entdecken. Vermutlich war sie ins Präsidium zurückgekehrt.

Die dritte Buhne nach dem Anleger war der Platz seines Vaters gewesen. Merkwürdig, dass ihm das erst jetzt wieder einfiel. Er blickte hinüber, als müsste er da stehen – ein großer, stattlicher Mann mit einem Bürstenhaarschnitt, der mit einem breiten Lächeln den Schiffen zuwinkte, wenn ihm danach war. Einmal, in einer wolkenlosen Nacht, hatte sein Vater zum Himmel hinaufgezeigt und gesagt, jeder dieser Millionen Sterne sei eine Menschenseele. So ein Satz war vollkommen untypisch für ihn gewesen, und Schiller hatte ihm auch keine große Bedeutung zugemessen. Drei Wochen später hatte er am Grab seiner Eltern gestanden.

Sollte er umkehren und den Kollegen der Wasserschutzpolizei die Suche überlassen? Es war eine Schnapsidee gewesen, auf eigene Faust nach Metzler zu suchen. Sie mussten die Spuren aus der Wohnung von Hinzen sichten und nach einem Motiv suchen. Hatte Hinzen etwas geahnt? Hatte es vielleicht nach dem Mord eine Kontaktaufnahme zwischen beiden Männern gegeben? Hatte er Metzler eventuell erpresst? Immerhin hatte er Schulden gehabt, seine Tanzschule war pleite.

Schiller griff nach seinem Mobiltelefon, um Nele anzurufen.

»Habt ihr die Handydaten von Hinzen überprüft? Mit wem hatte er vor seinem Tod telefoniert?«, fragte er.

Sie tat überrascht. »Birte hat mir gesagt, dass du mit dem Boot auf dem Rhein bist.«

»Ja«, erklärte er einsilbig. »Ich habe aber noch nichts entdeckt.«

Sie zögerte einen Moment, als wollte sie seine kleine inoffizielle Schiffstour kommentieren. Dann sagte sie: »Hinzen hat mehrere Telefonate geführt. Mit seinem Freund in Spanien, einem Lieferanten seiner Tanzschule, und dreimal hat er das Handy der Toten angerufen. Die Gespräche haben drei, fünf und sieben Minuten gedauert. Das letzte war vier Stunden vor seinem Tod.«

»Also hat Metzler das Telefon eingesteckt«, sprach Schiller vor sich hin. Aber warum hatten sie den Apparat dann nicht orten können?

»Sieht ganz so aus«, erwiderte Nele. »Metzlers Frau hat vorhin angerufen. Ihr Mann hat zwanzigtausend Euro abgehoben. Gestern schon.«

Schiller legte auf. Es sah doch alles nach einem Fluchtplan aus.

Ein zweites Polizeiboot kam ihm entgegen. Er grüßte höflich, der Beamte beachtete ihn jedoch gar nicht. Dann pflügte sich die Rheinenergie durchs Wasser – ein Katamaran, das größte Fahrgastschiff, das in Köln vor Anker lag. Zu seiner Überraschung war niemand an Bord.

Als steuerbord die ersten Ausläufer von Düsseldorf auftauchten, bemerkte er ein Boot, das zwischen den Buhnen im flachen Wasser lag. Das braune Segel war gerefft. Niemand war zu sehen. Hatte Metzler es nur benutzt, um den Fluss zu überqueren und eine falsche Spur zu legen?

Schiller wurde langsamer und ließ sich ans Ufer treiben. Zumindest musste er feststellen, ob irgendwelche Gegenstände im Boot auf seinen Besitzer hinwiesen.

Das Boot lag ein wenig schief im Wasser. Es war aus hellem Holz und sah nagelneu aus. Kein Name, keine Plakette klebte an seiner Außenwand.

Schiller stellte den Motor ab und zog sich die Schuhe und Socken aus. Danach krempelte er seine Jeans hoch, legte sein Handy neben das Steuer und sprang ins Wasser. Kälte durchfuhr ihn, während sich seine Füße in den Sand gruben.

Drei Meter war das Boot entfernt. Es schaukelte leicht. Niemand war am Ufer zu sehen. Nein, in der Ferne führte ein Mann seinen Hund aus und warf einen Stock, hinter dem das Tier bellend herjagte.

Schiller registrierte den Angriff, als es schon zu spät war. Metzler sprang mit verzerrter Miene aus dem Boot auf und schlug sofort mit einem Paddel zu. Ein schriller Schmerz durchzuckte Schillers linken Arm. Er ging in die Knie, doch sofort holte Metzler noch einmal aus. Der nächste Schlag traf Schiller an der rechten Schläfe. Er kippte nach hinten, fiel ins seichte Wasser. Für einen Moment wurde ihm schwarz vor Augen. Er rang nach Luft und drehte sich um, doch dabei verlor er vollends die Orientierung. Eisiges Wasser war plötzlich um ihn, als wäre er in eine Welle geraten. Ja, auf dem Strom zog ein Tanker vorbei, der reichlich Wellengang verursachte. Wo war Metzler? Er hatte sich von seinem Boot entfernt und das Paddel weggeworfen. Metzler war klitschnass, sein grauer Pullover klebte ihm am Körper, und seine Hose hatte er ausgezogen. Er trug nur noch schwarze Boxershorts. Anscheinend war die Flucht für sein Boot ein wenig früh gekommen. Es war voll Wasser gelaufen.

Metzler blickte sich um, dann steuerte er auf Schillers Motorboot zu.

Schiller spürte, dass ihm Blut über das Gesicht lief. Er hatte Mühe, auf die Beine zu kommen, und watete durch das seichte Wasser. Metzler versuchte, das Boot zu starten, aber die alte SBM 430 bockte. Das Zündschloss hakte manchmal, nur mit Fingerspitzengefühl ließ es sich herumdrehen.

»Hören Sie auf!«, versuchte Schiller herüberzurufen, doch lediglich ein paar Krächzer entrangen sich seiner Kehle.

Metzler schaute sich in dem Boot um, als suchte er nach einem Gegenstand, mit dem er sich verteidigen konnte. Eine eigene Waffe hatte er offensichtlich nicht dabei, sonst hätte er sie längst auf Schiller angelegt.

»Lassen Sie den Unsinn, Metzler! Es ist zu spät!«, rief Schiller, als er das Boot erreicht hatte. Diesmal kamen die Laute einigermaßen klar über seine Lippen.

Metzler hatte plötzlich eine Wasserflasche in der Hand und traf Schiller damit an der Schulter. Schiller ging in die Knie, doch dann warf er sich nach vorn, stürzte Metzler förmlich in die Arme. Die Wasserflasche ging irgendwo zu Bruch, registrierte er beiläufig, und Metzler stöhnte auf. Er war mit dem Kopf auf das Steuer geschlagen. Schiller versuchte, seinen linken Arm zu packen, Metzler schaffte es jedoch beinahe mühelos, sich zu befreien. Hasserfüllt starrte er Schiller an.

»Sie haben gar nichts kapiert«, stieß er hervor, dann schlug er Schiller mit der Faust mitten ins Gesicht, ohne jede Kraft diesmal, und sprang auf der anderen Seite über Bord ins Wasser.

19.

Hinrichs führte sie zu Jan. Wo war er so verdammt schnell hergekommen? Diesmal musste Birte sich seine Gesellschaft gefallen lassen, doch sie versuchte, ihn wenigstens nicht zu beachten.

»Jan hat es ganz schön erwischt«, sagte Hinrichs und lachte unpassend laut. »Aber ihn bringt so schnell nichts um. Er hat einen echten Schutzengel.«

Halt einfach das Maul!, hätte sie ihn am liebsten angeschrien.

Drei Polizeiwagen und ein Krankenwagen waren bis zum Wasser hinuntergefahren. Bei einem lief der Motor noch. Ein Polizeiboot hatte auch angelegt. Von den Tauchern, die sie angefordert hatten, war aber noch nichts zu sehen, oder sie waren schon bei der Arbeit. Das war nicht zu erkennen.

»Würdest du nachher mit mir vor die Presse treten?«, fragte Hinrichs. Nun klang er verlegen – ein Flehen um Nähe hatte sich hinter seiner förmlichen Frage versteckt.

Sie schüttelte den Kopf. »Das wird Fitschen machen wollen. Schließlich haben wir zwei Mordfälle geklärt.« Dann drehte sie sich um und eilte auf den Krankenwagen zu.

Jan saß auf einer Pritsche. Er trug ein weißes Krankenhaushemd, über seinen Knien lag eine graue Wolldecke. In der Hand hielt er einen Kaffeebecher und trank. An seiner rechten Schläfe klebte ein großes braunes Pflaster. Sein Haar war nass und voller Sand. Der Sanitäter neben ihm musterte ihn argwöhnisch.

»Hallo, Jan«, sagte Birte Jessen leise und fast zärtlich.

Es dauerte einen Moment, bis er aufblickte. Seine blauen Augen waren dunkel und voller Trauer. Er hob kurz die Hand und blickte den Sanitäter an. »Sie können jetzt gehen – meine Kollegin wird nun auf mich aufpassen.«

Der Sanitäter, ein Junge mit einem rosigen Gesicht, meinte zu Birte: »Er will nicht ins Krankenhaus – nicht mal zum Röntgen.«

Birte zuckte wortlos mit den Schultern und leckte sich über ihre Lippe, die immer noch leicht geschwollen war.

»Ich bin vorne im Wagen«, bemerkte der Sanitäter und ging.

Sie hatte gedacht, dass sie erleichtert sein würde. Jan lebte –

aber nun war es ganz anders. Wie ein Häufchen Elend hockte er da, als hätte er soeben den größten Fehler seines Lebens begangen – so hatte sie ihn noch nie gesehen.

Er trank einen Schluck. »Der schlimmste Kaffee, den ich je getrunken habe«, murmelte er und leerte den Becher, dann schleuderte er ihn mit überraschend viel Kraft von sich.

Als er sie ansah, verzog er das Gesicht. »Er ist vor meinen Augen untergegangen – kannst du dir das vorstellen? Ich habe so etwas noch nie erlebt ... Ich bin ihm nach, als er sich in den Fluss geworfen hat. Ich hatte ihn am linken Arm.« Schiller verstummte und blickte sich um, als müsse da noch jemand sein, der ihm zuhörte.

Vom Ufer oberhalb des Krankenwagens waren Stimmen zu vernehmen. Ein Motor wurde angelassen. Hinrichs rief etwas. Vermutlich waren die ersten Presseleute eingetroffen. Oder die Taucher machten sich für ihren Einsatz bereit.

»Bist du sicher, dass er nicht doch irgendwo aufgetaucht sein könnte?«, fragte Birte und bereute ihre Frage sofort.

Jan schüttelte den Kopf. »Dieser verdammte Fluss ... Metzler hat mich angeschaut, bevor er unterging, weil ich ihn nicht mehr halten konnte. Ich hatte einfach keine Kraft mehr. Die Strömung war unglaublich, ein Sog, gegen den man nichts ausrichten kann. In seinen Augen habe ich gesehen, dass er nicht sterben wollte ... Wie ein großes, ängstliches Tier hat er mich angestarrt. Er wollte nicht untergehen. Und weißt du, was er dann gesagt hat? Seine letzten Worte, bevor er versank? Ich hoffe, ich bilde es mir nicht ein. Es war kaum zu verstehen. ›Ich war es nicht.‹ Seltsam, nicht wahr?«

Schiller wischte sich über das Gesicht. Seine Hände waren schmutzig und blutig. »Fast wäre ich auch untergegangen ... Dieser Fluss hat es wirklich in sich ...«

»Die Taucher werden ihn finden«, sagte Birte. Ihr Telefon klingelte, doch sie achtete nicht darauf. »Vielleicht geschieht ein Wunder, und sie finden ihn lebend.« Sie glaubte selbst nicht daran.

»Bestimmt nicht.« Schiller machte eine fahrige Handbewegung. »Ich möchte nach Hause fahren und ein paar Stunden schlafen. Ich hätte nie gedacht, dass dieser Fluss so mörderisch ist.«

Im nächsten Moment klopfte jemand gegen die angelehnte Tür

des Krankenwagens. Hinrichs steckte seinen Kopf herein. »Die Taucher haben ihn. Sieht beinahe so aus, als würde der Arzt ihn zurückholen können.«

Wie lange konnte ein Mensch ohne Sauerstoff auskommen? Metzler mochte gut und gerne zehn bis fünfzehn Minuten im Wasser gelegen haben. Konnte man das überleben? Ein Leistungssportler möglicherweise. »Ich war es nicht!« Hatte er sich doch noch von seiner Schuld befreien und seine Frau belasten wollen? Oder hatte Schiller ihn nur falsch verstanden? Und was hatte er vorher im Boot gesagt: »Sie haben gar nichts kapiert?«

Als ihr Telefon klingelte, ging Birte an den Apparat.

Margit Krahl meldete sich. »Haben Sie ihn gefunden?«, fragte sie mit zitternder Stimme.

Birte Jessen zögerte einen Moment. Dann entschied sie sich für eine Lüge. »Nur sein Boot, in der Nähe von Düsseldorf. Anscheinend war es nicht richtig abgedichtet. Ihr Mann ist nicht weit gekommen.«

Margit Krahl stöhnte auf. »Mein Mann hat einen kleinen billigen Tresor in seinem Schrank. Ich habe ihn aufmachen lassen, war für unseren Hausmeister kein Problem. Da waren jede Menge Medikamente, Beruhigungsmittel, so etwas … Und Fotos von ihr … Nacktfotos …« Sie stöhnte wieder. Nein, sie zog an einer Zigarette.

»Sie müssen damit rechnen, dass Ihr Mann vielleicht nicht mehr wiederkommt, vielleicht ist er …«, sagte Birte zaghaft.

»Und wissen Sie, was ich noch gefunden habe?« Margit Krahl hatte ihr gar nicht zugehört. »Gedichte! Dieser Idiot hat tatsächlich Gedichte geschrieben. In einem komme ich vor – denke ich mir jedenfalls. ›Die Totenfrau‹ – so hat er mich genannt, ›kalt und schwarz‹. ›Die Frau, die in der Nacht verschwindet und der der Tod gehört.‹ Ich glaube fast, er hat mich tatsächlich gehasst.«

»Die Gedichte sind wie die Medikamente Beweismaterial«, erklärte Birte. »Bitte werfen Sie nichts weg! Wir kommen nachher vorbei und stellen es sicher.« Dann würde sie vermutlich auch die Todesnachricht überbringen müssen.

In einem zweiten Krankenwagen waren zwei Ärzte bei der Arbeit. Ihre Silhouetten waren zu sehen, geschäftig, aber nicht hektisch versuchten sie offenbar, Johann Metzler ins Leben zurückzuholen.

»Ich glaube, sie haben ihn tatsächlich wiederbelebt.« Hinrichs war neben sie getreten. »Ein echtes Wunder.« Er griff nach ihrer Hand und drückte sie an sich. Birte war so überrascht, dass sie sich für einen Moment nicht wehrte. »Ich verstehe ja, dass dir das alles zu schnell mit uns ging«, flüsterte er. »Und dass ich vielleicht ein wenig ungeduldig bin, weil ich dich ... aber glaube mir, nun, da der Fall gelöst ist, wo der Druck von dir abfallen wird, da ...«

Birte Jessen riss ihre Hand zurück. »Wenn du noch ein Wort sagst, breche ich dir hier an Ort und Stelle den Arm«, zischte sie.

Dann ging sie, ohne Hinrichs zu beachten, wieder zum Krankenwagen hinüber, um Schiller nach Hause zu fahren.

20.

Am liebsten wäre er in ein Hotel gegangen – ein teures Fünfhundert-Euro-Zimmer im Hyatt oder im Dom Hotel. Im Grunde hatte er etwas zu feiern, eine Art Wiedergeburt. Außerdem behagte ihm der Gedanke an die leere Wohnung nicht. Aber in einem Hotel hätte er keine Kleidung gehabt, und er wollte Birte nicht bitten, in die leere Wohnung zu gehen und sie ihm zu holen.

Birte stoppte ihren Alfa direkt vor der Haustür.

»Ich muss ein, zwei Stunden schlafen«, sagte er, um sie davon abzubringen, ihn zu begleiten. »Dann rufe ich dich an.« Sie gab ihm sein Handy, das sie offenbar aus dem Boot geholt hatte.

Dankbar nahm er es entgegen – fast als wäre es seine letzte Verbindung zu Carla.

»Hast du Carla schon Bescheid gesagt?«, fragte Birte, als könnte sie Gedanken lesen.

»Werde ich gleich machen«, log er.

In seinem Krankenhauspyjama, die Decke über den Schultern, schlich er die Treppe hinauf. Zum Glück hatte er an die Schlüssel gedacht. Sein Portemonnaie, die Papiere – alles war noch da. Als er auf sein Handy blickte, sah er, dass keine Nachricht von Carla eingegangen war, nichts, nicht der kleinste Gruß.

Er schaffte es kaum bis ins Wohnzimmer und ließ sich da auf den Teppich fallen. Von der Couch zerrte er eine Decke und wickelte sich darin ein.

Carla, sagte er stumm vor sich hin, Carla, ich wäre fast ertrunken, im geliebten Rhein – stell dir vor.

Wenn Metzler gewollt hätte, dann hätte er ihn ins Verderben reißen können. Hätte er sich an ihn geklammert, wie Ertrinkende es oft tun, dann würden jetzt zwei Männer auf der Intensivstation der Uniklinik mit dem Tod ringen. Innerhalb von ein paar Sekunden hatte das Wasser ihn zu einem anderen Menschen gemacht – zu einem kraftlosen Wesen, das einem feindlichen Element ausgeliefert war. Der Satz »Den Boden unter den Füßen zu verlieren« hatte eine viel tiefere Bedeutung, als er jemals geahnt hatte. Von einem Moment auf den nächsten hatte er keinerlei Kontrolle mehr gehabt. Sein Leben war nichts mehr wert gewesen. Ein Zufall, dass er überlebt hatte.

Die Kälte kroch ihm durch den Körper; es war, als würde das Adrenalin langsam verschwinden. Er begann zu zittern, dann schloss er die Augen. Er wollte Carla vor sich sehen, ihr selbstsicheres Lachen, die Art, wie sie ihr Haar zurückstrich, wie sie ihn manchmal lächelnd, in einem wunderbar stillen Einvernehmen von der Seite anschaute, aber plötzlich dachte er an Regina Engels, sah sie vor sich – wie sie den Kopf neigte. Er sah ihr blondes, hochgestecktes Haar und ihren Nacken, den er küssen wollte.

Verdammt, warum war er so durcheinander?

Regina Engels wusste noch nicht, dass Metzler gefasst war, als Mörder so gut wie überführt, obwohl sie seine Beweggründe bisher nicht restlos geklärt hatten. Oder nein, vielleicht wusste sie es doch, weil Lepper gute Kontakte zur Polizei und zu Zeitungen hatte. Würde sie die Wohnung ihrer Schwester wieder räumen und zurück nach Frankfurt gehen?

Schiller tastete nach seinem Mobiltelefon. Er musste sie anrufen, ihr sagen, dass sie mit dem Unsinn aufhören konnte, nach dem Mörder ihrer Schwester zu suchen.

Die mechanische Stimme einer Auskunft stellte ihn durch.

Schiller hörte das Läuten, das, je länger es klang, immer hohler und ferner wirkte.

Wieso nahm er an, dass jemand abnehmen würde? Auch wenn es ihm nicht so vorkam – es war erst ein paar Stunden her, dass Regina Engels die Trauerfeier für ihre Schwester abgehalten hatte.

Aus Schwäche, weil er plötzlich nicht einmal mehr die Kraft hatte, sich zu bewegen, legte er nicht auf.

Dann, nach dem elften oder zwölften Läuten, hörte er ihre Stimme, ein kaum hörbares »Ja«. Offenbar hatte er sie geweckt. Vielleicht hatte sie mit Lepper zusammengelegen … Dieser Gedanke entzündete sich sofort in ihm.

Schiller richtete sich auf, seine Schwäche verschwand. Ein neuerlicher Adrenalinstoß jagte durch seinen Körper. Er nannte entschuldigend seinen Namen. »Ich wollte Sie nicht stören«, fügte er hinzu. Dann fiel ihm die Frage ein, ob sie sich mit Freiern ihrer Schwester traf, um Nachforschungen anzustellen – er hatte sie bisher nicht danach gefragt.

»Nein«, sagte Regina Engels. »Es ist gut, dass Sie anrufen. Vor ein paar Minuten ist der Sarg mit meiner Schwester verbrannt worden.«

Diese Eile überraschte Schiller. Von der Trauerfeier musste Regina Engels sofort zum Krematorium gefahren sein. Eigentlich ging so etwas auch nicht ohne Bestechung ab. Es war zudem verwunderlich, dass die Staatsanwaltschaft die Leiche ohne Vorbehalte freigegeben hatte. Hatte Lepper auch dort seine Verbindungen?

»Ich habe Neuigkeiten«, sagte Schiller. »Ist dieser Journalist bei Ihnen?« Die Frage war überflüssig und viel zu privat, doch seine Neugier war größer als seine Zurückhaltung.

»Ich wollte diesen Gang ganz alleine machen – nur meine Schwester und ich sollten da sein«, erwiderte Regina Engels. »Michael hat mir bei den Vorbereitungen geholfen, aber dann habe ich ihn nach Hause geschickt.«

Eine kaum versteckte Botschaft lag in diesen Worten. Lepper war für ein paar Dinge wichtig gewesen, mehr nicht.

»Ich wäre heute beinahe ertrunken«, hörte Schiller sich sagen, und schließlich erzählte er das, was er Carla anvertraut hätte, wäre sie da gewesen. Er beschrieb Metzlers Gesicht, als er mit ihm unterging, das Entsetzen in seinen Augen, die Ahnung des nahen Todes, der vielleicht mittlerweile eingetreten war. Sogar Metzlers letzte Worte wiederholte er. »Ich war es nicht.«

Regina Engels sagte kein Wort. Er hörte sie nur atmen, gebannt und scheinbar ohne Gefühl. Der Mörder ihrer Schwester rang mit dem Tod, und er hatte geleugnet, ein Mörder zu sein, obwohl doch alles gegen ihn sprach.

»Glauben Sie, dass er durchkommt?«, fragte sie leise, fast unhörbar, nachdem er erschöpft geendet hatte.

»Ich weiß nicht … vielleicht. Er muss lange unter Wasser gewesen sein.« Für einen Moment sah er Metzler vor sich – ein Mann im Wachkoma, mit offenen leeren Augen, die den Rest seines Lebens an die Decke starren würden.

»Ich würde es so gern verstehen«, erklärte Regina Engels. »Warum er das getan hat.«

Nach einem Moment des Schweigens fragte Schiller: »Kann ich Sie sehen? Heute Abend?«

Ihr »Ja« kam ohne jedes Zögern. Er bestellte sie in sein Lieblingscafé am Bauturmtheater. Ausgerechnet, fiel ihm ein, als er aufgelegt hatte. Wie oft war er mit Carla dort gewesen?

Er kannte sich selbst nicht mehr. Unter der Dusche begann er unvermittelt zu zittern. Die Knie wurden ihm so weich, dass er sich zu Boden hocken musste. Er wollte nicht allein sein. Wäre Carla da gewesen, hätte er ihr alles geschworen – ewige Liebe, immerwährende Treue, alles, was sie wollte. Wünschte sie sich ein Kind, eine Hochzeit in Weiß, nun, er war zu allem bereit. Doch immer wieder schlich sich Regina Engels in seine Gedanken. Was hatte sie, das ihn so faszinierte? War es allein ihre Schönheit, diese Aura von einem Geheimnis, die sie umgab?

Mühsam zog er sich an und rieb sich das Gesicht mit Kölnisch Wasser ab. Dann versuchte er vergeblich, Therese zu erreichen, um seine Verabredung für den Abend abzusagen.

Aus ihrer Mailbox klang ihre kindliche Stimme. »Ich kann Ihren Anruf zurzeit nicht entgegennehmen, aber wenn Sie mir etwas sagen wollen …«

Schiller brachte keinen Ton heraus. Ich würde jetzt gern meinen Vater sprechen, dachte er auf einmal. Jetzt wäre der Zeitpunkt für einen guten Rat. Was mache ich mit meinem Leben? Lebe ich es mit Carla oder ohne sie?

Er verstand sich selbst nicht mehr.

Als sein Telefon klingelte, dachte er an Regina Engels und dann an Carla – in dieser Reihenfolge.

»Verdammt«, sagte Broder, »gut, dass du da bist. Ich glaube, ich werde verrückt. Ich habe mich in eine Tote verliebt. Kannst du dir das vorstellen?«

Mit dem Telefon am Ohr ging Schiller in die Küche und begann, einen Kaffee zu kochen.

»Ich kann mir im Moment so ziemlich alles vorstellen«, erwiderte er.

»Nico verfolgt mich bis in meine Träume«, erklärte Broder. Seine Stimme hallte ein wenig. Er lief in seinem Atelier in Deutz auf und ab. »Nie habe ich eine schönere und sinnlichere Frau gesehen. Kein Wunder, dass alle Künstler New Yorks sich in sie verliebt hatten. Auf YouTube gibt es ein Video – ›Nico, Femme fatale‹ –, das ich mir heute zweiunddreißigmal angesehen habe.«

Hör zu, wollte Schiller sagen, vielleicht können wir morgen telefonieren, doch Broder ließ sich nicht unterbrechen.

»Ich habe eine riesige Skizze von ihrem Denkmal gemacht. Es besteht aus vier Gitarren, die ich wie Pfeiler angeordnet habe ... Ich weiß, dass Nico nie richtig Gitarre gespielt hat, aber egal ... Oben steht sie, in einem langen Kleid, barfuß, den Kopf zu Boden gerichtet. Ihre langen Haare fallen ihr ins Gesicht, sie sieht ein wenig verschämt und schüchtern aus, als wäre sie bei etwas ertappt worden. So hat sie auf vielen Fotos dagestanden – eine wunderschöne Frau, die zu viele Träume hatte für diese Welt.«

Schiller setzte sich auf einen Stuhl und hörte zu. Jede Kraft fehlte ihm; es war, als würde das Wasser immer noch an ihm reißen und versuchen, ihn in die Tiefe zu ziehen.

»Alles an dem Denkmal muss aus Bronze sein«, erklärte Broder weiter, »und auf den vier Gitarren habe ich Gesichter vorgesehen, Andy Warhol, Lou Reed und ihren Sohn, und dann, als vierten, habe ich eine Skizze von Holger gemalt. Du weißt, wer Holger ist?«

Schiller zögerte. Holger – was hatte es mit Holger auf sich? Aber Broder hatte in seinem Elan gar keine Antwort erwartet. »Der Junge, den ich totgefahren habe, er hieß Holger. Habe ich den Namen nie erwähnt? ›Halt mich‹, hat Holger gesagt, kurz bevor er in meinen Armen gestorben ist.«

Vielleicht war dieses seltsame Denkmal doch zu etwas gut. Broder konnte über das Ereignis reden, das ihn vor vielen Jahren aus der Bahn geworfen hatte – den Unfalltod eines Kindes. Danach war er zum Alkoholiker geworden, der jahrelang in einem Zelt gelebt, Müll gesammelt und kaum ein Wort gesprochen hatte.

»Das Denkmal wird ziemlich teuer, und ich brauche einen Platz. Würdest du mir mit den Briefen helfen? Ich muss an verdammt viele Leute schreiben, an den Oberbürgermeister, den Kulturdezernenten, an Schauspieler, Fernsehleute und Musiker. Du kennst doch ein paar Musiker?«

»Ja«, erwiderte Schiller. Er hatte mal in einer Band Bass gespielt, was zwar gefühlte tausend Jahre her war, aber den ein oder anderen in der Musikszene kannte er noch.

»Am besten wäre ein Platz in der Altstadt am Rhein«, sagte Broder. »Eine riesige Bronzestatue, an der am Tag Tausende von

Leuten vorübergehen. Jeder soll Nico sehen, die schönste Frau, die je in Köln geboren worden ist. Sie ist auf Ibiza gestorben, aber weißt du, wo man sie beerdigt hat? – Sie liegt ausgerechnet auf einem Berliner Friedhof.«

»Nein, das wusste ich nicht«, entgegnete Schiller. Der Kaffee war durch die Maschine gelaufen. Er trank ihn heiß und schwarz. Vielleicht kehrten so seine Kräfte zurück.

»Ist mit dir etwas nicht in Ordnung?«, fragte Broder plötzlich. »Therese hat auch gemeint, du seist merkwürdig … stiller und irgendwie entrückt.«

Ja, antwortete Schiller stumm für sich, ich denke unentwegt an eine fremde Frau, deren Nacken ich küssen möchte, stattdessen sagte er: »Carla ist unterwegs, und ich merke, wie sehr sie mir fehlt.« Das war die Wahrheit, und gleichzeitig stimmte es auch nicht. Wenn sie jetzt da gewesen wäre, hätte er Regina Engels nicht treffen können.

»Auf Carlas Meinung bin ich auch gespannt.« Broders Begeisterung brach wieder hervor. »Wenn sie zurück ist, müsst ihr ins Atelier kommen, und ich zeige euch alles. Ich habe auch jede Menge Musik von Nico. Vielleicht könnte man in das Denkmal sogar einen Lautsprecher einbauen und Musik abspielen, eine Stunde am Tag oder zu jeder Stunde einen Song.«

Schiller verabschiedete sich. Er trank noch einen Kaffee. Aus irgendeinem Grund hatte ihn Broders Anruf deprimiert. Diese sinnlose Liebe zu einer Toten, aber sinnlose Dinge passten zu Broder. Und wie viele sinnlose Dinge hatte er selbst in der letzten Zeit getan? Vielleicht war es das – Carla und ihm war der Sinn abhandengekommen. Sie lebten zusammen, ihre Zahnbürsten standen nebeneinander, sie krochen zusammen in ein Doppelbett, aber in Wahrheit wusste er nicht mehr, was sie tat und dachte. Früher hatte er fasziniert zugesehen, wie sie ganz einfache, alltägliche Dinge getan hatte – wie sie vertrocknete Blüten aus einer Blume pflückte oder hochkonzentriert einen Knopf an einer Bluse annähte, oder wie sie einfach nur dasaß und ihr langes schwarzes Haar kämmte. Er dachte an den Duft, der sie umgab, und daran, dass er gerne an ihrem Haar gerochen hatte.

Dann stand er auf und ging. Regina Engels wartete auf ihn. Er würde sie küssen, sagte er sich, heute Abend, nur einmal ihren Nacken küssen, dann wäre der Bann gebrochen, und er würde zufrieden sein, wie ein Jäger, der sein Glück gemacht hatte.

Sie war schon da, saß an einem Tisch am Fenster und blickte vor sich hin. Ihr blondes Haar hatte sie hochgesteckt, sie trug eine weiße Bluse mit langen Ärmeln, keine Trauerkleidung.

Verstohlen blickte er sich um, ob Lepper irgendwo saß und sie vielleicht im Auge behielt, aber er entdeckte ihn nirgends.

Sie lächelte kurz auf, als er an ihren Tisch trat.

Sie hatte ein Glas Rotwein vor sich.

»Hallo, Mister Kölnisch Wasser«, sagte sie. »Es hat mir gefallen, dass Sie mich angerufen haben.« Ihre schönen weißen Hände hielten das halb volle Glas. Die Ärmel waren ein wenig hochgerutscht. Sie deutete auf das Pflaster an seiner Stirn. »Ich kann mir vorstellen, was Sie heute durchgemacht haben. Lebt er noch?«

Schiller brauchte einen Moment, um zu verstehen, dass sie sich nach Metzler erkundigte.

»Ich weiß es nicht. Ich habe keine neuen Nachrichten.«

Sie zog ihr Handy hervor. »Ist Ihr Telefon im Wasser kaputtgegangen? Wollen Sie jemanden anrufen?«

Er blickte auf den Apparat. Er widerstand der Versuchung, ihn zu nehmen und nachzuschauen, mit wem sie zuletzt telefoniert hatte. Mit Lepper oder mit jemandem in Frankfurt?

»Ab heute bin ich eine andere«, sagte sie. »Kein Zwilling mehr – ich bin nun gewissermaßen allein auf der Welt. Ein seltsames Gefühl.«

Schiller bestellte sich auch ein Glas Rotwein. »Sie müssen mir von sich erzählen, von sich und Ihrer Schwester und von der Zeit nach dem Tod Ihrer Mutter.« Ja, redete er sich ein, deshalb war er gekommen – um mehr über die Tote zu erfahren. Auf einmal dachte er an die Muschel. Weshalb hatte Metzler seiner Geliebten die Muschel in die Hand gedrückt, bevor oder nachdem er sie getötet hatte – als Zeichen für eine vergebliche Liebe?

»Eva war voller Zorn auf alles und wurde schnell wütend. Und sie hat sich selbst gehasst. Im Grunde hat sie sich die Schuld gegeben, wenn etwas nicht so lief, wie es sollte. Und vieles ist nicht so gelaufen. Sie hat keinen Schulabschluss, keinen richtigen Beruf, und sie ist nie in einer anderen Familie angekommen, weil sie nicht aufhören konnte, an unsere Mutter zu denken. Ja, in ihren Gedanken hat unsere tote Mutter sie immer umarmt und sie nie losgelassen.« Regina trank einen Schluck und starrte nachdenklich vor sich hin. Schiller meinte, Tränen in ihren Augen funkeln zu sehen. »Ich habe als Kind oft versucht, ihr zu erklären, dass unsere Mutter im Himmel ist und auf uns herabschaut. Keine Ahnung, ob sie es geglaubt hat, eher nicht, aber nun, wo sie tot ist, habe ich das Gefühl, Eva ist endlich zur Ruhe gekommen und glücklich.«

Sie schwieg. Ihre linke Hand tastete über den Tisch, berührte seine rechte wie unabsichtlich.

»Und Sie?«, fragte Schiller. »Warum waren Sie anders?«

Sie sah zu ihm auf und lächelte voller Schmerz. »Weil unsere Mutter mich aus der Umarmung entlassen hat – ich habe nicht so getrauert, sondern habe beschlossen zu leben, mit anderen Eltern. Ich war sanftmütiger, habe gesehen, wer mich mag und wer mir nutzen kann.«

»Hat Ihre Schwester Ihnen von Metzler erzählt? Was wussten Sie von ihm?« Schiller bemerkte, dass er seinen Rotwein getrunken hatte, er bedeutete der Kellnerin, ihm ein neues Glas zu bringen.

»Sie hat ihn einmal erwähnt, mehr nicht. ›Da ist ein Mann, den ich manchmal treffe‹, hat sie gesagt. ›Er ist verheiratet, allerdings nicht mehr so richtig.‹ Aber ich habe auch nicht weiter gefragt. Hätte ich sie fragen müssen?«

Schiller nahm der blonden Kellnerin das Glas ab und trank sofort, als wäre er am Verdursten. Alles wollte er trinken, nur kein Wasser mehr. Wieder schlossen sich die Wellen über ihm, wieder sah er Metzlers vor Angst geweiteten Augen vor sich.

Als er keine Antwort gab, sagte sie: »Ich weiß, dass es für einen Polizisten ungewöhnlich ist, was Sie tun – und dass Sie mir helfen wollen. Ja, ich weiß das zu schätzen. Und vielleicht … möglicherweise könnten Sie mir auch tatsächlich helfen … Meine Schwester ist tot, und ich …« Sie beugte sich vor und drehte den Kopf ein wenig, als wüsste sie, dass er von ihrem Nacken träumte, von seinen Lippen auf ihrer Haut. Eine Strähne streifte sein Gesicht.

»Es ist seltsam, wovon manche Menschen träumen«, brachte er heraus, um irgendetwas zu sagen und seiner Verwirrung Herr zu werden. »Ein alter Freund von mir hat sich in eine tote Sängerin verliebt und will ihr ein Denkmal bauen.«

Den Schatten, der auf ihren Tisch fiel, bemerkte Regina Engels zuerst. Ihr Kopf glitt herum, als wittere sie eine Gefahr. Schiller sah viel langsamer auf, ohne jede Erwartung, doch dann flog ihn der Schrecken an.

Carla stand wie ein Geist da, blass und hohlwangig, in einem schwarzen Regencape, als wäre sie mitten durch ein Unwetter gerannt.

»Ich habe von Therese gehört, dir geht es nicht gut«, sagte sie leise und ein wenig atemlos. »War wohl ein Irrtum.« Dann drehte sie sich um und verließ das Café.

Schiller war wie betäubt, nur das Herz in seiner Brust begann loszuhämmern. Wo kam sie her? Sollte er ihr nachlaufen, um ihr alles zu erklären?

Ihr Schatten rauschte auf der Straße vorüber, ohne jeden Blick für ihn. Als er sich aufrichten wollte, knickten ihm die Beine ein, und er hatte das Gefühl, einen unverzeihlichen Fehler begangen zu haben.

»Wer war das?«, fragte Regina Engels. Nun lag ihre linke Hand auf seiner rechten. »Eine Kollegin?«

»Nein«, sagte Schiller. »Nein, keine Kollegin.«

21.

Sie hatte das Gefühl, dass sie etwas übersehen hatten. Warum hatte Metzler Hinzen getötet und warum Eva Engels? Und warum hatte er ihr eine Muschel in die Hand gedrückt? Beide waren zuvor betäubt worden. Das wiederum schien zu dem verschlagenen, linkischen Metzler zu passen. Er hatte den Menschen nicht offen ins Gesicht sehen können – auch seinen Opfern nicht.

Die Medikamente, die Birte Jessen in seinem Zimmer sichergestellt hatte, würden vermutlich ein weiteres Indiz sein, dass er der Mörder war. Und doch ... wo war das Motiv? Hatte er seiner Frau den Mord anhängen wollen, und dann war alles schiefgelaufen? Hatte Hinzen ihn durchschaut und erpressen wollen?

Mit steinerner Miene hatte Margit Krahl ihr alles übergeben: Medikamente, die Nacktfotos, auch die Gedichte, gut zwanzig lose Blätter, mit einem Füllfederhalter beschrieben. Und ein Handy, das eindeutig der Toten gehört hatte. Die Einträge im Telefonbuch waren eindeutig. Da standen »der Professor«, »der Blinzler«, »der Coole« und auch Tom Hinzen. Hinzen war auch der Letzte, der angerufen hatte – um dreiundzwanzig Uhr vierzehn, in der Nacht, als er ermordet worden war. Eva Engels war da schon über vierundzwanzig Stunden tot gewesen.

Ein weiteres Indiz. Metzler hatte das Telefon der Toten, das sie nicht geortet hatten. Aber andere Gegenstände blieben verschwunden. Keine persönlichen Briefe, kein Medaillon mit der Muschel.

»Falls Johann wieder aufwacht, werde ich ihn zu mir nehmen«, hatte Margit Krahl zum Abschied erklärt. »Ich werde das mit Uta besprechen. Oder kommt auch ein Schwerstpflegefall ins Gefängnis?«

»Nein, wohl nicht«, hatte Birte Jessen erwidert. Zum Abschied hatten sie sich ganz förmlich die Hand gedrückt.

Nele rief an, nachdem Birte ihren Alfa gestartet hatte. Alle machten offensichtlich Überstunden. Bei der Waffe, die Metzler auf dem Kissen zurückgelassen hatte, handelte es sich um die Tatwaffe. Neuendorf und Fitschen würden morgen um zehn eine Pressekonferenz geben und die Aufklärung des Falles verkünden.

Also doch – sie musste ihr Unbehagen zurückdrängen. Nur Metzler würde erklären können, was genau ihn zu den Taten getrieben hatte.

Beim nächsten Anruf fürchtete sie, Hinrichs würde auch sie zur Pressekonferenz bestellen. Doch auf dem Display tauchte eine andere Nummer auf.

Therese, die alte Hebamme, fragte mit krächzender Stimme: »Wo ist Jan? Warum erreiche ich ihn nicht?«

Mit wenigen Worten berichtete Birte, was vorgefallen war.

»Ich glaube, Jan macht nur noch Unsinn«, erklärte Therese wie eine strenge Lehrerin. »Irgendetwas stimmt in seinem Kopf nicht mehr, und nun ist Carla wieder da. Einer der Jungs vom Boot hatte einen Unfall und musste zurückgeflogen werden.«

Birte versuchte, die alte Frau zu beruhigen. »Jan ist in seiner Wohnung und schläft.«

»Nein, das tut er bestimmt nicht. In der Wohnung ist er nicht.«

Im nächsten Moment hörte Birte ein lautes Knallen im Hintergrund und begriff sofort, was da geschah. Jemand schoss. Dann fielen noch ein Schuss und noch einer. Ein panischer Schrei erklang.

»Wo bist du, Therese?«, rief sie der Hebamme zu. »Bring dich irgendwo in Sicherheit!«

Während sie in die Altstadt fuhr, versuchte sie, Jan in seiner Wohnung anzurufen, aber niemand hob ab. Entweder schlief er tief und fest, was allerdings nicht seine Art war, oder er war wirklich nicht zu Hause. Von Nele erfuhr sie, dass Anwohner eine Schießerei am Fischmarkt gemeldet hatten. Drei Streifenwagen waren ausgerückt. Von Verletzten war bisher nicht die Rede.

Zwei Polizisten sperrten die Zufahrt zum Fischmarkt ab.

Birte Jessen zeigte ihren Ausweis und fragte: »Was ist mit der Schießerei?«

Der älteste der Uniformierten winkte sie durch. »Falscher Alarm«, sagte er gelassen. »Da hat sich jemand einen Scherz erlaubt.«

Kaum war sie die wenigen Schritte zum Rhein hinuntergelaufen, hörte Birte wieder Schüsse, die in der engen Straße widerhallten. Zwei, drei kurze Salven, dann erklang eine Männerstimme und deklamierte wie ein schlechter Schauspieler: »Es hätte nie ein Christentum, nie eine Reformation und überhaupt nie etwas Gutes und Großes gegeben, wenn jeder stets gedacht hätte: Du änderst doch nichts.«

Was sollte das? Überrascht blieb Birte stehen und schaute sich um. Zwanzig Meter vor ihr lehnte Therese in ihrem babyblauen Mantel seelenruhig an einem Streifenwagen und beobachtete einen weiteren Uniformierten, der auf sie zukam. Der Mann hielt einen Rekorder unter dem Arm.

Wieder waren zwei, drei Salven zu hören – zweifelsfrei aus dem Gerät, wie Birte erleichtert registrierte.

Therese winkte Birte zu, die wieder ihren Ausweis hochhielt.

»Da kommen die Schüsse her – aus diesem Apparat.« Sie kicherte leise.

Der Polizist wandte sich Birte zu. »Hat man Sie schon hinzugerufen? – Alles harmlos. Oben auf einem Fensterbrett haben wir diesen Apparat sichergestellt. Deshalb haben die Leute an eine Schießerei geglaubt.« Er schaltete das Gerät wieder ein, und nach einer kurzen Pause erklangen die Schüsse erneut, diesmal deutlich leiser. Schließlich begann die Stimme abermals mit »Es hätte nie …«

»Eine Endlosschleife«, erklärte der Beamte. »Mehr ist auf dem Band offenbar nicht drauf.«

Birte betrachtete den Rekorder, ein altertümliches Ding, Marke Daewoo, mit zwei Kassettenfächern. Das zweite Fach war leer.

»Wollen Sie das Gerät sicherstellen?«, fragte der Uniformierte ein wenig ratlos.

»Was ist mit den Bewohnern des Hauses?« Birte blickte sich um. Erst unten am Rhein waren Neugierige zu sehen, die von zwei weiteren Polizisten zurückgehalten wurden.

»Keiner zu Hause. Wir haben das Gerät mit einer Leiter heruntergeholt. Die Leute in der Straße hier sind von der Ballerei ganz verrückt geworden.«

Birte streifte sich einen Latexhandschuh über und übernahm den Apparat. »Das soll sich die Kriminaltechnik einmal ansehen. – Oder hast du eine Ahnung, was das Ganze soll?«, fragte sie Therese.

Die alte Hebamme hob die Arme und blinzelte sie hinter ihren dicken Brillengläsern arglos an. »Keine Spur. Ich war im Dom, und jetzt wollte ich zu Jans Boot. Wir waren verabredet.«

Birte musterte sie. »Was der Mann da redet? Ergibt das für dich einen Sinn?«

»Dass man etwas ändern muss? Klar, man muss etwas ändern. Das Archiv stürzt ein, zwei Menschen sterben, eine Stadt wirft ihre Vergangenheit in den Dreck, und niemand übernimmt die Verantwortung. Das geht doch nicht.« Voller Entrüstung zog sie die Stirn in Falten.

»Wir werden die Sperrung der Straße wieder aufheben. Ich schreibe in meinem Bericht, dass sich die Kripo um weitere Spuren kümmert.« Der Uniformierte nickte Birte zu und ging zu seinem Wagen.

»Wir müssen Jan finden«, sagte die Hebamme, lächelnd und anscheinend froh, das Thema wechseln zu können. »Ich habe das untrügliche Gefühl, er bringt sich gerade ziemlich in Schwierigkeiten.«

22.

Als Regina Engels sagte: »Ich gehe dann besser«, konnte Schiller nur kurz den Arm heben, eine fahrige, unentschlossene Geste. Carlas Erscheinen hatte ihn völlig aus dem Konzept gebracht. Er verlor sich selbst – das spürte er so deutlich wie nie zuvor. Konnte man das Gefühl haben, nicht mit einem Menschen zusammen sein zu können, aber auch nicht ohne ihn?

Mit einem Taxi ließ er sich durch die Stadt fahren. Als ein Fahrer über Funk berichtete, am Fischmarkt habe es eine Schießerei gegeben, man solle den Bereich meiden, entschied Schiller sich, nach Hause zu fahren und sich schlafen zu legen. Er würde nun zu keinem Einsatz fahren können.

Die Wohnung war dunkel, wie er von der Straße aus sehen konnte, kein Licht im Wohnzimmer, keines in der Küche. Nur in dem winzigen Badezimmerfenster meinte er vom Hof aus ein schwaches Flackern wahrzunehmen. Carla badete bei Kerzenschein, eine ihrer Gewohnheiten, die sie mindestens einmal in der Woche pflegte. Meistens telefonierte sie dabei, besprach sich mit einer ihrer Freundinnen.

Als er die Tür öffnen wollte, spürte er gleich den Widerstand. Der Schlüssel ließ sich nicht herumdrehen, weil von innen ein anderer steckte. Carla hatte ihn ausgesperrt. Schiller legte seine Hand auf den Klingelknopf, aber dann zuckte er zurück. Was für ein lächerliches Stück sollte er hier aufführen? Der Mann, der seine Frau betrogen hatte, schlich reumütig nach Hause zurück? Er hatte niemanden betrogen – jedenfalls nicht in der Realität.

Für einen Moment bedauerte er, nicht mit Regina Engels gegangen zu sein. Sie hatte darauf gewartet, auf ein einziges Wort, doch während er noch nach diesem Wort suchte, hatte sie gefragt: »Kann ich ihn sehen? Im Krankenhaus?«

Metzler – sie wollte den Mörder ihrer Schwester aufsuchen! Heftig hatte er den Kopf geschüttelt, worauf sich ihre Stimmung sofort um ein paar Grad abgekühlt hatte.

Er schlich die Treppe hinauf und pochte gegen die erste Wohnungstür. Gabriel Hagen öffnete ihm sofort. Seine düstere Miene hellte sich auf, als er rief: »Mein Superpolizist – komm herein!«

Statt des weißen Anzugs, den er für gewöhnlich trug, hatte er ein unmodernes Hawaiihemd an und eine weiße Leinenhose, als säße er nicht in einer Kölner Etagenwohnung, sondern irgendwo auf einem Sonnendeck.

»Ich sehe dich kaum noch – was ist los mit der Kölner Polizei?« Hagen führte ihn in sein fast leeres Wohnzimmer. Ein Schreibpult und ein kleiner Schreibtisch standen da auf blankem Parkett.

»Ich habe mich ausgesperrt«, erklärte Schiller. »Nein, eigentlich ...« Mit knappen Worten erzählte er von Carla, ihrer überraschenden Rückkehr und von ihrem Auftauchen im Café. »Kann ich dein Telefon benutzen, damit sie meine Nummer nicht ...« Er verstummte, weil es ihm peinlich war.

Hagen lächelte. »Du musst dich entschuldigen, klarer Fall, und eines musst du unbedingt vermeiden, sag ihr nicht: Es ist nicht so, wie du denkst ... Diesen Satz darf man auf keinen Fall aussprechen.«

Schiller nickte, während er seine eigene Nummer wählte. Vermutlich war ohnehin besetzt.

»Jan«, sagte Carla, »eigentlich will ich nicht mit dir sprechen. Ich bin müde, ich hatte einen langen, komplizierten Flug.«

Es ist nicht so, wie du denkst – der Satz lag ihm tatsächlich auf der Zunge. »Es war ganz harmlos«, sagte er stattdessen. »Die Frau ...«

»An dieser Frau ist nichts harmlos«, unterbrach Carla ihn heftiger. »Ich kenne sie ...«

»Du kennst sie? Aber woher?«

»Vor zwölf oder dreizehn Jahren habe ich in Langenfeld am Landeskrankenhaus hospitiert. Da hat sie in meinem Beisein einen Arzt angegriffen – eine Borderline-Patientin, im Wesentlichen autoaggressiv, aber wenn sie sich in die Enge gedrängt sah, konnte sie auch zuschlagen. Zwei Pfleger haben sie dann überwältigt.«

»Das muss ihre Schwester gewesen sein – das Mordopfer«, erklärte Schiller.

»Ich weiß ihren Namen nicht mehr«, fuhr Carla fort. »Alle haben sie nur die Muschel genannt, weil sie unentwegt Muscheln gemalt hat.«

Schiller setzte sich auf einen wackligen Hocker vor dem Schreibtisch. Hagen hatte sich diskret in die angrenzende Küche verzogen, aber vermutlich stand er da und lauschte.

»Warum hat sie Muscheln gemalt?«, fragte Schiller.

Carla zögerte. »Wieso ist das alles so wichtig? Ich möchte jetzt schlafen«, sagte sie. »Und ich möchte, dass du dir für heute Nacht eine andere Bleibe suchst. Frag Hagen, ob du bei ihm unterkriechen kannst.«

Unwillkürlich musste Schiller lächeln. Klar, sie hatte ihn an der Tür gehört und sofort gewusst, was er tun würde.

»Verrate mir nur noch, warum die Frau Muscheln gemalt hat.«

»Ich erinnere mich nicht mehr genau, aber wenn ich mich nicht irre, ist die Patientin als kleines Mädchen von der Schule nach Hause gekommen, und da hat ihre Mutter auf dem Sofa gelegen, mit einer Überdosis Schlaftabletten, aber irgendwie hat sie noch gelebt und war kurz bei Bewusstsein. Sie hat die Kleine umarmt und sie nicht mehr losgelassen. Jedenfalls lag die Kleine in den Armen ihrer sterbenden Mutter und hat dabei die ganze Zeit auf das Bild einer Muschel gestarrt, das vor ihr an der Wand hing.«

Schiller versuchte sich zu erinnern. War von dem Selbstmord der Mutter die Rede gewesen? Hatte Regina Engels nicht von einem Unfall gesprochen? Aber vielleicht war das ihre Art, mit einem unangenehmen Familiengeheimnis umzugehen. Wer erzählte schon offen vom Selbstmord der eigenen Mutter?

»Hast du auch von der Schwester der Toten gehört?«, fragte Schiller.

»Nein«, erwiderte Carla unwillig. »Von einer Schwester weiß ich nichts. Das Ganze ist ja auch Jahre her. Ich war nur sechs Wochen in Langenfeld. Dann hatte ich von dieser Welt genug. Und nun …« Ihre Stimme wurde noch kühler. »… muss ich auflegen. Ich bin müde.«

Ein Klicken verriet, dass sie seine Entgegnung gar nicht mehr abgewartet hatte.

»Du hättest ihr etwas Freundliches sagen müssen, statt von Muscheln zu reden«, meinte Hagen, der mit einem Kaffee in der Tür stand und auf Schiller zuschritt. »Du hast dich nicht einmal entschuldigt.«

Dankbar nahm Schiller den Becher. Hagen teilte seine Vorliebe für guten Kaffee.

»Ja«, sagte Schiller nachdenklich. Dann erzählte er von Metzler und dessen Sturz in den Rhein, der ihn selbst fast das Leben gekostet hatte. »Warum hat er seine Geliebte umgebracht und ihr eine Muschel in die Hand gelegt?«

»Die Muschel hat als Symbol viele Bedeutungen«, erklärte Hagen.

Schiller winkte ab. »Ja, ich weiß, es steht für die Liebe und für die Pilgerei nach Spanien ...«

»Ja, aber auch für Todessehnsucht, für verlorene Liebe. Scheint, als hätte dieser Metzler kein Glück mit Frauen gehabt.«

Schiller konnte nicht schlafen. Er lag auf einer harten Couch in einer winzigen Kammer, hinter Hagens Schlafzimmer. »Hier bügele ich meine Anzüge«, hatte Hagen ihm lächelnd erklärt, während er ihm eine Decke gebracht hatte.

Nach einer Stunde erhob Schiller sich. Es war kurz nach Mitternacht. Auf der Zülpicher Straße hielt er ein leeres Taxi an und ließ sich nach Mülheim fahren. Regina Engels würde glauben, dass er nun doch in ihr Bett kriechen wollte, aber er musste die Geschichte vom Selbstmord ihrer Mutter aus ihrem Mund hören.

In einer Donnerstagnacht war in dieser Ecke Mülheims nichts mehr los. Als das Taxi verschwand, stand er für einen Moment ratlos da. Sollte er Birte anrufen? Er meinte den Rhein zu riechen, der in vielleicht hundert Metern vorbeifloss. Die Kehle schnürte sich ihm zu. Sein Boot, das die Wasserschutzpolizei wieder zur Marina am Schokoladenmuseum gebracht hatte, würde er verkaufen müssen. Nie wieder könnte er unbefangen den Strom hinunterfahren. Lebte Metzler noch? Nein, es war schlichtweg nicht vorstellbar.

Er ging um den weißen Gebäudekomplex herum. Allein im Erdgeschoss brannte noch Licht, sonst war alles dunkel. Regina Engels war ihm eine Antwort schuldig.

Eine Bewegung in einem Fenster erregte seine Aufmerksamkeit. Da, in der Wohnung, in der Eva Engels ihre Freier empfangen hatte, stand jemand und rauchte. Lepper präsentierte seinen nackten Oberkörper dem Mondlicht, während er genussvoll an seiner Zigarette zog. Hatte er Schiller entdeckt? Ja, offenbar. Er hob seine Hand und grüßte lässig herüber. Die Pose eines glücklichen Siegers.

23.

Hinrichs rief sie an, als sie mit Therese kurz vor dem Präsidium war.

»Es ist nicht so, wie du denkst«, sagte er, nachdem sie unfreundlich nur ihren Namen genannt hatte. »Ich habe einen dienstlichen Grund für meinen Anruf …«

»Die Schießerei war harmlos«, unterbrach Birte ihn. Sie bemühte sich, vor der alten Hebamme ein Mindestmaß an Höflichkeit aufzubringen. »Ich habe den Rekorder sichergestellt. Vielleicht kann man die Stimme analysieren, die darauf zu hören ist.«

Hinrichs zögerte einen Moment. »Von einer Schießerei weiß ich gar nichts, aber hier im Präsidium schrillen alle Alarmglocken. Sieben Leute haben heute Abend Drohbriefe von einer Organisation bekommen, die sich Kommando R.B. nennt. Darunter der Oberbürgermeister und auch Neuendorf höchstpersönlich. Eigentlich sollte Jan sich darum kümmern, aber ihn haben wir bisher nicht erreicht.«

»Ich bin in drei Minuten da«, erwiderte Birte.

»Hier braucht Sie niemand mehr. Packen Sie Ihre Sachen und verschwinden Sie. Sollten Sie in vierundzwanzig Stunden die Stadt nicht verlassen haben, kann niemand für Ihre Sicherheit garantieren.

Das Kommando R.B.

PS: Krieg den Palästen!«

Hinrichs hielt ihr das Schreiben hin, ein gewöhnlicher Computerausdruck. Die Schrift war stark vergrößert, sodass sie das gesamte Papier Größe DIN A4 einnahm.

»Deshalb regen sich alle auf?«, fragte Birte mit einem Blick auf Hinrichs.

Er saß auf Schillers Stuhl und wippte unruhig hin und her.

Therese hockte in ihrem babyblauen Mantel draußen im Flur. Sie telefonierte. Manchmal hörte Birte sie leise kichern.

Hinrichs hatte sich eine Zigarette angesteckt, was ihm Jan niemals gestattet hätte. Birte sah darüber hinweg.

»Genau sieben Leute haben heute Abend diesen Brief bekommen. Ein Taxi hat ihn zugestellt. Den Fahrer suchen wir jetzt. Zuerst ging er an den Oberbürgermeister. Seine Frau hat ihn in Empfang genommen. Der Fahrer war so dreist, es sich quittieren zu lassen, als würde er ein amtliches Schreiben zustellen. Dann ging der Brief ...« Hinrichs blickte auf ein Blatt. »An die Fraktionsvorsitzenden der Parteien im Rat – CDU, SPD und FDP. Als Nächster war der Direktor der Sparkasse dran. Dann der Chef der Verkehrsbetriebe. Zuletzt Neuendorf. Er hat als Erster Alarm geschlagen und sogar das LKA informiert. Die Kollegen können jeden Moment hier auftauchen.«

»Wahrscheinlich ist das Ganze harmlos«, erklärte Birte. »Es hat mit der Holzpuppe zu tun, von der immer noch der Kopf fehlt.«

Hinrichs nickte. »Jan hat das Hemd untersuchen lassen, das die Puppe trug, sowohl der Torso als auch die zwei Arme. Der Stoff stammt von ein und demselben Hemd. Es ist uralt, frühes 19. Jahrhundert, grob gewebtes Leinen. Nichts, was man einfach so wegwirft.«

»Haben wir eine Beschreibung des Taxifahrers?«, fragte Birte.

»Ein Türke, schon älter, Schnauzbart und Halbglatze. Mehr wissen wir nicht.«

»Was sollen wir sonst noch tun? Personenschutz für alle?« Birte lachte.

Draußen kicherte Therese wieder. Dann sprach sie von Schüssen und wiederholte den Text, der auf dem Band war. Sie klang aber eher belustigt. Birte hätte gern gewusst, mit wem sie sprach. Schiller war es eindeutig nicht.

»Neuendorf will auf keinen Fall, dass etwas von den Briefen an die Presse geht. Ich habe es ihm in die Hand versprechen müssen«, erklärte Hinrichs. »Wir müssen alles hübsch unter der Decke halten. Das geht natürlich nur, solange nichts Ernstes passiert. Wenn diese Leute allerdings ihre Drohungen wahrmachen ...« Er verstummte abrupt und drückte seine Zigarette auf einer schmutzigen Untertasse aus, die Schiller hatte stehen lassen.

»Vielleicht hilft uns die Stimme auf dem Band.« Birte stellte den Rekorder auf den Tisch, doch bevor sie ihn anschalten konnte, lehnte ein schnauzbärtiger Türke in der Tür. Er lächelte und tippte sich an die Stirn.

»Chef hat gemeint, soll mich hier melden«, sagte er mit einem

Lächeln. »Ich war der Postbote. War guter Auftrag. Dreihundert Euro auf die Hand. Kriegt man nicht alle Tage.«

Es hatte sie ermüdet, mit dem Türken zu reden, aber Jan war abgetaucht, Cremer musste seinen Bericht über den Fall der toten Eva Engels schreiben, und Nele war zu unerfahren, zumal jeden Moment ein Typ vom LKA oder Neuendorf höchstselbst auf der Matte stehen konnte, um sich den Taxifahrer anzusehen.

Ein alter Mann mit Brille, Bart und grauen schütteren Haaren habe ihm die Briefe am Hauptbahnhof übergeben, zusammen mit einem Umschlag, in dem dreihundert Euro gesteckt hatten. Als dringende Einladungen für eine Testamentseröffnung habe er sie deklariert. Vermutlich war der Alte auch nur Strohmann gewesen. Der Türke, der Saner Özil hieß, hatte auch nicht weiter gefragt. An einem Abend, an dem man schon über eine Stunde auf Kundschaft gewartet hatte, nahm man alles, was man kriegen konnte. Und so ein Auftrag war wie ein Lottogewinn. Die Leute, denen er die Briefe zustellen sollte, habe er nicht gekannt. Nicht einmal den Oberbürgermeister.

Birte nahm die Personalien des Taxifahrers auf und entließ ihn dann nach Hause. Viel Lärm um nichts – davon war sie überzeugt. Aber um ganz sicherzugehen, gab sie die Adressen der sieben in dem Brief genannten Personen durch und veranlasste, dass zwei Wagen abwechselnd Streife fuhren.

Kommando R.B. – was sollte das? Gab es neuerdings einen Terror, der von Greisen ausging?

Es war nach Mitternacht – Freitagmorgen –, als sie sich daran machte, das Präsidium zu verlassen.

Metzler lebte noch, aber es war nicht sicher, ob er durchkommen würde. Birte nahm die Gedichte und steckte sie ein, um sie zu Hause zu lesen. Sie hatte immer noch nicht begriffen, was diesen Mann zu seinen Taten bewegt hatte. Wo lag das Motiv für einen Doppelmord?

Als sie das Licht löschen wollte, klingelte ihr Telefon auf dem Schreibtisch.

»Du miese Schlampe«, sagte eine heisere Männerstimme. »Warum habt ihr ihn nicht beschützt? Ihr seid Schweine – verdammte Schweine. Was könnt ihr eigentlich?«

Sie räusperte sich müde. »Wen haben wir nicht beschützt?«

»Er ist tot, verdammt«, erklärte die Stimme nun noch krächzender. Ein Schluchzen brach sich Bahn. »Wieso? Erklären Sie mir das? Und warum hat er mir nichts gesagt – nur so blöde Andeutungen.«

Birte Jessen begriff, dass sie den Freund von Tom Hinzen am Apparat hatte – nein, die beiden waren sogar verheiratet gewesen. Anscheinend war Ingo Strasser aus Mallorca zurück.

»Von was für Andeutungen sprechen Sie?«

»Dass er vielleicht einen Weg gefunden hatte, seine Schulden mit einem Schlag loszuwerden.« Strasser schluchzte noch lauter.

»Mehr hat er nicht gesagt?«

»Nein. Tom war in einer merkwürdigen Stimmung. Er hat kaum geredet. Der Tod von Eva hat ihn sehr mitgenommen.«

»Haben Sie die Tote auch gekannt?«, fragte Birte. Warum war bisher niemand auf die Idee gekommen, mit Strasser über die ermordete Eva Engels zu sprechen?

»Ich habe sie dreimal gesehen, aber wir konnten uns nicht leiden – Antipathie auf den ersten Blick. Ich fand sie kapriziös, vulgär, total durchgedreht. Bei ihr wusste man nie, wie sie im nächsten Moment reagieren würde …« Seine Stimme verlor sich. Dann sagte er wie aus weiter Ferne: »Ich weiß gar nicht, wie ich ohne Tom weiterleben soll.«

Im nächsten Moment hatte er aufgelegt.

Die Gestalt, die auf der Treppe zur dritten Etage saß, bemerkte sie, noch bevor sie ihre Wohnungstür aufgeschlossen hatte. Was, verdammt, wollte Hinrichs hier?, war ihr erster Gedanke. Sie hatte seine Schuhe noch. Vielleicht hatte er sie deshalb dagelassen – um einen Grund zu haben, da zu sitzen.

»Rainer, nimm deine Schuhe und verschwinde«, zischte sie. »Sonst …«

Die Gestalt erhob sich schwerfällig, indem sie sich an dem Geländer hinaufzog. Sie lachte leise. »Was sonst?«

Sonst breche ich dir tatsächlich den Arm, wollte sie sagen, unterdrückte den Impuls aber noch.

Jan trat in das schwache Licht. »Wieso hat Hinrichs seine Schuhe hiergelassen? Ist er etwa barfuß nach Hause …«

Sie winkte ab. »Er ist ein Idiot, und ich dachte ... Was machst du hier?«

»Ich habe ein weniger Ärger«, erwiderte er und zuckte mit den Achseln, wie ein kleines, trotziges Kind. »Carla ist überraschend zurückgekommen. Sie hat mich im Café mit ...« Er verstummte.

Birte ließ ihn eintreten. Sie spürte, wie müde sie war.

»Was ist mit Metzler?«, fragte Jan.

»Er lebt noch, aber niemand weiß, ob er das Bewusstsein wiedererlangen wird.« Sie wedelte mit den Papieren in ihrer linken Hand. »Ich habe seine Gedichte mitgenommen – als Einschlaflektüre.«

Jan nahm sie ihr ab und ging in das karg möblierte Wohnzimmer vor. Außer einer Stehlampe, einem kleinen Glastisch, einem Ledersofa und einem alten Plüschsessel hatte sie noch nichts angeschafft. Den winzigen Schwarz-Weiß-Fernseher hatte sie aus Hamburg mitgebracht. Nein, eine antike Vitrine hatte sie sich noch gekauft, das teuerste Stück. In ihr bewahrte sie Martins letzte Geige auf – beinahe wie eine Reliquie. Sie spürte immer einen Kloß im Hals, wenn sie das Instrument anblickte.

Sie öffnete eine Flasche Rotwein und schenkte für Jan und sich selbst zwei Gläser ein.

Er saß unter der Stehlampe und las in den Papieren.

Kurz berichtete sie von der angeblichen Schießerei am Fischmarkt und von Therese, die sie angerufen hatte.

Schiller blickte kurz auf. »Komisch, dass Therese immer auftaucht, wenn irgendetwas mit dieser Holzpuppe passiert. Ich muss ihr dringend mal auf den Zahn fühlen.« Dann deutete er auf die beschriebenen Blätter. »Ich verstehe von solchem Zeug ja nichts. – ›Lass mich in dich kriechen, deine Zunge sein, dein Mund und deine Augen ...‹ Oder: ›Das Blau deiner Augen ist mein Himmel.‹ Aber es scheint, als hätte der Kerl sie wirklich geliebt.«

Birte nahm einen Schluck und nickte. Sie schloss die Augen. Eigentlich wollte sie nicht reden. Wortlos hätte sie sich nun gerne neben Martin gelegt, hätte dem Rhythmus seines Atems zugehört und seine Haut gerochen. So war es oft gewesen, wenn sie völlig übermüdet vom Nachtdienst in seine Wohnung gekommen war. Später hatte der Geruch von Kaffee sie dann geweckt.

»Hier ist was Interessantes«, fuhr Jan fort. »›Ich erlöse dich, du Muschelfrau. Gemeinsam töten wir die Mondfrau.‹«

»Das war seine Frau – sie hat er ›Mondfrau‹ genannt«, sprach Birte vor sich hin, ohne die Augen zu öffnen.

»Das Rätsel der Muschel ist auch gelöst.« Jan raschelte mit den Papieren, während er von seinem Gespräch mit Carla berichtete.

Eine Borderline-Patientin – darüber wunderte Birte sich nicht. Solche Menschen waren unberechenbar – sie konnte die Hure spielen und im nächsten Moment unnahbar sein.

Aber obwohl die Müdigkeit sie schier übermannte, hatte Birte plötzlich das Gefühl, dass sie etwas übersehen hatten. Was stimmte an diesem Fall nicht? Sie hatten ihren zweifachen Mörder – alle Indizien sprachen gegen ihn. Und doch?

»Die Schwester ist übrigens schon verbrannt worden«, erklärte Jan weiter. »Da hatte diese Regina es richtig eilig. Ich glaube …« Er brach ab, und sie hörte sich auf einmal selbst atmen. Gleich würde sie einschlafen, in einen Traum gleiten, der sie vielleicht zu Martin führte. Egal, ob Jan weiter da hockte und vor sich hin redete.

»Schau dir das an!«, sagte er plötzlich mit lauter Stimme.

Schwerfällig schlug sie die Augen auf.

Er hielt ihr ein leeres weißes Papier hin. Da war nichts, kein Gedicht. Im matten Licht der Stehlampe erkannte sie, dass Metzler etwas notiert, eilig hingekrakelt hatte.

Kö – Fr 21.20

Fr – Kö 7.29

»Hast du eine Ahnung, was diese Zahlen bedeuten könnten?«, fragte er. Sie sah an seinen Augen, dass er wieder hellwach war.

Mühsam richtete sie sich auf und strich sich durch ihr Haar. Mein Gott, was sollte diese Frage? Es waren irgendwelche Kürzel.

»Es sind Zugverbindungen – die Schnellstrecke Köln-Frankfurt«, erklärte Jan. »Mit dem frühen Zug ist Regina Engels vor drei Tagen aus Frankfurt gekommen. Wieso hat Metzler sich diese Daten aufgeschrieben?«

24.

Birte kochte Kaffee, und dann hörte er sie duschen. Es war halb zwei. Sie sang dabei – ein schönes italienisches Lied aus einer Oper, die er nicht kannte. Ihre Stimme war ungewohnt, nicht wirklich schön, aber ausdrucksvoll. Sie versuchte sich auch an tiefen, vollen Tönen. Für einen Moment stellte er sich ihren Körper unter dem Wasserstrahl vor. Sie war dünn und bleich, weil sie nicht genug auf sich achtete. Bei nächster Gelegenheit musste er sie darauf hinweisen.

Als er ihren Computer anstellte, lächelte ihn ein freundlicher blasser Mann an, mit schütterem Haar, aber einem unvergleichlich freundlichen Lächeln. Martin, der tote Geigenbauer aus Hamburg. Merkwürdig, erst jetzt fiel Schiller auf, dass er bisher noch nie ein Foto von ihm gesehen hatte.

Auf bahn.de schaute er die Fahrpläne nach. Seine Vermutung war richtig gewesen. Metzler hatte die Verbindung Köln – Frankfurt notiert. Aber warum?

Birte brachte einen Hauch von Frische mit, als sie sich in einem weißen Bademantel und mit nassen Haaren neben ihn setzte.

Er deutete auf den Bildschirm. »Ich habe richtig gelegen. Mit dem frühen Zug ist Regina Engels gekommen«, sagte er. »Ich habe mir ihren Fahrschein angesehen.«

»Und mit dem am Abend – wer ist in diesen Zug gestiegen?« Birte nippte an dem Kaffee. Sie war wieder hellwach. Sie leckte sich nachdenklich über die Lippen. »Wäre es nicht denkbar, dass ...«, sagte sie vor sich hin und verstummte abrupt. »Nun«, begann sie erneut. »Niemand hat beide Zwillinge gekannt – zumindest haben wir keinen auftreiben können ... Sie hätten also die Rollen tauschen können ...«

Schiller stockte der Atem. Hatte er diesen ungeheuerlichen Gedanken auch schon gehabt und die ganze Zeit dafür gesorgt, dass er nicht zutage trat? Wenn es so war, hatten sie einen Riesenfehler gemacht. Sie hatten nichts hinterfragt, hatten den Hintergrund der beiden unterschiedlichen Schwestern nicht ausgeleuchtet.

»Du meinst – Eva ist nun Regina, und Regina wurde so schnell wie möglich bestattet und verbrannt, um alle Spuren zu verwischen?«

»Wäre immerhin möglich.« Birte runzelte ihre schöne glatte Stirn. Dann nahm sie die Maus und klickte eine Internetadresse an. Zwei Sekunden später hatte er die vermeintlich tote Eva vor Augen – den Ausschnitt aus dem Film, den Birte schon einmal erwähnt hatte. Sie stellten den Ton ab und betrachteten die Gestalt auf dem Bildschirm. War das die Frau, mit der er noch vor ein paar Stunden im Café am Bauturmtheater gesessen hatte? Ihr Haar war ein wenig anders frisiert, aber so eine Änderung ließ sich leicht bewerkstelligen.

»Wer ist das?«, fragte Birte. »Eva oder Regina?«

»Ein DNA-Test wird uns da bei eineiigen Zwillingen schwerlich weiterhelfen«, erklärte Jan. »Aber was ist mit Fingerabdrücken? Sind Fingerabdrücke bei Zwillingen auch identisch?«

»Nein, ich glaube nicht«, erwiderte Birte. »Der gute alte Fingerabdruck ist bei jedem Menschen verschieden.«

Plötzlich war er sicher, dass sie recht mit ihrer Vermutung hatten, hier mitten in der Nacht. Deshalb hatte die falsche Regina ihre Schwester so schnell ins Krematorium schaffen lassen, und deshalb hatte sie nach Metzler gefragt. Er hatte als Einziger von diesem Rollentausch gewusst – er und vielleicht Tom Hinzen. Weil er etwas ahnte, hatte der Tanzlehrer sterben müssen.

»Aber warum hätte Eva ihre Schwester umbringen sollen?« Er dachte an ihren wunderschönen Nacken und die Art, wie sie ihn angesehen hatte, nicht arglos, aber auf keinen Fall wie jemand, der am Tod zweier Menschen schuld war.

»Vielleicht wollte sie ihr Leben loswerden – ihre erfolgreiche Schwester sein. Oder es war Rache. Sie war das Mädchen im Arm der toten Mutter – und Regina … Wo war eigentlich Regina gewesen, als ihre Mutter starb?«

Was hatte die falsche Schwester zu ihm gesagt? »Ja, in Gedanken hat unsere tote Mutter sie immer umarmt.«

»Und wie passt Metzler da hinein?«, fragte er.

»Er wollte seine Frau loswerden, ihr den Mord zuschieben. Deshalb haben sie Brasch engagiert und die Geschichte von dem Angriff erfunden, der niemals stattgefunden hat. Deshalb die Haare von Margit Krahl in der Wohnung. Sie wären auf Anhieb zwei Menschen losgeworden, die sie beide hassten.«

Eva, die Hure, lächelte sie vom Bildschirm an. Sie redete, zog dann einen Schmollmund und strich sich durch ihr langes blondes Haar. Billige Posen – nein, so war die Frau, mit der er zusammen gesessen hatte, nicht.

»Doch irgendetwas ist schiefgelaufen«, fuhr Birte fort. »Wir sind nicht auf die Spur mit den Haaren angesprungen, und dann hat auch Tom Hinzen etwas gemerkt. Dass Eva nun Regina sein wollte. Aus diesem Grund musste er sterben.«

»Wenn das stimmt«, sagte Jan Schiller, »dann schwebt Metzler, falls er noch lebt, in großer Gefahr.«

Nein, dachte Schiller, während sie mitten in der Nacht ins Präsidium fuhren. Eva war nicht Regina geworden. Eine Hure konnte kein Mathegenie spielen. Sie waren nichts als misstrauische Polizisten, denen ein schiefer Gedanke ins Hirn gekrochen war.

In der Uniklinik hatten sie darauf bestanden, sofort den komatösen Metzler verlegen zu lassen. Die Nachtschwester hatte den diensthabenden Arzt geweckt, und erst nach langem Hin und Her hatte man sich bereit erklärt, ihn in ein anderes Zimmer zu fahren und ihn dort hinter einem Paravent abzuschirmen. Aber da die Intensivstation ständig überwacht wurde, erschien Schiller das Risiko, dass jemand eindringen könnte, nun nicht mehr so groß zu sein. Ob Metzler überleben würde, war immer noch nicht klar. Unter der Atemmaske war er kaum zu erkennen gewesen.

Im Präsidium gingen sie alle ihre Unterlagen durch. Gab es irgendwo einen Hinweis, dass Eva sich äußerlich von Regina unterschied? Sie fanden nichts. Weder von Eva noch Regina Engels war ein Fingerabdruck gespeichert, und niemand hatte von einer Narbe gesprochen, von irgendetwas, das den einen Zwilling vom anderen unterschied. Aber es musste etwas geben. Brasch, fiel Schiller ein, er hatte mit einem der Zwillinge geschlafen.

Es war halb vier, als er ihn anrief.

Brasch war sofort am Apparat und klang überhaupt nicht verschlafen.

»Arbeitet ihr jetzt Tag und Nacht?«, fragte er. »Ist der Fall nicht gelöst?« Anscheinend hatte er doch noch gute Kontakte ins Präsidium. Sofort dachte Schiller an Hinrichs, der mit Brasch früher manchmal ein Kölsch getrunken hatte.

»Wir sind noch nicht ganz sicher«, erwiderte Schiller vage. »Wir suchen nach Unterschieden zwischen den Zwillingen. Du hast über die beiden recherchiert und mit der einen ...« Er zögerte.

Brasch lachte leise. »Gebumst ... Du kannst es gebumst nennen. – Und deshalb rufst du mich um diese Zeit an?«

Schiller antwortete nicht. Birte stand mit einem Kaffeebecher vor ihm. Auch ihr war die Unsicherheit anzusehen. Die Nacht forderte ihren Tribut – sie hatten ihr Adrenalin verbraucht und glaubten nun wieder, auf dem Holzweg zu sein.

»Ich kann dir keine Narben oder Muttermale nennen, wenn du das meinst. Es war eine Nacht vor dem Mord, kurz vor elf. Ich habe ihr etwas über Margit Krahl erzählt, dass ich es für unwahrscheinlich halte, dass Metzlers Frau hinter dem Angriff steckt. Dann sind wir auch recht schnell zur Sache gekommen. Aber ich weiß, dass sie sich manchmal verletzt hat, wie Borderline-Leute das oft tun.«

»Was hat sie gemacht? Mit einem Messer an sich herumgeschlitzt?« Schiller wusste aus Carlas Praxis, dass psychisch erkrankte Mädchen die Neigung hatten, sich Wunden an den Armen beizubringen.

Brasch schnaubte spöttisch. »Schiller, was ist los bei euch? Was glaubt ihr, finden zu müssen? Wenn ich noch mehr sage, muss ich gleich eine Rechnung stellen – mit einem ordentlichen Nachtzuschlag.«

Birte beugte sich vor und stellte den Lautsprecher am Telefon an.

»Wir versuchen nur noch, ein kleines Problem zu lösen«, erwiderte Schiller unbehaglich. Er machte sich eine Vorstellung davon, wie die Öffentlichkeit reagieren könnte, wenn ihr Verdacht nach außen dringen würde.

»Sie hat zweimal Scherben geschluckt, Glas hinuntergewürgt – eine ganz perfide Methode, sich zu verletzen. Fünf- oder sechsmal war sie in Langenfeld. Das erste Mal als Kind.«

»Woher weißt du das alles?« Die Löcher in ihren eigenen Ermittlungen schienen mit jedem Satz, den Brasch sprach, größer zu werden.

»Sie hat die Klinik in Langenfeld erwähnt – dass sie da wieder hin müsse, wenn diese Angriffe auf sie nicht aufhörten. Klang sehr melodramatisch. Deshalb habe ich bei einer Nachtschwester nachgefragt, die ich dort kenne. Hatte einmal bei einem Fall mit ihr zu tun.«

Schiller nahm sich einen Zettel und schrieb »Landeskrankenhaus Langenfeld« auf. Davon hatte auch Carla gesprochen.

»Die andere Schwester war ein Mathegenie«, fuhr Brasch fort. »Sie hat bei einer Frankfurter Bank gearbeitet, ist dort aber herausgeflogen. Nun wird sie nur noch für bestimmte Aufgaben angeheuert.«

Schiller schwieg verblüfft. »Seit wann weißt du das?«, fragte er.

»Ich habe ein wenig recherchiert«, entgegnete Brasch vage. »Man findet einiges im Internet, und als ich bei der Bank angerufen habe, sagte man mir, Frau Engels sei auf eigenen Wunsch freigestellt worden. Aber das ist wohl die freundlichste Umschreibung für einen inoffiziellen Rausschmiss. Ich erinnere mich sehr gut.«

»Matthias«, sagte Schiller. »Du bist immer noch ein brillanter Polizist. Wenn ich etwas für dich tun kann ... Fitschen hat immer große Stücke auf dich gehalten ...«

»Du hast schon etwas für mich getan.« Brasch schien wieder zu lächeln. »Um kurz vor Mitternacht hatte ich meine erste Tangostunde. Sylvie meint, ich sei ein Naturtalent. Sie ist vor einer Stunde nach Hause gefahren.«

»Wir müssen die Pressekonferenz um zehn absagen«, meinte Birte, nachdem Schiller aufgelegt hatte.

»Nein«, sagte Schiller. Er trank einen Schluck Kaffee, der bitter wie Galle schmeckte. »Neuendorf und Fitschen sollen ruhig unseren Erfolg verkünden. Wenn wir recht haben, wird Eva Engels sich in Sicherheit wiegen. Aber vor allem brauchen wir die Fingerabdrücke der beiden Schwestern. Regina hatte es besonders eilig, ihre Schwester ins Krematorium zu überstellen. Die Leiche ist schon verbrannt. Ich hoffe, bei der Obduktion hat man ihr einen Abdruck abgenommen.«

Zweifelnd schaute Birte ihn an. Unter ihren Augen hatten sich tiefe Ringe eingegraben. So erschöpft hatte sie noch nie ausgesehen. »Die Wohnung muss doch voll von Fingerabdrücken sein«, erklärte sie.

»Ja«, erwiderte Schiller, »aber mittlerweile von beiden. Nun hat sich auch Regina Engels dort aufgehalten. Wir müssen sie dazu bringen, uns zu zeigen, wer sie ist.«

»Und wie? Willst du ihr Matheaufgaben stellen, oder denkst du an eine Art Lügendetektor?«

»Ehrlich gesagt, ich habe noch keine Ahnung. – Nein«, sagte er dann. »Vielleicht gehe ich einfach zu ihr und sage ihr, dass ich mich in sie verliebt habe.«

Birte schnaubte verächtlich. »Großartige Idee. Aber vorher solltest du ein paar Stunden schlafen, damit du wieder klar denken kannst.«

25.

Birte schlief zwei Stunden neben Schiller in ihrem Dienstpassat. Als es bereits hell war und ihr Rücken zu schmerzen begann, stieg sie aus und kehrte in ihr Büro zurück.

Sie erreichte Cremer in seiner Wohnung und bat ihn, sofort zu Margit Krahl zu fahren. Er sollte sich sämtliche persönlichen Unterlagen Metzlers ansehen. Vielleicht gab es noch mehr, was ihre waghalsige These unterstützte, dass Eva Engels versucht hatte, ihr Leben gegen das ihrer Zwillingsschwester einzutauschen.

Cremer brauchte einen Moment, um zu begreifen. »Jemand kann doch nicht einfach die Identität eines anderen übernehmen«, erwiderte er. »Nicht einmal ein Zwilling.«

»Vielleicht doch«, erwiderte Birte und legte auf.

Auf der Damentoilette wusch sie sich, so gut es ging. Sollte sie noch in ihrer Wohnung vorbeifahren, um sich umzuziehen? Nein, wahrscheinlich würde sie da der Verlockung nicht widerstehen und sofort ins Bett springen.

Sie schaffte es, Hinrichs zu entgehen, den sie in seinem Büro rumoren hörte, und eilte zu ihrem Alfa. Schiller lag noch immer im Passat auf dem zurückgedrehten Fahrersitz und schlief. Die Scheiben waren von innen ganz beschlagen. Dafür, dass er gestern fast gestorben wäre und seine Beziehung den Bach runterging, hatte er sich bisher achtbar gehalten.

Konnte man wirklich einfach so in die Rolle eines anderen schlüpfen? Und musste man dazu nicht vorher die Frage beantwortet haben, wer man eigentlich war? Wer war sie selbst? Eine müde Polizistin, die nun ein Gespenst jagte, obwohl sie den wahren Täter bereits gefasst hatten? Eine Trauernde, die den Tod des sanftesten Menschen der Welt nicht verwinden konnte? Eine Frau, die sich insgeheim fragte, wie sie sich je wieder verlieben könnte?

Cremer hatte recht, dass niemand die Identität eines anderen übernehmen konnte. Jeder musste in seinem Job funktionieren. Eva Engels könnte schwerlich als falsche Schwester bei der Bank auftauchen und den Job einer Analystin machen, aber das brauchte sie offensichtlich auch nicht mehr, wenn die Informationen, die Brasch ihnen gegeben hatte, richtig waren.

Kaum war sie auf der Autobahn, spürte Birte ihre Müdigkeit. Schon an der Raststätte Königsforst brauchte sie einen Kaffee, und obwohl sie keinen Hunger hatte, bestellte sie ein Sandwich. Als sie in der Uniklinik anrief, hörte sie selbst, wie schwer und belegt ihre Stimme klang. Metzler lebte noch immer. Keine besonderen Vorkommnisse. Eine Frau, die sich als Margit Krahl ausgegeben hatte, hatte sich nach ihm erkundigt. Vermutlich stimmte das auch. Birte nahm sich vor, Cremer bei ihrem nächsten Telefonat danach zu fragen.

Dann überlegte sie, Carla anzurufen. Jan ist ein wenig durcheinander, könnte sie ihr sagen, aber er wird sich wieder finden ... Man weiß doch, wie die Kölner sind, verlieren gelegentlich die Bodenhaftung, dass sie denken, sie könnten fliegen, jede Frau aufreißen ... Nein, es wäre falsch, sich einzumischen. Wenn Carla im Café am Bauturmtheater mitbekommen hatte, wie Schiller diese blonde Schönheit angestarrt hatte, auf ihre Brust, ihren Hals, dann würde sie Zweifel haben, ob sie ihm wirklich trauen konnte.

Den Anruf auf ihrem Handy ignorierte sie. Hinrichs' Dienstnummer blinkte auf. Die Pressekonferenz ... klar, er nutzte jeden Anlass, um sie zu verfolgen. Birte hatte Nele einen Zettel hingelegt, dass sie sich nicht wohlfühle, vermutlich ein Magen-Darm-Infekt. Sie müsse sich wieder hinlegen.

Der Verkehr wurde immer dichter. Am Frankfurter Flughafen stand sie im Stau. Es war schon kurz nach zehn, als sie in der Frankfurter Innenstadt ankam. Nun saßen sie alle auf dem Podium, Neuendorf, Fitschen, die Staatsanwältin Wimschneider, und verkündeten den neuen Fahndungserfolg der Kölner Polizei. Johann Metzler als Doppelmörder eindrucksvoll überführt, leider liege der Täter im Koma und könne kein Geständnis ablegen. Auf der Flucht habe ein Hauptkommissar ihn unter Lebensgefahr gestellt. Sie hätten es damit gut sein lassen können.

Brasch hatte ihnen die Telefonnummer in der Commerzbank gegeben, die er am Tag zuvor angerufen hatte.

Birte meldete sich und betonte die Dringlichkeit.

Zehn Minuten später saß sie einem Mann gegenüber, der mit seinen weichen Gesichtszügen aussah, als wäre er gestern erst zwanzig geworden. Dr. Heinzmann trug einen grauen Anzug mit einer Anstecknadel der Bank, seine Haare waren so voller Gel, dass sie wie Stacheln in die Höhe ragten. Er lächelte wie ein Präsidentschaftskandidat.

»Zwei Journalisten haben auch angerufen, aber mit solchen Leuten reden wir nicht«, erklärte er nach einem festen Händedruck und einem langen Blick auf ihren Dienstausweis.

Nein, aber mit Privatdetektiven, war Birte versucht zu erwidern, ließ es jedoch.

Ein Kaffee wurde von einer Sekretärin gebracht, die wie ein Model aussah – blond mit einer Hungertaille. Birte kippte den Kaffee sofort herunter, was Heinzmann ein nachsichtiges Lächeln abnötigte. Ein blauer Himmel leuchtete zum Fenster herein. Sie befanden sich in der vierundvierzigsten Etage.

»Hat unsere Frau Engels etwas mit dem gewaltsamen Tod ihrer Schwester zu tun?«, fragte Heinzmann.

»Nein, keineswegs. Trotzdem müssen wir im Hintergrund der Angehörigen ermitteln«, erklärte Birte und hoffte darauf, dass er keine Gegenfrage stellte. »Es geht da auch um Erbschaftsfragen«, fügte sie lahm hinzu.

»Verstehe«, erklärte Heinzmann. »Aber Sie werden Verständnis haben, wenn ich auf keine Erkundigungen eingehen kann, die gegen die strikten Datenschutzbestimmungen unseres Hauses verstoßen könnten.«

»Natürlich nicht.« Birte versuchte sich an einem charmanten Lächeln. Ein echter Klugscheißer, der ihr da gegenübersaß. »Ich möchte nur wissen, mit welchen Aufgaben Frau Engels in Ihrer Bank betraut war. Und vielleicht können Sie mir einen Hinweis geben, warum sie nicht mehr bei Ihnen beschäftigt ist.«

Heinzmann lächelte wieder, dann rieb er sich die Hände. »Frau Engels war Analystin für Öl, Gold und andere Metalle. Sie hatte besondere Fähigkeiten, verlor nie den Überblick, aber … Nun, das erste Mal hat sie sich bei unserem Sommerfest … merkwürdig benommen.« Er blickte zum Fenster hinaus.

»Was genau meinen Sie damit – ›merkwürdig benommen‹?«, fragte Birte Jessen. Um ihrer Frage Nachdruck zu verleihen, zog sie ihr schwarzes Notizbuch hervor.

»Sie kennen Frau Engels – eine schöne Frau, mit gewissen Reizen. Sie hat – um es kurz zu sagen – versucht, unseren Vorstandsvorsitzenden zu verführen.« Heinzmann kniff den Mund zusammen, nun sah er wie ein trotziger Junge aus.

»Und – ist es ihr gelungen?« Birte musste unwillkürlich lächeln.

»Nein, natürlich nicht – vor fünfhundert Gästen. Ich habe nach diesem Vorfall meine Hand über sie gehalten. Sie hat sich am nächsten Tag entschuldigt, hat gemein, sie sei nicht sie selbst gewesen.«

»So hat sie es formuliert?«

Dr. Heinzmann nickte beflissen. »Nun, mehr möchte ich eigentlich nicht sagen ...«

»Aber wegen dieses Vorfalls ist Frau Engels nicht entlassen worden?«

Er schüttelte den Kopf. »Vor zwei Wochen war sie wieder einmal nicht ganz bei sich. Sie erschien betrunken, randalierte dann herum, warf mit Telefonen um sich und beschimpfte alle Anwesenden ihrer Abteilung ... Es war äußerst irritierend.«

»Hat Frau Engels für ihr Verhalten eine Erklärung gehabt?«

»Nein, am nächsten Tag erschien sie wie üblich, setzte sich ruhig an ihren Schreibtisch – so wie wir sie alle kannten, aber natürlich musste ich reagieren. Die Zeiten sind wahrlich schwierig genug, da können wir uns keine ausgeflippten Damen erlauben. Sie hat es sehr gefasst aufgenommen, hat nur gemeint, sie habe manchmal solche Tage, aber es werde nicht mehr vorkommen.« Sein Telefon klingelte. »Ja«, sagte Heinzmann, »ich bin gleich so weit. Zwei Minuten noch.« Er lächelte, nachdem er aufgelegt hatte, und sah sie an. »Bedauere – eine wichtige Konferenz. Ich darf nicht fehlen.«

Birte nickte und erhob sich. »Ist Ihnen einmal der Gedanke gekommen, dass es vielleicht gar nicht Regina Engels gewesen ist, die sich da danebenbenommen hat?«

Heinzmann war aufgesprungen und streckte ihr die Hand entgegen. »Aber wer soll es denn gewesen sein?«, fragte er arglos.

»Schon gut«, erwiderte Birte. Offenbar wusste er nicht, dass die beiden Schwestern Zwillinge gewesen waren und sich wie ein Ei dem anderen geglichen hatten.

Erst als sie wieder am Auto war, fiel ihr ein, dass sie die wichtigste Frage gar nicht gestellt hatte. Hatte es jemanden gegeben, mit dem Regina Engels näher befreundet war? Schon wieder hatte sie einen Fehler gemacht. Sie zog ihr Handy hervor. Heinzmann würde nicht begeistert sein, sie noch einmal am Apparat zu haben.

26.

Jan Schiller erwachte, weil sein Mobiltelefon summte. Eine SMS. Er schaute sich um. Birte war verschwunden. Verschlafen reckte er sich. Der Rücken tat ihm weh, und in seinem Mund klebte ein bitterer Geschmack. Die Scheiben waren so beschlagen, dass man ihn von außen vermutlich nicht sehen konnte. Er blickte auf die Uhr. Zwanzig nach sieben. Jetzt würden nach und nach die Kollegen eintrudeln und sich wundern, dass er in seinem Wagen übernachtet hatte.

»Kopf-ab-Party«, lautete die Nachricht. »11.4.2009.« Am Samstag also.

Was sollte das bedeuten? Eine Kopf-ab-Party? Kein Absender war angegeben, und als er die Funktion »Antworten« anklickte, hieß es nur: »Nicht möglich«.

Schiller öffnete die Wagentür und stieg aus, um sich zu recken. Birte war wahrscheinlich schon auf dem Weg nach Frankfurt. Am besten wäre es, wenn sie es irgendwie schaffte, in die Wohnung von Regina Engels zu gelangen.

Als er sah, wie Fitschen in seinem blauen BMW an ihm vorbei ins Parkhaus fuhr, drehte Schiller sich ab. Er hatte nicht vor, die Pressekonferenz zu besuchen. Er setzte sich wieder in den Wagen, startete und klickte zugleich die Büronummer an, während er auf die Kalker Hauptstraße abbog.

Nele war schon im Büro. »Was ist los, Jan?«, fragte sie. »Willst du dich auch krankmelden?«

»Vorher weißt du das?«

»Mein sechster Sinn – Birte hat einen Magen-Darm-Infekt. Vermutlich hast du den gleichen Virus, oder?«

»Ja«, erwiderte Schiller. »Genauso ist es.«

Er hörte Nele lachen, als er auflegte. Wusste sie schon alles? Hatte Birte sie in ihren Verdacht eingeweiht? Nach der Pressekonferenz würde er sie fragen.

Am ersten Kiosk auf der Kalker Hauptstraße hielt er an und kaufte eine Express. Man hatte gute Arbeit geleistet. Ein undeutliches Foto von Metzler war auf der ersten Seite zu sehen, daneben die Überschrift: »Hurenmörder gefasst!«

Auf einer Doppelseite, auf der auch ein besseres Foto von Eva Engels abgebildet war, wurde der Fahndungserfolg der Kölner Polizei abgefeiert. Regina Engels wurde mit keinem Wort erwähnt. Schiller fand auch keinen Artikel von Lepper.

Für einen Moment war er versucht, Carla anzurufen. Oder nein, er sollte frische Brötchen holen, vielleicht auch eine Flasche Champagner, und dann sollte er sich vor die Tür stellen und warten. Die Morde waren aufgeklärt – am besten würden sie es dabei belassen.

Ohne nachzudenken, drückte er die Tasten seines Telefons. Schroeter meldete sich mürrisch.

»Gratuliere«, sagte er. »Ihr habt die Sache ja schnell gelöst. Neuendorf wird begeistert sein. Gibt ein paar Pluspunkte in der Personalakte.«

Schiller räusperte sich. Wenn Schroeter den Grund für die Frage begriff, würde er auch verstehen, dass sie möglicherweise gar nichts aufgeklärt hatten. Ein Kartenhaus könnte einstürzen – der Zweifel würde von Birte und ihm auf andere überspringen …

»Nur eine Frage – ganz allgemein«, begann er. »Die tote Hure … habt ihr euch bei der Obduktion auch ihre Speiseröhre angesehen?«

Schroeter schwieg einen Moment. Schiller hörte ihn atmen, nachdenklich und so, als würde es ihm plötzlich schwerfallen.

»Haben wir einen Fehler gemacht – gab es da etwas, das wir übersehen haben?«, fragte er misstrauisch.

»Könnte es sein, dass die Tote mal Scherben geschluckt hat – als Borderline-Patientin?«

Schroeter zögerte einen Moment. »Die Speiseröhre haben wir uns nicht angesehen«, sagte er dann. »Gab es keinen Grund zu. Hatte mit der Todesursache nichts zu tun. Wieso fragst du das, Schiller?«

»Nichts«, erwiderte Schiller, »war nur so ein Gedanke. Aber was ist mit Fingerabdrücken? Habt ihr einen Fingerabdruck der Toten?«

Wieder ein Zögern. »Ich beginne zu begreifen.« Der Rechtsmediziner klang nun noch nachdenklicher. »Da gibt es die eine und die andere Schwester – beide gleichen sich …« Er zog offenbar eine Schublade auf und kramte in Unterlagen. »Du weißt, dass wir hier nicht mehr als das Sparprogramm durchziehen. Fingerabdrücke nehmen wir nur noch bei Toten, bei denen die Identität nicht feststeht, und in diesem Fall ... Nein, tut mir leid, wir haben keine Abdrücke. Nur Fotos haben wir gemacht, auch von ihren Händen. Vielleicht reicht eine Vergrößerung ... Aber wo ist die Leiche – ist sie schon beerdigt?«

»Verbrannt«, antwortete Schiller. »Gestern – von der Schwester veranlasst. Seht zu, dass ihr ein Foto von ihren Händen bekommt.«

Er fuhr an seinem Haus vorbei, als würde er dort schon lange nicht mehr wohnen.

Sehnsucht befiel ihn – und plötzliche Wut. Verdammt, es war auch seine Wohnung. Wie kam Carla dazu, ihn hinauszuwerfen? Er hatte nichts gemacht, Regina Engels mit keinem Finger angerührt, auch wenn es vielleicht auf den ersten Blick anders ausgesehen hatte.

Als sein Telefon klingelte, sah er, dass es Hinrichs war. Er drückte den Anruf weg.

Einen Moment später schrillte das Handy wieder. Als Pressesprecher war Hinrichs die Nervensäge schlechthin. Anscheinend konnte er es nicht akzeptieren, dass weder Schiller noch Birte Jessen bei der Pressekonferenz auf dem Podium saßen.

»Was willst du?«, fragte Schiller besonders barsch. Er nahm sich vor, möglichst bald mit Hinrichs über Birte zu reden – dass er sie endlich in Ruhe lassen sollte.

»Pardon, Mister Kölnisch Wasser«, sagte eine weibliche Stimme zaghaft. »Ich störe vermutlich ...« Sie seufzte leise.

Schiller spürte, wie es ihm einen Stich versetzte. Auch ihre Stimme war erotisch, ein wenig unsicher und leise, aber überaus sinnlich. Regina Engels war keine Mörderin – es konnte gar nicht sein, und eine Borderline-Patientin war sie auch nicht.

»Entschuldigen Sie«, sagte Schiller. »Ich hatte geglaubt, unser Pressesprecher sei am Apparat ...«

»Verstehe«, hauchte Regina Engels. Dann nach einer kurzen Pause: »Ich würde Sie gerne sehen – jetzt, wo alles vorbei ist.«

»Fast«, erwiderte Schiller. »Fast ist alles vorbei.«

»Aber Sie haben den Mörder meiner Schwester doch gefasst, oder nicht?«

»Wir hoffen noch auf ein Geständnis«, erklärte Schiller mit betont gleichmütiger Stimme. »Noch ist Johann Metzler nicht erwacht, aber das kann jeden Moment passieren.«

»Matthias«, sagte Schiller in sein Mobiltelefon. »Du hast mit ihr geschlafen. Du musst sie doch erkennen – am Geruch, an der Art, wie sie sich bewegt, irgendwie ...« Er stand am Rhein, auf der Brücke vor dem Schokoladenmuseum, da, wo sie das Holzbein aus dem Fluss gefischt hatten, das Therese entdeckt hatte.

Brasch lachte. »Ich tanze heute Abend wieder Tango«, sagte er. »Danke für den Tipp. Sylvie ist wirklich wunderbar. Eine echte Künstlerin – so eine Frau habe ich noch nie getroffen.«

»Freut mich für dich.« Schiller verspürte nun gar keine Neigung, über Sylvie zu sprechen. Er brauchte einen starken Kaffee und ein paar klare Gedanken.

»Ich verstehe dein Problem nicht«, erwiderte Brasch. »Was ist mit einem simplen Fingerabdruck? Ordentliche, biedere Polizeiarbeit – damit müsst ihr doch feststellen können, wer sie ist.«

»Wir haben keine Abdrücke gespeichert – waren nie straffällig, die Zwillinge, und nun wohnt die Schwester in der Wohnung der Toten.« Das würde ihnen niemand glauben, dass sie einen solchen Fehler begangen hatten. Schiller blickte auf die Uhr. In einer Stunde würde er sich mit Regina Engels in einem Café am Rheinauhafen treffen.

»Du musst sie dir nur anschauen, und wenn sie dich sieht, kann ich vielleicht etwas aus ihren Reaktionen ablesen.«

»Also gut.« Brasch gähnte. »Ich werde da sein, allerdings nur, weil wir nun Tangobrüder sind.«

Sie war ganz in Schwarz gekleidet, aber es sah elegant aus, nach neuester Mode, nicht nach Trauer. Eine schwarze kurze Lederjacke, ein langer weiter Rock, dazu schwarze Strümpfe und schwarze kurze Lederstiefel. Ihr blondes Haar hatte sie hochgesteckt. Eine Sonnenbrille hatte sie sich ins Haar geschoben. Sie lächelte, als sie ihn sah – ein charmantes, befreites Lächeln, als wären sie alte Bekannte, die sich lange nicht gesehen hatten.

Sie roch nach einem schweren Parfüm, als Schiller ihr die Hand gab. Das Kölnisch Wasser hatte er diesmal weggelassen.

Brasch ging draußen auf der Promenade vorüber und tat, als würde er sich Schiffe anschauen. Er hatte den Kragen seines Jacketts hochgeschlagen.

»Ist es nicht ungewöhnlich, dass sich ein Polizist mit jemandem trifft, der ...« Regina Engels zögerte.

»Ja«, warf Schiller ein. »Das ist höchst ungewöhnlich, aber ich bin dafür bekannt, dass ich mich nicht so streng an die Vorschriften halte.«

Sie lächelte wieder und bestellte bei einem italienisch aussehenden Kellner einen Milchkaffee.

Schiller dachte daran, dass er an ihren Fingerabdruck kommen musste. Vielleicht sollte er ein Glas Prosecco bestellen. Von einem Glas würde ein brauchbarer Abdruck zu nehmen sein. Dann registrierte er voller Verwunderung, dass sie schwarze Lederhandschuhe trug.

Sie bemerkte seinen Blick und spreizte die Finger in dem schwarzen Leder. »Ich bin noch nicht darüber hinweg, dass meine Schwester tot ist«, erklärte sie leise. »Wir sind uns meistens aus dem Weg gegangen, aber nun ...«

Der Kellner stellte ihr mit einem Nicken die Tasse auf den Tisch.

»Erzählen Sie mir von Ihrer Schwester«, sagte Schiller. »Wie oft haben Sie beide sich gesehen? Hat es Sie niemals gereizt, die Rollen zu tauschen? Ich habe gehört, Zwillinge tun so etwas gern.«

Sie schüttelte den Kopf. »Wir nicht – dazu waren wir viel zu verschieden. Außerdem war sie im Heim und ich bei den Vogels in Bonn.«

»Hat Ihre Schwester Sie nicht manchmal besucht?«

Aus den Augenwinkeln sah Schiller, dass Brasch sich draußen auf die Terrasse gesetzt hatte, und er war nicht mehr allein. Eine schmale Frau mit dunkelrot gefärbten Haaren setzte sich zu ihm und küsste ihn – Sylvie. Er hatte tatsächlich Sylvie herbestellt, und sie war gekommen, obwohl sie für gewöhnlich vor zwölf Uhr mittags keinen Schritt vor die Tür machte.

»Eva war einige Male bei den Vogels zu Besuch – es war immer ein Fiasko. Einmal hat sie meinen Hamster aus dem ersten Stock auf die Straße geworfen, angeblich um ihn zu befreien, und dann hat sie ein Aquarium umgestoßen, weil sie die Muscheln, die darin lagen, mitnehmen wollte. Danach haben die Vogels sie nie mehr eingeladen. Ich bin dann gelegentlich ins Kinderheim gefahren.« Regina Engels strich sich eine Haarsträhne aus der Stirn, sie hielt den Kopf ein wenig schief und musterte ihn. »Gestern Abend – das war Ihre Frau, nicht wahr?«, fragte sie.

Schiller nickte. Aber wir sind nicht mehr zusammen, wollte er sagen, doch er brachte keinen Ton heraus.

»Tut mir leid«, fuhr sie fort. »Ich wollte Ihnen keine Schwierigkeiten machen.«

Im Hintergrund lachte Brasch plötzlich laut auf, und Sylvie griff über den Tisch nach seiner Hand. Sie waren ein Paar, verdammt. Wie konnte das sein – nach nur einem Abend?

»Wir haben gerade eine Pause in unserer Beziehung, sozusagen ...« Schiller versuchte sich wieder auf Regina Engels zu konzentrieren.

Ein sanftes Vibrieren verriet ihm, dass eine SMS eingegangen war. »Ich glaube, sie ist es«, hatte Brasch geschrieben, »oder sie gleicht ihrer Schwester bis auf die letzte Bewegung.«

»Neuigkeiten?« Regina Engels zog die Augenbrauen anmutig in die Höhe. Sie hatte die SMS auch bemerkt. »Ist er vielleicht aufgewacht?«

»Metzler?« Schiller sah das neugierige Funkeln in ihren Augen. Metzler war ihre Schwachstelle. Wenn er tatsächlich aufwachen würde und reden könnte, wüssten sie endlich, was in der Mordnacht geschehen war. »Nein«, antwortete er, »aber es geht ihm anscheinend besser.«

Er hatte das Gefühl, dass sie für einen Moment die Augen zusammenkniff und sich ihre Gesichtszüge verhärteten. Eine Sekunde später jedoch lächelte sie wieder und ließ ihre rechte Hand über den Tisch wandern. »In ein, zwei Tagen gehe ich nach Frankfurt zurück. Sie hatten recht – die Wohnung ist scheußlich. Geschmackloser Plüsch. Da kann man sich nicht wohlfühlen.«

»Warum haben Sie Ihre Schwester so schnell ins Krematorium bringen lassen?«, fragte Schiller. Er hatte das Gefühl, dass er mit Geduld und Abwarten nicht weiterkam. Regina Engels – oder wer immer sie war – bereitete ihre Abreise vor.

»Ich weiß nicht«, sagte sie ohne jede Verlegenheit. »Ich wollte einen Schlussstrich, glaube ich. Eva war immer eine Art dunkles

Spiegelbild für mich. Vielleicht wollte ich diese Seite nicht mehr sehen.«

»Einmal haben Sie mich angelogen«, sagte Schiller. »Ihre Mutter ist gar nicht bei einem Autounfall ums Leben gekommen – sie hat sich umgebracht, nicht wahr? Und Ihre Schwester hat ihr dabei zusehen müssen.«

Regina Engels nickte und wandte den Kopf ab. Sinnend blickte sie zum grauen Rhein hinüber. Brasch und Sylvie waren nicht mehr da, und draußen schritt jemand eilig vorüber, der ihn an Lepper erinnerte.

Sie wandte sich ihm wieder zu. In ihren Augen blitzte etwas auf – Angriffslust, jedenfalls das Gefühl, sich wehren zu müssen.

»Ich kann darüber bis heute nicht sprechen. In meiner Erinnerung ist meine Mutter die zärtlichste und zugleich verrückteste Frau, der ich je begegnet bin. Sie konnte in einem Moment sanft und verständnisvoll sein, und im nächsten hat sie geschrien und mit Dingen nach uns geworfen. Sie hat auch gesagt, wir hätten ihr Leben zerstört. Weil dieser blöde Schauspieler kam und ihr gleich zwei Kinder gemacht hat … Im Theater in Bonn war sie die Putzfrau und die Frau in der Kantine. Manchmal hat sie kleine Rollen gespielt, und sie hat geglaubt, dass sie mit jedem Mann, der ihr ein Gefallen tun könnte, ins Bett gehen müsste.«

»Das haben Sie als kleines Kind mitbekommen?«, fragte Schiller. Er dachte an seine Mutter, auch sie war eine unsichere Frau gewesen, die seinen Vater und ihn mit ihren falschen Sehnsüchten drangsaliert hatte.

Regina Engels nickte. »Das kapiert selbst eine Vierjährige. Außerdem waren oft Männer bei uns, aber sie blieben nie lange, ein, zwei Tage, höchstens eine Woche.«

Sie schwieg wieder. Der Kellner kam an ihren Tisch, blickte sie fragend an und zog sich wieder zurück.

Schiller wartete. Nie war ihm Regina Engels so schön wie jetzt vorgekommen, da sie nur vor sich hin starrte, abwesend, mit Augen, die auf eine ferne Vergangenheit gerichtet waren. Plötzlich kam der Impuls wieder hoch, sie berühren zu müssen. Er griff nach ihrer Hand. Er dachte nicht mehr an einen Fingerabdruck oder daran, dass sie vielleicht eine ganz andere war, eine Frau, die versuchte, ihre Schwester zu sein.

»Wissen Sie, warum ich zu spät nach Hause kam? Ich hatte gestohlen, eine Tafel Schokolade – ich hatte sie mir einfach in den Ranzen geschoben, doch die Frau im Laden hielt mich fest. Sie drohte mir mit der Polizei, wollte wissen, wer ich war, wie ich heiße. Eine halbe Stunde saß ich in ihrem Büro. Immer wieder fragte sie mich Sachen. Dann kam tatsächlich ein Polizist in Uniform. Ihm verriet ich meinen Namen, und dann durfte ich gehen. Eva war vorausgelaufen, sie hatte nur kurz vor dem Laden auf mich gewartet. Als ich in die Wohnung kam, lag sie vor dem Sofa, in den Armen meiner Mutter. – Ich konnte nichts tun, stand nur da, vielleicht eine Stunde, vielleicht zwei ... Ich weiß es nicht mehr.«

Sein Telefon klingelte wieder. Nele war am Apparat. »Metzler ist tot«, sagte sie. »Ist vor einer Stunde gestorben. Er hat echt Glück gehabt. Er wäre nie wieder zu Verstand gekommen.«

»Danke, Nele«, erwiderte Schiller. Dann blickte er Regina Engels an. »Metzler ist aufgewacht und will aussagen«, log er. »Ich fahre gleich zu ihm.« Er beobachtete, wie sie zu blinzeln begann.

»Das ist gut«, sagte sie langsam und nachdenklich. »Eine sehr gute Nachricht.«

27.

Die Schweizer Straße lag auf der anderen Seite des Mains, hier war Frankfurt gewöhnlicher, viele Kneipen und Restaurants, aber keine Hochhäuser, keine glänzenden Autos und Passanten, die umherhetzten, als würden sie nur daran denken, wie viel Geld sie gerade verloren, weil sie nicht in ihrem Büro hinter einem Computer saßen und irgendwelche Börsenkurse im Auge behielten.

Es müsste eigentlich ganz einfach sein, dachte Birte Jessen, ein Gespräch über Aktien und Börsenkurse, und schon wäre klar, ob Regina Engels tatsächlich Analystin war oder ob ihre Schwester ihre Rolle übernommen hatte.

Heinzmann hatte sich am Telefon verleugnen lassen. Über das Privatleben von Frau Engels könne man keine Auskunft geben, hatte die Sekretärin, das blonde Model, ganz als Stimme ihres Herrn erklärt.

Als sie vor dem Haus parkte, ging eine SMS ein. »Kopf-ab-Party am 11.4. Treffpunkt Ebertplatz. Krieg den Palästen.«

Was sollte das nun bedeuten? Verwundert blickte Birte auf ihr Display. Ein Absender war nicht zu finden. Es ging um die Puppe, ja, worum sonst? Da schien jemand seine Scherze auf die Spitze treiben zu wollen. Aber wie war dieser Jemand an ihre Handynummer gekommen?

Das Haus Nummer siebzehn war ein gepflegter Altbau. Jeder Name stand ordentlich auf dem Klingelbrett. Nur ein Türschild verwies lediglich auf »R.E.«, als müsste Regina Engels ein Geheimnis aus ihrer Identität machen.

Kurz entschlossen drückte Birte auf die Klingel – und einen Augenblick später wurde ihr zu ihrer großen Überraschung geöffnet. War Regina Engels bereits zurück – oder gab es vielleicht noch eine dritte Schwester, von der bisher nicht die Rede gewesen war?

Die Wohnung lag im zweiten Stockwerk – die Tür stand offen, genau wie die auf der anderen Seite der Etage. Eine ältere Frau mit violett gefärbter Dauerwelle erschien auf der Schwelle und schaute sie misstrauisch an. Die Putzfrau oder Nachbarin, vermutete Birte Jessen. Sie hielt ihren Dienstausweis in die Höhe.

»Jessen, Kripo Köln. Frau Engels ist vermutlich nicht zu Hause?«, fragte sie.

Die alte Frau kniff ihre Augen zusammen. Sie trug einen blauen Kittel und Hausschuhe, also die Nachbarin von der anderen Seite des Flurs, die nach dem Rechten sah.

»Sie ist nicht da – ist bei ihrer Schwester in Köln, irgendein Unfall, aber das wissen Sie wahrlich besser …« Die Frau brach ab. Sie sprach schleppend, als wäre sie länger krank gewesen.

»Darum geht es«, sagte Birte Jessen. »Kann ich vielleicht einen Moment hereinkommen?«

Die Frau wischte sich die Hände an ihrem Kittel ab. »Ich gieße hier die Blumen – und ich darf bei Frau Engels baden. Ist billiger für mich. Habe nur eine kleine Rente.«

Jan würde nun jubeln, dachte Birte, als sie die Wohnung betrat. Ihr selbst war nicht ganz wohl dabei. Fitschen hingegen würde ihr einen schweren Verweis erteilen, aber diesen Gedanken schob sie beiseite.

Die alte Frau hatte sich auch einen Kaffee gekocht – in einer recht kleinen, aber hochmodernen Küche. Da gab es alles, einen Kaffeeautomaten, eine Mikrowelle, Geschirrspüler … Nur nichts Persönliches, keine Fotos am Kühlschrank, die Regina Engels mit ihrem Liebsten zeigten.

»Was ist denn mit der Schwester passiert?«, fragte die alte Frau. Ihre violetten Haare leuchteten im Licht. Sie mochte gut und gerne achtzig sein.

»Sie ist erschossen worden – in ihrer Wohnung. Haben Sie Eva Engels gekannt?«

»Allerdings. Eine unangenehme Person. Ist manchmal hier aufgetaucht und hat Krach geschlagen. Wenn Sie mich fragen, war die irre – eine Verrückte.«

Birte blickte die Frau an. Sie war an der Tür geblieben, als wäre sie ertappt worden und traute sich nun nicht mehr in die Küche. Der Kaffee, den sie sich gekocht hatte, dampfte. Birte reichte ihn ihr. Dann ging sie an ihr vorbei in den schmalen Flur. Wenn sie es schon geschafft hatte, in die Wohnung zu gelangen, dann musste sie sich auch die anderen Räume anschauen.

»Wieso glauben Sie, dass die Schwester verrückt war?«, fragte Birte.

Im Flur hing ein abstraktes Bild, das irgendwie teuer und echt wirkte.

»Sie hat geschrien und gelacht, und dann hat sie Frau Engels Vorwürfe gemacht. Zum Glück war sie nicht so oft da, aber danach war Frau Engels ganz verändert, traurig und niedergeschlagen. Sie ist eine gute Nachbarin – ist immer für mich da, kauft für mich ein, wenn ich …«

Birte ging in das Wohnzimmer, das überraschend groß war. Auch hier war alles bis auf ein schwarzes Ledersofa in Weiß gehalten. Unpersönlich wirkte es auch hier. Ein Flachbildschirm an einer Wand, Regale mit Büchern, CDs. Dann entdeckte Birte ein Foto an der Wand – der erste Hinweis, das hier jemand lebte, der eine Geschichte, eine Vergangenheit hatte. Vier Personen – ein Mann, eine Frau und zwei Jugendliche. Der Mann war schon älter, er lächelte freundlich, ein braun gebranntes Gesicht mit einer Hornbrille; die Frau mochte zwanzig Jahre jünger sein, blond gefärbte halblange Haare, ausdrucksvolle dunkle Augen, die den Betrachter ins Visier nahmen. Neben ihr ein blondes Mädchen, das ungefähr fünfzehn Jahre alt war – Regina Engels, hübsch, mit weichen Gesichtszügen, nur in ihren Augen steckte ein Zug Ernsthaftigkeit. Den Jungen neben ihr erkannte Birte sofort – er mochte sechzehn oder siebzehn sein, hatte scheinbar selbstsicher das Kinn vorgereckt, ein dünner Bart auf seiner Oberlippe sollte ihn stärker und erwachsener wirken lassen. Die schwarzen, zurückgekämmten Haare fielen ihm bis auf die Schultern. Er war der Einzige, der nicht lachte. Kein Zweifel, das war Michael Lepper, der Journalist.

Die alte Frau hinter ihr räusperte sich. Sie wurde allmählich unruhig. Birte verhielt sich nicht so, wie man es von einer Polizistin erwartete.

Birte tippte auf das Bild. »Kennen Sie diesen Jungen hier?«, fragte sie.

»Allerdings.« Die Alte räusperte sich wieder. »Das ist ihr Bruder – ich meine, ihr Pflegebruder. Das andere sind ihre Pflegeeltern. Er kommt manchmal vorbei, und irgendwie glaubt er wohl, dass sie ein Paar sind, Frau Engels und er. Wenn es mit ihrer Schwester zu viel wird, ruft sie ihn um Hilfe.«

Verlegen, als hätte sie etwas Falsches gesagt, starrte die alte Frau

Birte an. Lepper – wieso hatten sie sich über ihn nie Gedanken gemacht?

»Stimmt etwas nicht?«, fragte die Frau unsicher.

Birte lächelte. »Nein, es ist alles in Ordnung. Mein Besuch war auch nur Routine. Ich würde mir nur noch kurz die Hände waschen. Dann gehe ich wieder.«

Die alte Frau nickte erleichtert. »Ich wäre dankbar, wenn Sie nicht erwähnen würden, dass ich mir hier Kaffee mache ... aber ich habe nur eine kleine Rente ...«

»Kein Problem.« Birte wand sich an ihr vorbei. Das Bad war hell, mit einer altertümlichen Badewanne mit Messingfüßen und einer modernen Dusche. Ein CD-Player stand neben Handtüchern im Regal. Ein Wasserglas, in dem eine Zahnbürste stand, griff Birte sich mit einem Papiertaschentuch und steckte es, darin eingewickelt, ein. Wenn sie Glück hatten, würde noch ein schöner deutlicher Fingerabdruck darauf kleben.

Die Information über Lepper verwirrte sie. Er war der heimliche Beistand gegen ihre Schwester? Hatten die Zwillinge sich im Kampf gefunden – die Brave gegen die Verrückte, die Analystin gegen die Hure? Es war offensichtlich, dass Eva mindestens zweimal in die Rolle ihrer Schwester geschlüpft war, um sie unmöglich zu machen – und sie hatte sogar Erfolg damit gehabt. Regina Engels hatte wegen ihrer Schwester den Job verloren, und sie hatte sich nicht dagegen gewehrt und die Wahrheit ans Tageslicht gebracht. Wie hatte Eva das angestellt – ein überraschender Besuch in Frankfurt, ein paar K.-o.-Tropfen in einem Willkommensdrink, und am nächsten Tag zog sie als ihre Schwester los und versuchte, einen Bankvorstand zu verführen? Der Gedanke war abenteuerlich, aber nicht ausgeschlossen.

Als sie das Bad verließ, lächelte Birte Jessen der alten Nachbarin verschwörerisch zu.

»Behalten wir doch auch meinen Besuch für uns«, sagte sie leise. »Sie kochen sich hier weiter Ihren Kaffee und baden, und ich bin gar nicht da gewesen.«

Verständnislos schaute die Frau sie an. Dann nickte sie erleichtert.

»Frau Engels ist ein guter Mensch«, sagte sie, als Birte schon im Treppenhaus war.

Jan ging nicht an sein Mobiltelefon. Sie sprach drei Sätze über Lepper und das Glas, das sie aus der Wohnung mitgenommen hatte, auf seine Mailbox. Dann rief sie Nele im Präsidium an.

»Fitschen ist nun sicher, dass ihr ein Verhältnis habt, du und Jan«, sagte Nele lachend. »Wie könnte es sonst sein, dass ihr beide zugleich krank seid und euch den großen Triumph entgehen lasst, die Aufklärung eines solchen Falles zu verkünden? Wird ein paar schöne Gerüchte geben – und Hinrichs war auch nicht erfreut«, fügte sie spöttisch hinzu.

»Ich glaube nicht, dass der Fall aufgeklärt ist«, sagte Birte. Die Bemerkung über Hinrichs ärgerte sie. Wusste man im Präsidium doch Bescheid über sie und ihn? »Wir brauchen Informationen über Michael Lepper. Er ist der Pflegebruder von Regina Engels. Oder wusste das jemand?«

»Nein«, erwiderte Nele. »Metzler ist übrigens gestorben. Hat wohl Glück gehabt, dass er nicht mehr wach geworden ist.«

28.

Schiller blickte ihr nach, wie sie die Promenade hinunterging. Sie bewegte sich graziös, aber auch so, als wüsste sie, dass stets irgendwelche Blicke auf sie gerichtet waren. Beinahe war er versucht, ihr nachzulaufen und ihr zu sagen, dass er sie angelogen hatte. Metzler war tot – sie hatte nichts mehr zu befürchten, aber es konnte doch gar nicht sein, dass Regina Engels Schuld auf sich geladen hatte. Brasch musste sich irren. Diese Frau da war keine Borderline-Patientin.

Dann sah er, wie sie hektisch ein Handy hervorzog und zu telefonieren begann.

Schiller ging ihr nach. Auf der Rheinuferstraße stoppte Regina Engels ein Taxi, das vorbeifuhr, und stieg ein. Die Eile war ihr anzumerken. Offenbar hatte seine Nachricht von Metzler sie doch aufgeschreckt.

Schiller merkte sich die Nummer des Wagens und rief Nele im Präsidium an, doch ihr Anschluss war besetzt. Dann sah er, dass er eine Nachricht empfangen hatte, die er nicht bemerkt hatte, weil er sein Telefon stumm geschaltet hatte. Birte berichtete von Lepper und dass sie in der Wohnung von Regina Engels ein Glas mit Fingerabdrücken sichergestellt hatte. Wie nur hatte Birte es geschafft, in die Wohnung zu gelangen? Lepper als Lover und Pflegebruder, das war wirklich eine Überraschung.

Als er in die Tiefgarage zu seinem Wagen ging, klingelte plötzlich ein Mobiltelefon in einem Fanfarenstoß. Unwillkürlich blickte er sich um, doch nur unten am Wasser liefen ein paar Passanten entlang. Das Telefon stieß erneut eine Fanfare aus. Erst dann bemerkte er, dass das Geräusch aus seiner Jackentasche kam. Er tastete danach und holte ein supermodernes Handy hervor. Als er das Gespräch annahm, wurde sofort aufgelegt. Regina Engels hatte ihm ein Telefon in die Tasche gesteckt – anders konnte es nicht sein.

Er untersuchte die einzelnen Funktionen. Nachrichten gab es keine – weder im Ausgang noch im Eingang. Auch das Telefonbuch war leer. Was sollte das alles? Dann, als er an seinem Wagen angekommen war, begriff er, dass es eine Videofunktion gab. Frank hatte auch so ein Handy. Manchmal nahm er Stammgäste auf und machte dann Abzüge von einzelnen, meist recht unscharfen Bildern. Das war seine Art kölscher Humor.

Auf dem winzigen Display tauchte ein einzelnes Zimmer auf. Ein Bett mit roter Wäsche, ein blonde Frau lag da, schlafend oder tot. Plötzlich waren Schritte zu hören. Eine undeutliche Stimme. Einen Ton gab es also auch. Metzler kam ins Bild. Er blickte sich um, er war bleich, selbst auf dem winzigen Bildschirm sah er krank aus. Er trug Handschuhe und wirkte gehetzt. Er zögerte. Er beugte sich über die blonde Frau, griff nach ihrer Hand. Schob er ihr etwas zu? Wieder zögerte er. Dann zog er eine Waffe hervor. Seine Hand machte eine heftige ruckhafte Bewegung gegen die Schläfe der Frau. Eine Sekunde später schoss er.

Schiller spürte, wie er zusammenzuckte und ihm die Knie weich wurden.

Ja, tatsächlich, Metzler hatte geschossen. Die blonde Frau zuckte zusammen. Im nächsten Moment schrie jemand. Eine andere Frau – eindeutig. Die Kamera näherte sich Metzler. Er riss die Augen auf, Schweiß stand ihm auf der Stirn. Die Frau schrie weiter, doch irgendwo war da auch eine zweite Männerstimme.

»Du hast die Falsche erschossen«, sagte die Stimme.

Metzler, aschfahl vor Entsetzen, öffnete den Mund, doch kein Laut kam über seine Lippen. Er wandte sich zu der toten Frau um, eine Sekunde später sprang er nach vorn, auf die Kamera zu. Das Bild wackelte, dann fiel die Kamera zu Boden, ein Bein wischte vorbei, das Bett, die tote Frau mit leeren gebrochenen Augen.

»Ihr Schweine!«, schrie Metzler. Eine Sekunde später brach die Aufnahme ab.

Schiller wischte sich über das Gesicht. Sein Herz raste in seiner Brust. Diese Bilder bewiesen es. Metzler hatte seine Geliebte erschossen, aber er hatte gedacht, dass es Regina Engels sei. Man hatte ihn in eine Falle gelockt. Hatte die Männerstimme Lepper gehört, und warum hatte Regina Engels ihm das Handy zugespielt?

Plötzlich wurde ihm flau, sein Magen drohte zu rebellieren. Er hatte soeben einen Mord gesehen. Ein Mann hatte eine Frau erschossen, die er für ihre Zwillingsschwester gehalten hatte. Birte und er hatten mit ihrer Vermutung recht gehabt, und gleichzeitig hatten sie vollkommen falschgelegen. Eva Engels hatte ihre Schwester in einen Hinterhalt locken wollen und war darin umgekommen.

Schiller zog ein Papiertaschentuch hervor, um vielleicht noch ein paar Fingerabdrücke an dem Handy zu sichern, als er bemerkte, dass es noch ein zweites Video gab.

Metzler tauchte wieder auf, diesmal in einer schwarzen Lederjacke, mit wirren Haaren.

»Zieh ihn hoch!«, sagte eine harte Stimme, die Lepper gehörte. Der Lauf einer Waffe kam kurz ins Bild. Sie wurde aber gleich wieder zurückgezogen. Atemlos beobachtete Schiller, wie Metzler den offensichtlich bewusstlosen Tom Hinzen an einem Seil hochhievte. Er wimmerte dabei, wie ein kleines Kind. »Es ist nicht deine Schuld«, sagte die Stimme. »Der Tanzlehrer hat uns nachgeschnüffelt. Er hat herausgefunden, was du vorhattest – und nun will er Regina erpressen, weil er sie für Eva hält.« Dann brach die Aufnahme ab. Sie hatte nicht mehr als fünfzehn Sekunden gedauert. Das letzte Bild zeigte den wimmernden Metzler, der kraftlos an einem Seil zerrte. Hinzen war nicht wirklich ins Bild gekommen, aber es war eindeutig, dass es sich um ihn handelte.

Ein Doppelmord, doch beim zweiten Mal war Metzler nur noch Befehlsempfänger gewesen. Hinzen war auf der falschen Spur gewesen, aber das hatte schon gereicht, dass Lepper ihn für gefährlich gehalten hatte – und er hatte ja jemanden, dem er einen Mord befehlen konnte.

Schiller wickelte das Gerät in das Papiertaschentuch. Schweiß war ihm ausgebrochen. Sein Herz raste noch immer.

Als er den Wagen startete, klingelte wieder ein Telefon – diesmal sein eigenes. Er sah die Nummer seiner Wohnung aufleuchten.

»Hagen hat mir erzählt, dass du fast gestorben wärest«, sagte Carla. Ihr Tonfall war nüchtern, ohne Mitgefühl, aber immerhin hatte sie ihn angerufen. »Das habe ich so nicht gewusst«, fuhr sie fort. »Aber was ist mit dieser blonden Frau?«

Sie ist die schönste, seltsamste Frau, der ich jemals begegnet bin, hätte er beinahe geantwortet, doch dann fasste er sich.

»Wir wussten nicht, wer sie in Wahrheit ist – irgendwie kamen

Birte und ich auf die Idee, sie könnte ihre eigene Schwester sein. Verstehst du, was ich meine? Der eine Zwilling bringt den anderen um, weil er dessen Stelle einnehmen will.«

Carla lachte leise. »Eine ziemlich verrückte Idee«, sagte sie. »Kannst du kommen? Jetzt gleich?«

Schiller startete den Wagen. »Ja«, sagte er zögernd.

Im nächsten Moment stieß das andere Handy eine schrille Fanfare aus.

»Entschuldige mich kurz«, sagte er zu Carla und zog das zweite Telefon hervor. Er hörte eine Frau schreien, dann eine Männerstimme, die brüllte: »Du Schlampe, warum hast du dich mit diesem Bullen getroffen?« Ein zweiter Schrei erklang, noch lauter als der erste, dann war ein Schlag zu vernehmen. Einen Moment später brach die Verbindung ab.

»Jan«, rief Carla auf dem anderen Telefon. »Was war das für ein Schrei?«

»Ich rufe dich später wieder an«, sagte er und gab Gas.

Wo sollte er Regina Engels suchen? In der Wohnung ihrer Schwester? Nein, aber wo sonst? Mühsam versuchte er seine Gedanken zu ordnen, während er auf die Rheinuferstraße einbog. Hatte Regina ihm das Handy zugespielt, weil sie meinte, dass ein erwachter Metzler, der bei klarem Verstand war, ohnehin die Wahrheit gesagt hätte? Schiller konnte sich keinen Reim auf ihr Verhalten machen. Und wie hatte sie es fertigbringen können, bei ihrer Schwester einzuziehen, wo sie Zeugin ihres Todes geworden war? Hatte Lepper sie dazu gezwungen, damit die beiden immer wussten, wie der Stand der Ermittlungen war?

Schiller griff nach seinem Telefon, um Nele anzurufen, als auf dem anderen Handy eine SMS einging.

»Sie haben etwas, das mir gehört. Geben Sie es zurück, oder ich töte R. Sie stirbt auch, wenn nur der Verdacht besteht, Sie könnten die Bilder kopiert haben oder Ihre Kollegen hinzuziehen.«

29.

Im Radio brachte man bereits die Nachrichten von Metzlers Tod. Die Aufklärung des Hurenmordes kam als letzte Meldung vor dem Wetterbericht, aber immerhin. Vermutlich hatte Hinrichs alles aufgeboten, um ihren angeblichen Erfolg in die Welt hinauszutragen. Doch obwohl sie das Radio laut aufgedreht und das Seitenfenster heruntergefahren hatte, fielen Birte immer wieder die Augen zu, während sie auf dem Weg zurück nach Köln war. Es herrschte dichter Verkehr, Lastwagen reihte sich an Lastwagen, von denen einer oft überraschend auf die mittlere Spur ausscherte. Ihre Erschöpfung war so tief, dass ein paar Stunden Schlaf bei Weitem nicht ausgereicht hätten. Kurz vor Köln fuhr sie auf einen Parkplatz. Als ihr Telefon zweimal kurz hintereinander klingelte, nahm sie nicht ab, sondern stellte es auf stumm.

Sie schloss die Augen und lehnte sich zurück. Hatte Eva Engels wirklich versucht, in die Haut ihrer Schwester zu schlüpfen? Ein verlockender Gedanke, eine andere zu werden – eine Art von Wiedergeburt. So ähnlich war es ihr ergangen, als sie Martin begegnet war. Sie hatte geglaubt, St. Pauli wie ihre Westentasche zu kennen, die Einsätze bei Nacht, unfreundliche Huren, enttäuschte Frauen, betrunkene Freier, die buchstäblich einen auf dicke Hose machten, in Wahrheit aber nur kleine, allerdings durchaus gefährliche Wichte waren. Ohne Alkohol und Drogen ging auf St. Pauli eigentlich gar nichts, und dann inmitten dieses Durcheinanders die Werkstatt eines Geigenbauers, der mit seiner Arbeit und der Musik, die ihn umgab, so lebte, als wäre er auf einer Insel. Niemals wieder würde sie so eine Reinheit spüren – das wusste Birte ganz sicher, eine Liebe, die keine Forderungen und Falschheiten barg. Martin war äußerlich eine bleiche, unscheinbare Gestalt gewesen, aber wenn man nur eine Stunde in seiner Gegenwart gewesen war, hatte man die Aura gespürt, die ihn umgab.

Trauer überkam sie – seinen Tod würde sie nie verwinden, schon gar nicht, wenn sie sich weiter auf Schwätzer und Angeber wie Hinrichs einließ. Sie dachte an die Musik, die Martin gespielt hatte, wenn er eine neue Geige stimmte. Manchmal gelang es ihr, sie im Geiste zu hören, das »Air« von Bach, nun aber hörte sie nichts, nur ihre eigenen müden Atemzüge und das Rauschen der Autos, die fünfzig Meter von ihr entfernt vorbeijagten. Ein irrsinniges Wettrennen, an dem sie auch gleich wieder teilnehmen würde. Sie musste zu seinem Grab fahren, so bald wie möglich, aber vorher würden Jan und sie herausfinden, ob Eva Engels wirklich ihre Schwester getötet hatte. Die Spuren an dem Glas, das sie aus Frankfurt mitgebracht hatte, würden ihnen hoffentlich weiterhelfen. Dann würde sie kündigen, ja, ihr Entschluss stand plötzlich fest, obwohl sie mit Jan mittlerweile ein gutes Team bildete, aber Köln war nichts für sie. Sie hätte nie aus Hamburg weggehen dürfen. Sie brauchte den Blick auf den Hafen, den Wind, der von der Elbe herüberwehte, und die Möglichkeit, an Martins Grab gehen zu können, wann immer sie wollte.

Birte startete den Wagen und bog wieder auf die Autobahn ein, dann nahm sie ihr Mobiltelefon hervor und rief Martha an. Martins Mutter war sofort am Apparat, als hätte sie auf einen erlösenden Anruf gewartet. Sie klang krank und atemlos.

»Der Arzt hat mir neue Tabletten verschrieben«, begann sie ihr übliches Lamento. »Gegen das Herzrasen.« Seit dem Tod ihres Sohnes hatte sie sich in Krankheiten geflüchtet.

Birte ging nicht auf ihre Worte ein. »Kann ich für einige Zeit bei dir einziehen?«, fragte sie stattdessen. »Ich habe mich entschlossen zurückzukommen.«

Ein Geräusch erschreckte sie. Begann Martha zu weinen? Nein, es war ein Seufzer der Erleichterung.

»Sofort«, flüsterte Martins Mutter. »Ich beziehe das Bett, lege Handtücher zurecht. Du kannst in dieser Minute kommen.«

Birte musste lächeln. »Ein paar Tage wird es wohl noch dauern. Ich muss hier noch einige Dinge regeln.«

Wortreich fing Martha an zu erklären, was sie in der Wohnung alles ändern würde, doch dann, als sie über Martin und das Grab sprechen wollte, das sie sich in jeder Minute über eine geheime Kamera im Internet ansehen konnte, beendete Birte das Gespräch. Kaum hatte sie aufgelegt, kamen ihr Zweifel. Martha war nach Martins Tod eine andere geworden, es würde nicht einfach sein, mit ihr unter einem Dach zu leben.

Als sie die Spitzen des Doms schon vor sich sah, klingelte ihr Handy erneut.

»Ich brauche dich«, sagte Jan in einem hastigen, nervösen Tonfall. »Wo bist du? Du musst sofort kommen.«

30.

Schiller nahm sich ein paar Minuten, um nachzudenken. Würde Lepper wirklich Regina Engels umbringen, falls er das Handy nicht zurückbekam? Was sollte diese Drohung – als wäre diese Angelegenheit nur eine Sache zwischen ihnen beiden?

Mitten in dem Versuch, seine Gedanken zu ordnen, ging eine weitere SMS ein.

Eilig zog Schiller sein Handy hervor.

»Ebertplatz, am 11.4. um zweiundzwanzig Uhr. Vergiss es nicht!«

Therese, dachte er, niemand anderes als sie konnte dahinterstecken. Sie und ihre Leute versuchten wegen des eingestürzten Archivs, die ganze Stadt rebellisch zu machen.

Aber nun kam ihre Nachricht höchst ungelegen.

Er brauchte einen Plan. Sollte er Lepper zur Fahndung ausschreiben, auf die Gefahr, dass er Regina damit in höchste Gefahr brachte? Der Fall galt als aufgeklärt.

Außerdem hatte Lepper wahrscheinlich so gute Kontakte ins Präsidium, dass er es sofort erfahren würde, wenn eine größere Aktion startete.

Schiller fuhr ins Präsidium. Birte musste sofort zurückkommen, und Cremer und Nele würde er einweihen, niemanden sonst.

Als er auf den Parkplatz direkt vor dem Präsidium einbog, sah er Carla vor der Eingangstür stehen. Sie hatte einen schwarzen Mantel an und trug rote, leuchtende Schuhe, die er nicht kannte. Sie sah bleich und trotzdem sehr schön aus. Wind fuhr in ihr langes Haar. Für einen Moment war ihm, als hätte er sie schon ein paar Wochen nicht mehr gesehen, als wären sie schon Fremde. Er erschrak. Was wollte sie hier? Gestern Abend hatte sie ihn weggeschickt. Mit einem mulmigen Gefühl stieg er aus. Sie eilte sofort auf ihn zu.

»Ich muss wissen, ob du mit ihr geschlafen hast«, sagte sie mit einem Gesicht, das ihren Zorn und ihre Unsicherheit verriet.

»Carla«, sagte er. »Nein, ich habe nicht mit ihr geschlafen. Sie war eine Verdächtige und nun …« Er verstummte abrupt, weil

Hinrichs mit einem spöttischen Grinsen aus der Glastür trat und lässig herüberwinkte.

»Wieder gesund?«, rief er. »War wohl eine Wunderheilung!«

Schiller wandte sich ab.

»Wir müssen darüber reden – darüber und über vieles andere auch«, sagte Carla. »Am besten sofort!«

Schiller spürte, wie sein Handy vibrierte. Eine SMS war eingegangen. Eilig holte er es hervor. »Halten Sie sich bereit und lassen Sie Ihre Kollegen aus dem Spiel«, stand da. Lepper war nervös. Alles war ihm entglitten, und nun musste er seine eigene Pflegeschwester, die er vermutlich liebte, als Geisel nehmen. Schiller dachte daran, wie er ihn mit nacktem Oberkörper nachts in der Wohnung in Mülheim gesehen hatte. Was bekam man für Anstiftung zum Mord?

»Diese Frau«, verriet Schiller, obwohl er es eigentlich gar nicht wollte, »sie ist entführt worden – von dem Mann, der hinter den Morden steckt.«

Carla starrte ihn an. »Heute Abend um acht will ich mit dir reden. Sei bitte pünktlich.« Dann drehte sie sich um und lief zur Kalker Hauptstraße, wo in dieser Sekunde Birtes Alfa auftauchte.

Sie schlossen sich in ihrem Büro ein, was sie noch nie getan hatten, nicht einmal bei Verhören von Verdächtigen, die sie für gefährlich hielten.

Das Glas, das Birte aus Frankfurt mitgebracht hatte, hatte Nele in die Kriminaltechnik gebracht, aber Schiller wusste, dass es nicht mehr wirklich wichtig war.

Als Einziger schien Cremer nicht zu begreifen, welche Bedeutung ihre Besprechung hatte.

»Es hat nach der Pressekonferenz echten Applaus gegeben – habe ich noch nie erlebt. Morgen kriegt die Kölner Polizei richtig gute Schlagzeilen.«

»Ja«, sagte Schiller, »und übermorgen müssen wir unseren Irrtum erklären.« Er holte das Handy hervor und hielt es hoch. »Hier sind die Morde an Eva Engels und Tom Hinzen gefilmt.«

»Wo hast du das her?«, fragte Birte.

»Könnte es Metzlers Handy sein?«, fragte Nele. Cremer sagte nichts.

»Nein, wohl nicht.« Schiller spielte die beiden kurzen Videos ab. Der Schrei, den Regina Engels ausstieß, ging ihm wieder durch Mark und Bein.

»Aber wieso ...?«, stammelte Cremer entsetzt. »Was hat das alles zu bedeuten?«

»Regina Engels hat es mir zugesteckt. Ich habe sie angelogen und gesagt, Metzler sei erwacht und wolle aussagen. Vielleicht hat sie geglaubt, so die Wahrheit ans Tageslicht bringen zu müssen. Lepper und sie haben Metzler kaltblütig die falsche Frau ermorden lassen, und dann haben sie ihn dazu gebracht, Tom Hinzen zu töten, weil der zu viele Nachforschungen angestellt hatte und Regina erpressen wollte. Und nun droht Lepper, Regina Engels umzubringen, wenn er das Handy nicht zurückbekommt.«

»Aber das ist ... absurd«, stieß Cremer hervor. »Er kann doch nicht glauben, dass er damit durchkommt ...«

»Was er glaubt, spielt keine Rolle«, entgegnete Schiller. »Die Drohung kommt mir jedenfalls sehr glaubhaft vor.«

Nele blickte auf ein Blatt Papier, das sie in der Hand gehalten hatte. »Ich habe ein wenig recherchiert, nachdem Birte mich angerufen hatte. Lepper ist tatsächlich der Pflegebruder von Regina Engels. Sie haben mehr als zehn Jahre bei der Familie Vogel gelebt. Ich habe auch mit der Schwester der Pflegemutter gesprochen, die nun im Haus der Vogels wohnt. Lepper war so etwas wie der Beschützer seiner Schwester, aber vielleicht noch ein wenig mehr. Zudem gibt es eine Anzeige wegen Belästigung gegen ihn, ist zwei Jahre her, und ratet mal, von wem die stammt?«

»Von Regina Engels«, sagte Schiller.

Nele schüttelte den Kopf. »Von Eva Engels. Sie hat ihn angezeigt, aber die Sache ist nicht groß verfolgt worden. Angeblich hat er sie im Pascha aufgesucht und sie belästigt. Lepper hatte einen guten Anwalt. Außerdem kennt er als Journalist auch ein paar Leute bei der Staatsanwaltschaft.«

»Wo wohnt Lepper? Wissen wir, mit wem er zusammenarbeitet?«, fragte Schiller.

»Er hat ein Pressebüro in der Südstadt – Mainzer Straße. Zuletzt hat er mit einem Forensiker aus Berlin ein Buch über ungeklärte Todesfälle geschrieben. War sogar ein kleiner Bestseller. Ein echter Kenner also«, erwiderte Nele.

»Wir müssen in seine Wohnung«, sagte Schiller. »Vielleicht finden wir da etwas, das uns weiterhilft.«

»Heißt das, wir beantragen einen Durchsuchungsbeschluss?«, fragte Cremer.

»Nein«, sagte Schiller. »Das heißt es garantiert nicht. Birte wird schon einen Weg finden, in die Wohnung zu gelangen.« Er sah sie an. »Da ist sie ja Expertin, nicht wahr?«

»Du bist verrückt«, sagte Birte, während sie Richtung Südstadt fuhren. »Wir sollten eine Großfahndung herausgeben – statt hier auf eigene Faust zu arbeiten.«

»Ja«, sagte Schiller, »das sollten wir tun, wenn wir das halbe Präsidium aufschrecken und Regina Engels umbringen wollen.«

»Hast du mit ihr geschlafen?« Birte raste die Rheinuferstraße entlang.

Schiller lächelte matt. »Merkwürdig – das hat mich Carla vor einer Stunde auch gefragt.« Mehr sagte er nicht.

Das Haus Nummer siebzehn war das Einzige in der Straße, das absolut heruntergekommen wirkte. Eine braune hässliche Fassade, an der der Putz bereits abplatzte. Birte parkte in einer Einfahrt. Wie üblich war in der Südstadt nirgendwo eine Parklücke zu finden. Leppers Name stand nicht am Klingelbrett. Während Schiller einen Moment irritiert war, deutete Birte zu einem Hinterhof. Vorbei an Fahrrädern und Mülltonnen, die überquollen, zwängten sie sich einen schmalen Weg entlang. Das Mietshaus hatte einen Anbau – einstöckig, mit einem Flachdach und noch ein paar Nuancen hässlicher. Das Schild neben einer Glastür war gut zu lesen. »Text-Spirit – Michael Lepper«, stand da.

Schiller trat an die Glastür und blickte hinein. Man konnte in ein recht gewöhnliches Büro blicken: ein Schreibtisch mit Computer, davor zwei unauffällige Plastikstühle. Im Hintergrund Regale mit Büchern und Ordnern. Das einzige Auffällige war ein großer Bildschirm an der Wand, auf dem bunt schillernde Fische hin- und herschwammen. Schiller pochte an die Tür, doch niemand öffnete. An der Tür klebte ein Plakat, das auf das Buch des Forensikers hinwies, von dem Nele gesprochen hatte.

»Hast du gedacht, er sitzt hier mit deiner Freundin und wartet auf uns?«, sagte Birte verächtlich.

Schiller schaute sie stumm und vorwurfsvoll an. »Hör damit auf – sie ist nicht meine Freundin!«

Über eine schmale ungepflegte Rasenfläche gingen sie um das Gebäude herum. Zwei Fenster wiesen auf eine winzige Terrasse hinaus, auf der verloren zwei Holzstühle standen, die so wackelig aussahen, dass man sich besser nicht auf sie setzte. An einer grauen Betonmauer, die das Grundstück begrenzte, gab es eine Feuerstelle. Schiller beugte sich hinunter. Hatte Lepper hier erst kürzlich etwas verbrannt? Er nahm einen halb verkohlten Stock und stocherte in der Asche. Zeitungsreste waren auszumachen, mehr aber nicht.

»Und nun?«, fragte Birte.

Schiller nahm einen Holzstock und schritt auf die Fenster zu – alte Holzfenster, an denen der Lack abplatzte.

»Wir müssen da rein – irgendwie«, sagte Schiller. Er drückte gegen ein Fenster, und es kippte tatsächlich ein Stück auf. Lepper hatte es nicht richtig geschlossen.

Schiller lächelte. »Nun brauchen wir nur noch ein Stück Draht, und wir ziehen den Hebel hoch.« Er wandte sich wieder der Feuerstelle zu.

»Ich habe stark den Eindruck, dass du demnächst mit deinem Freund Brasch gemeinsam eine Detektei betreiben willst«, sagte Birte. »Fitschen wird uns rauswerfen.«

»Dann hast du ja einen guten Grund, wieder nach Hamburg zurückzugehen«, erwiderte Schiller. Neben der Feuerstelle hatte er ein Stück Band gefunden, zerfasert und brüchig, doch damit konnten sie es immerhin versuchen. »Aber das ist eine gute Idee. Am besten rufen wir Brasch an – wenn wir Schwierigkeiten bekommen, sagen wir, er hätte das Fenster geöffnet. Ich habe ihn zum Tangotanzen gebracht und ihm eine Geliebte verschafft – da ist er mir mindestens zehn Gefallen schuldig.«

Für einen Einbruchsversuch war das Gelände ideal. Von den Balkons im Hinterhof konnte man die beiden Fenster des Flachbaus nicht einsehen, und auf der anderen Seite standen zwei ausladende Kastanien und verdeckten die Sicht.

»Ich hebe dich hoch«, sagte Schiller, »und du wirfst dann das Band um den Hebel und ziehst ihn hoch. Lass es bloß nicht fallen.«

Birte war noch leichter, als er gedacht hatte. Sie brauchte drei

Versuche, dann hatte sie es geschafft. Also war sie auch für so etwas zu gebrauchen.

»Lepper hätte vorsichtiger sein müssen«, meinte Schiller, während er das Fenster öffnete.

Birte sagte nichts. Ihr Unwille war ihr ins Gesicht geschrieben.

»Denk an das Video«, sagte Schiller. »Eva Engels und Tom Hinzen sind kaltblütig ermordet worden – und der Mann, der dafür verantwortlich ist, läuft herum und bedroht unsere wichtigste Zeugin.«

Das Zimmer, in das sie einstiegen, war ein Schlafzimmer. Überraschenderweise schien Lepper eher der pedantische Typ zu sein. Ein Holzbett stand mitten im Raum, der ungewöhnlich groß war. Darüber ein Foto, das ihn mit Regina Engels zeigte. Sie schob ein Fahrrad, hinter ihr ein blaues sonniges Meer. Er hatte eine Hand sanft um ihre Taille gelegt, während sie reserviert und ein wenig steif dastand. Das Bett war gemacht. Auf einem Glastisch vor dem Fenster befand sich ein Fernseher. Eine Wand wurde von einem alten restaurierten Eichenschrank eingenommen. Rechts und links neben dem Bett waren auf zwei Holzhockern Kerzen aufgestellt.

»Er hat alles frisch bezogen«, sagte Birte. »Als hätte er sich für Damenbesuch bereit gemacht.«

Schiller nickte. Ja, genau so sah es aus. Und wer diese Dame war, die er erwartet hatte, war eindeutig.

Während sie in das nächste Zimmer gingen, klingelte Schillers Handy.

Cremer war am Apparat. Er war ins Pascha gefahren.

»Hier erinnert man sich noch an Lepper«, sagte er. »Er ist aber nur gekommen, um Eva Engels zu beglücken. Als sie weg war, hat er sich nicht mehr blicken lassen.«

Schiller nickte. Weil er an Regina nicht richtig herankam, hat er mit der Schwester geschlafen – auch wenn das etwas ganz anderes war.

»Sie hat ihn als ekelhaft empfunden. Das haben mir zwei Mädchen erzählt, die sich noch genau erinnern können. Wahrscheinlich hat Eva auch den Streit vom Zaun gebrochen, um ihn loszuwerden.«

»Ja, wahrscheinlich«, sagte Schiller. Er unterbrach die Verbindung, weil eine SMS eingegangen war.

»22 Uhr – an der Südbrücke«, stand da. »Kommen Sie allein mit dem Boot.«

Schiller zeigte Birte das Display. Sie machte ein ernstes Gesicht und nickte. Über einen engen Flur warfen sie einen Blick in eine winzige Küche, die gleichfalls sehr aufgeräumt war. Der letzte Raum war eine Art Wohnzimmer. Auf einem Tisch standen in einer gläsernen Vase Blumen – ein riesiger Strauß roter Rosen. Ein Fotoalbum lag auf dem Tisch, das Schiller sofort aufblätterte, und da sah er die Familie Vogel mit ihren beiden Pflegekindern. Es begann mit einem Reigen von Urlaubsfotos. Italien vermutlich. Regina Engels hatte auch als Zwölfjährige wunderschön ausgesehen, Lepper hingegen machte einen verschlagenen Eindruck. Es folgten Bilder von Weihnachten und Geburtstagen. Auf allen Fotos schien Lepper mehr Regina im Auge zu haben, als in die Kamera zu blicken. Die Vogels selbst waren biedere Leute – sie eine blond gelockte Frau mit Glubschaugen, er ein wesentlich älterer, freundlicher Herr mit schütterem, bereits ergrautem Haar.

»Er bewacht sie«, sagte Birte und deutete auf den jungen Lepper. »Ich kenne diesen Typ Mann – sie nehmen dir die Luft zum Atmen, verfolgen dich auf Schritt und Tritt und halten das für Liebe. Widerlich.«

Schiller nickte. Vermutlich dachte Birte an Hinrichs. Er sah sich weiter um. Konnten sie hier einen Anhaltspunkt dafür finden, was Lepper mit Regina Engels vorhatte? Er öffnete einen alten Schrank, aber da fanden sich lediglich Gläser und Porzellan, das alt und überraschend geschmackvoll wirkte. Vielleicht Erbstücke der Vogels.

Birtes Telefon klingelte. Sie ging sofort an den Apparat und nickte. »Danke, Nele«, sagte sie. »Das ging ja schnell.« Sie steckte ihr Handy ein und blickte Schiller an. »Das Glas aus Frankfurt – sie haben einen schönen Abdruck genommen. Nun vergrößern sie noch eine Aufnahme von der Hand der Toten. In einer Stunde wissen wir mehr, wenn die Vergrößerung etwas hergibt.«

»Kann nicht schaden«, sagte Schiller, »aber eigentlich kennen wir das Ergebnis schon.« Er blickte sich in dem Zimmer um. »Wenn wir nicht mehr über Lepper herausfinden können, bleibt mir also nur, heute Abend mit dem Boot zur Südbrücke zu fahren.«

31.

Cremer meldete sich krank. Er habe sich auf der Rückfahrt von Bonn, wo er die Pflegetante von Regina Engels besucht hatte, erbrechen müssen, erklärte er, irgendein Virus, der ihm schon seit Tagen zu schaffen mache. Birte wusste, dass er log. Sie spielten mit dem Feuer und gefährdeten ihre Karriere, wenn sie diese Sache allein durchzogen.

Jan wischte alle Einwände beiseite. »Soll Cremer, der Feigling, sich ins Bett legen und sich die Decke über den Kopf ziehen. Ich rufe Brasch an – Matthias wird kommen. Er hat ohnehin mehr drauf als Bert.«

Sie hatten einen Plan gemacht, oder nein, konnten gestandene Polizisten so etwas einen Plan nennen? Ein Mikro plus Verkabelung für Schiller und Birte, das er auf inoffiziellen Wegen organisiert hatte. Nele sollte im Präsidium am Telefon bleiben und gegebenenfalls eine Großfahndung ausrufen und leiten. Dazu hatten sie zwei Motorräder besorgt, die eigentlich Cremer und Birte fahren sollten, keine auffälligen Polizeimaschinen, sondern gewöhnliche BMW von einem Händler, den Jan kannte. Wenn Jan sein Boot bereithalten und zur Südbrücke kommen sollte, musste das bedeuten, dass er den Rhein hinauf- oder hinunterfahren würde, da würden sie ihm mit Motorrädern leichter und unauffälliger folgen können. Nun würde Brasch eines der Motorräder fahren müssen. Birte erinnerte sich nicht, wann sie zuletzt auf einem solchen Ding gesessen hatte.

»Kann Brasch überhaupt Motorrad fahren?«, fragte sie.

»Klar«, erwiderte Jan, aber sie sah ihm an, dass er es nicht genau wusste.

Es war kurz vor neunzehn Uhr. Die Anspannung, die sie erfasst hatte, war mit Händen zu greifen. Es war keine Nachricht mehr eingegangen, und über Lepper hatten sie auch nichts Bedeutsames mehr herausgefunden. Beim Express, wo sie sich erkundigt hatten, hieß es lediglich, er sei ein hervorragender Journalist, aber ein Einzelgänger. Von Freunden oder gar einer Frau wusste man nichts.

In der Wohnung der Toten in Mülheim war, wie sie es erwartet hatten, niemand gewesen. Nach dem Besuch bei Lepper in der Südstadt waren sie dort vorbeigefahren.

Plötzlich stand Hinrichs in der Tür. Zum Glück hatten sie kurz zuvor wieder aufgeschlossen.

»Na, konspirative Sitzung?« Er schaute sich argwöhnisch um, bevor sein Blick Birte suchte.

»Wir planen unser Sommerfest – soll eine richtig runde Sache werden«, erwiderte Jan mit frostiger Stimme. Er stand auf und ging zur Tür. »Aber noch ist alles streng geheim, also sei so gut und lass uns weiter unsere Pläne schmieden. Damit die Kölner Polizei im Juli richtig feiern kann.«

Hinrichs rührte sich nicht. Er starrte weiter Birte ins Gesicht. »Verstehe immer noch nicht, warum ihr nicht bei der Pressekonferenz wart – war ein absoluter Erfolg«, sagte er leise. Dann wandte er sich Jan zu, der sich ihm bis auf einen Schritt genähert hatte. »Hatte bisher keine Ahnung, dass das Sommerfest dieses Jahr eure Sache ist.«

»Hat sich so ergeben«, entgegnete Jan. »Wir hatten einfach die besten Programmpunkte – auf Socken laufen und Reifen zerstechen, etwa. Vielleicht bauen wir auch noch einen Flohmarkt ein, wo man seine alten Schuhe verkaufen kann. Wird mächtig viel Spaß machen.«

Hinrichs' Mundwinkel zuckten. Birte bemerkte, wie er sich straffte. Am liebsten hätte er sich auf Jan gestürzt. Irgendwo war das leise Klingeln eines Handys zu hören – eine SMS war eingegangen.

»Was ist mit dieser Holzpuppe?«, fragte Hinrichs abrupt. »Habt ihr was von diesen Leuten gehört? Irgendein Gerücht sagt, dass es da in den nächsten Tagen eine geheime Versammlung geben soll.«

Jan zuckte mit den Schultern. »Nee, wir wissen von nichts. Aber eigentlich sind wir auch nicht dazu da, harmlose Spinner zu jagen, die eine zerstückelte Holzpuppe irgendwo ablegen. Und nun entschuldigst du uns bitte. Wir haben noch einen Programmpunkt zu klären, und dann müssen wir nach Hause. Unsere Lieben warten auf uns.« Er legte Hinrichs eine Hand auf die Brust und schob ihn zurück. Einen Moment wirkte Hinrichs irritiert, dann trat er tatsächlich den Rückzug an.

Jan schloss die Tür und stöhnte. »Ein echter Freund weniger

auf dieser Welt. Für mich wird Rainer keine gute Presse mehr machen.«

»Wir müssen aufpassen«, meinte Nele so zerknirscht, wie Birte sie noch nie erlebt hatte. »Er kann die ganze Aktion gefährden, wenn er hier herumlungert.«

»Vielleicht sollte Birte ihn zu einem geheimen Rendezvous irgendwo hinbestellen – am besten in irgendeinen Steinbruch in die hinterste Eifel.«

Birte stöhnte nur auf. Ihr drehte sich der Magen um, und irgendwo tief in sich spürte sie einen Fluchtimpuls. Aufstehen und wegrennen – was ging es sie an, dass Jan hier auf seine Art eine Frau retten wollte, in die er sich anscheinend verliebt hatte?

Was hätte Martin nun an meiner Stelle getan?, fragte sie sich. Die Antwort fiel nicht schwer: Er wäre geblieben. Das ist dein Team, hätte er gesagt, und du hast dich schon viel zu sehr auf die Sache eingelassen. Außerdem stimmte es wohl auch. Wenn eine große Polizeiaktion schiefginge, wäre Regina Engels in höchster Gefahr.

Schiller blickte auf sein Handy. Er lächelte. »Wieder diese Kopf-ab-Rebellen«, sagte er mit dem Blick auf das Display. »›Neue Uhrzeit morgen um Mitternacht, Kommando R.B.‹, schreibt mir ein guter Geist. Also bis dahin müssen wir unseren Fall gelöst haben. Sonst steigt diese schöne Kopf-ab-Party ohne uns.« Er tippte eine Nummer ein und lächelte Birte übertrieben fröhlich an. »Nun bereiten wir noch das Comeback des ehemaligen Hauptkommissars Matthias Brasch vor – das Honorar für den Abend übernehme ich höchstpersönlich. – Matthias«, sagte er in das Handy hinein, nachdem er eine Verbindung hatte. »Leg die Tanzschuhe beiseite, heute Abend kannst du mit einer BMW Tango tanzen.«

32.

»Ich habe noch eine Verabredung«, sagte Schiller. Es war kurz nach halb acht.

Mit größter Verwunderung sah Birte von ihrer Pizza auf, die sie sich von der Kalker Hauptstraße hatten kommen lassen. Auch Nele und Brasch, der vor zehn Minuten eingetroffen war, hielten kurz beim Essen inne und blickten überrascht auf. Brasch hatte sich rasiert und die Haare schneiden lassen. Er wirkte beinahe zehn Jahre jünger. Sylvie hatte ein Wunder bewirkt und einen neuen Menschen aus ihm gemacht.

»Das ist nicht dein Ernst«, sagte Birte. »Das ist einer deiner schlechten Scherze, nicht wahr? Kaffee trinken bei Frank und dann einen Mörder fangen! Deinetwegen hocken wir hier. Du hast uns diese verdammte Sache eingebrockt.«

Schiller nahm seine Jacke und streifte sie über. Er deutete auf seine Verkabelung. »Die Verbindung steht ja schon. Ihr ruft mich einfach, wenn Lepper sich vor der Zeit melden sollte. Wird er aber nicht tun. Um zehn bin ich an der Südbrücke.« Er öffnete die Tür.

»Jan Schiller!«, rief Birte. »Riesenarschloch der Kölner Polizei – du kannst jetzt nicht abhauen!«

»Ein Tipp noch: Ihr solltet mit euren Maschinen mal 'ne Runde um den Block fahren, damit nachher nichts schiefgeht«, sagte er. »Bis später!«

Er meinte zu hören, dass Brasch lauthals auflachte und Birte ihm wütend ihre Pizza hinterherwarf, die innen gegen die Tür klatschte. Für eine dröge Hamburgerin ein hübscher Wutausbruch! Unwillkürlich musste er lächeln, auch wenn ihm eigentlich nicht danach zumute war. Carla hatte auf absolute Pünktlichkeit bestanden. Er musste sich beeilen.

Carla hatte ihre schwarzen Haare hochgesteckt. Er sah ihren schönen Hals. Als könnte sie Gedanken lesen und wüsste genau, wie sehr Regina Engels ihn fasziniert hatte. Sie hatte zudem Lippenstift aufgetragen. Ihr schöner Mund wirkte noch sinnlicher. Sie trug ein langes schwarzes Kleid und ihre roten Schuhe.

»Ich wollte ins Bocallino gehen«, sagte sie. »Habe einen Tisch bestellt. Du hast doch Zeit?«

Diese Frage konnte nur ironisch gemeint sein. Trotzdem nickte er. Plötzlich zwickte ihn die Verkabelung.

»Unser Fall ...«, begann er.

Sie lächelte. »Diese schöne blonde Frau ... ich weiß. Aber das muss nun einen Moment warten. Die Kölner Polizei hat ja noch andere tüchtige Beamte – nicht nur den großartigen Hauptkommissar Jan Georg Schiller, der es liebt, immer im Dienst zu sein.«

Wortlos gingen sie die Treppe hinunter. In der Wohnung über ihnen hörten sie Hagen schief und schrecklich singen. Dann lachte er plötzlich keckernd los.

»Musst du eigentlich nicht nach Nizza zurück?«, fragte Schiller, während sie auf die Straße traten.

Der Italiener, zu dem sie früher häufiger gegangen waren, befand sich nur fünfzig Meter die Straße hinunter.

Carla lächelte. »Schön, dass du auch mal fragst, aber nein – ich muss mich um einen unserer Jungen kümmern. Hendrik hat sich ein Bein gebrochen – recht kompliziert.«

Es war zwanzig Uhr siebzehn, als sie an ihrem Tisch saßen.

Schiller spürte seine Unruhe. Im Präsidium hatte er den Coolen gemimt, aber nun begriff er, wie recht Birte hatte. Vielleicht war Regina Engels schon tot. Er tastete nach dem Handy mit den beiden Videos in seiner Tasche. Was für ein Wahnsinn! Steh auf und ruf eine Fahndung aus!, sagte eine Stimme in seinem Kopf. Stattdessen blieb er still sitzen und bestellte einen Kaffee. Carla nahm ein Glas Rotwein und ihren Lieblingssalat.

Sie blickte ihn über ihr Glas an, als sie ihm zuprostete, und ließ sich aufreizend lange Zeit.

Schiller hob seine Tasse. »Muss leider nachher noch kurz weg«, sagte er und bemühte sich, bedauernd zu klingen.

Was kam jetzt? Er zupfte an seiner Verkabelung herum. »Vielleicht war ich in letzter Zeit nicht so ganz bei der Sache ...«, begann er, nur um etwas zu sagen, eine Eröffnung zu finden.

Carlas Schweigen irritierte ihn. Der Zeiger der Uhr, die er gut im Blick hatte, war auf halb gesprungen. Wenn sie die ganze Geschichte der letzten Wochen durchgehen wollten, mussten sie allmählich anfangen. Plötzlich meinte er, eine Stimme in dem Ohrhörer zu hören, der ihm um den Hals hing, aber als er schon Anstalten machen wollte, ihn sich ins Ohr zu schieben, begann Carla.

»Ja, du warst wohl nicht so ganz bei der Sache. Du hast zum Beispiel nicht mitbekommen, dass ich seit drei Monaten mit einem Kollegen ein Verhältnis habe. Dabei habe ich es nicht mal richtig verheimlichen wollen. Aber du hast nichts mitgekriegt. Für einen professionellen Spurenleser eine schwache Leistung.«

Ein Schlag aufs Kinn hätte ihn nicht übler erwischen können. Er zuckte förmlich zurück. Die Verkabelung spannte sich.

»Wer – wer ist es?«, fragte er stammelnd.

»Er heißt Stefan, ein gut aussehender Langweiler, Sozialpädagoge – du kennst ihn nicht. Mit ihm habe ich heute Schluss gemacht. – Therese hat sofort gemerkt, dass etwas nicht stimmt. Sie ist zehnmal klüger als du.«

Therese – warum hatte sie nichts gesagt, verdammt? Eine SMS ging auf Leppers Handy ein, doch er wagte nicht, es hervorzuziehen.

»Ich wollte mit dem Feuer spielen«, fuhr Carla fort. Graziös kamen ihr diese Worte über die kirschroten Lippen. »Ich wollte mich ausprobieren, sehen, ob ich bei einem anderen Mann eine andere bin, nicht so unzufrieden und leblos, wie ich mich zuletzt bei dir gefühlt habe. Es hat nicht richtig geklappt. Man wird sich nicht so einfach los.« Sie lächelte wieder, doch diesmal voller Schmerz. »Das wirst du auch noch merken.«

Für einen winzigen Moment schoss Schiller ein Bild vor Augen – wie er Carla zum ersten Mal im Arm gehalten und wie sie ihm ihren Kopf auf die Schulter gelegt hatte. Ihr Parfüm hatte ihn umfangen, und er war schwindlig vor Glück gewesen. Wie lange war das her? Nur einen winzigen Moment und doch auch eine halbe Ewigkeit.

Er wusste schon, was sie weiter sagen würde, während der Kellner ihr den Salat hinstellte.

»Ich möchte, dass du ausziehst, Jan. Am besten noch in dieser Woche. Ich liebe dich nicht mehr.«

Jan Schiller sagte nichts. Der Zeiger der Uhr war auf neun gesprungen. Er hatte noch eine Stunde Zeit.

Als er aufstand und sich zu Carla vorbeugte, um sie zum Abschied auf die Wange zu küssen, hatte er das Gefühl, dass das heute nicht seine letzte Niederlage gewesen war.

Im Auto auf dem Weg zum Hafen wurde er auf einmal wütend. Der augenblickliche Schrecken, der ihn erfasst hatte, fiel mit einem Schlag von ihm ab. Wieso hatte Carla ihn eigentlich so vorwurfsvoll gefragt, ob er mit Regina Engels geschlafen hatte? Schließlich war sie die eigentliche Betrügerin, und nun war er angeblich schuld daran, dass es so weit gekommen war.

Im Ohrstecker hörte er Birtes Stimme.

»Bist du bereit?«, fragte sie, ebenfalls sehr vorwurfsvoll.

»Ja«, erwiderte er einsilbig. »Lassen Sie Ihre Kollegen aus dem Spiel«, hatte Lepper als Warnung noch geschrieben. Glaubte er wirklich, das Ganze sei eine Art Duell zwischen Schiller und ihm?

»Wo bist du? Es ist kurz vor halb zehn.«

»Auf dem Weg«, sagte er.

»Wir haben übrigens den Forensiker aufgetan, der mit Lepper das Buch geschrieben hat. Ihm hat er erzählt, seine Freundin sei Börsenanalystin. Er hat ihm sogar ein Bild von Regina Engels gezeigt. Interessant, nicht wahr?«

Schiller entgegnete nichts.

»Außerdem haben wir – ganz inoffiziell, versteht sich – die Bestätigung, dass es sich um Regina Engels handelt, die verschwunden ist. Schroeter und sein Team haben tatsächlich eine Vergrößerung der rechten Hand der Toten hingekriegt. Die Abdrücke sind auf keinen Fall identisch. So viel ist zu erkennen.«

»Na, dann sind wir ja einen Schritt weiter!« Er bog auf die Rheinuferstraße ein. Hatte er noch genug Sprit im Tank? Und hatte man sein Boot überhaupt an seinen Anlegeplatz zurückgebracht? Doch ja – Nele hatte sich in ihrer Umsicht danach erkundigt, um wirklich sicher zu sein.

»Schiller«, sagte Birte nun versöhnlicher, »was ist los?«

»Carla ... ich habe Carla getroffen ...« Dann brach er ab. Am liebsten hätte er nun auch Birte angeschrien. Was ist das Spiel, das ihr mit uns Männern treibt? Sie hat ein Verhältnis und macht mir Vorwürfe.

»Ja und?«, fragte Birte.

»Nichts«, sagte Schiller. »Ihr solltet jetzt losfahren. Ich bin gleich am Boot. Ich werde auf jeden Fall pünktlich an der Südbrücke sein. Ist ja nur ein kurzes Stück den Rhein hinauf.«

Er zog den Stecker aus dem Ohr und parkte den Wagen. Es war viel kälter, als er erwartet hatte, aber vielleicht war es auch etwas anderes – Überdruss, Müdigkeit, Zorn. Er musste sich auf diese Aufgabe konzentrieren. Alles andere spielte für den Moment keine Rolle mehr.

Die alte SBM 430 lag ordentlich an ihrem Platz. Vor ein paar Stunden noch hatte er sich vorgenommen, nie wieder auf den Rhein hinauszufahren. Als er das Boot starten wollte, ging wieder eine SMS ein.

»Änderung. Hafeneinfahrt Deutz.«

Schiller blickte sich um. Lepper musste ihn genau im Blick haben, dass nun diese Nachricht kam. Er konnte aber niemanden entdecken.

»Änderung – ich muss nun zur Hafeneinfahrt Deutz«, sagte er leise in sein Mikro.

»Alles klar«, erwiderte Birte. »Ganz blöd ist Lepper auch nicht.«

Schiller startete das Boot und glitt aus der Marina hinaus. Um zur Hafeneinfahrt zu gelangen, musste er lediglich den Fluss überqueren. Ihm war plötzlich mulmig zumute. Der Fluss war für ihn nicht mehr derselbe. Das Wasser hatte Metzler getötet und ihn beinahe auch. Langsam fuhr er zur Flussmitte. Der Dom ragte wunderbar erleuchtet in den Abend. Wenn die Wasserschutzpolizei ihn so erwischte, würde man ihn sofort aus dem Verkehr ziehen, aber auf dem Strom herrschte kein Verkehr. Das bedeutete auch, dass kein anderer Schiffer ihn melden konnte.

Die Fackel auf dem flachen Sandstück steuerbord bemerkte er sofort.

»Anlegen«, kam das Kommando per SMS.

»Ich muss anlegen, direkt an der Einfahrt«, flüsterte Schiller in das Mikrofon.

»Ich habe dich im Blick«, erwiderte Birte. Aber sie befand sich auf der anderen Seite. Bei normalem Verkehr würde sie mindestens sechs bis sieben Minuten brauchen – vorbei am Maritimhotel und über die Deutzer Brücke.

Schiller spürte, wie seine Anspannung stieg. Er war verrückt. Wenn Regina Engels etwas passierte, würde er sich auf ewig Vorwürfe machen. Auch sie hatte Schuld auf sich geladen, sie hatte nicht verhindert, dass ihre Schwester getötet worden war, aber nun war sie das Opfer. Da war er ganz sicher. Sie hatte ihm das Handy zugespielt, um alles ans Licht zu bringen.

Er setzte das Boot auf dem flachen Sandstück auf und sprang hinaus. Niemand war zu sehen, doch irgendwie wusste er genau, dass er beobachtet wurde. Er blickte sich um. Von der Deutzer Brücke in etwa hundert Metern Entfernung hatte man volle Sicht auf dieses abgelegene Sandstück. Hier gab es auf dem ganzen Areal kein einziges Haus – ein ganzes Stück weiter hinten wurde tagsüber Schrott verladen. Ansonsten wurde der Hafen kaum noch benutzt. Von ferne hallte das Geräusch der vorbeifahrenden Autos zu ihm herüber.

Wenn Lepper nun aus dem Gebüsch trat, könnte er ihn ohne Gefahr niederschießen und ihm das Handy abnehmen.

Schiller zog die Taschenlampe hervor, die er aus dem Dienstpassat mitgenommen hatte, und ließ sie über das Gelände gleiten, das von der Fackel nicht erhellt wurde. Dann bemerkte er den Plastikkorb, der hinter der Fackel stand – er war weiß und sah nagelneu aus. Lange konnte er noch nicht hier stehen.

Als er sich näherte und sich über den Korb beugte, sah er das weiße Blatt Papier, das an einem Stück Stoff, einem beigefarbenen Trenchcoat, klebte. »Ziehen Sie sich aus – bis auf die Unterhose. Dann drehen Sie sich einmal um die eigene Achse. Der Trenchcoat und die anderen Sachen sind für Sie. Ziehen Sie alles an! Dann fahren Sie weiter den Rhein hinauf. Beeilen Sie sich! Sie haben genau eine Minute Zeit.«

Schiller blickte sich um. Lepper musste ihn von der Brücke oder dem alten Lufthansagebäude am Ufer genau im Blick haben.

»Ich muss mich ausziehen«, sagte er in das Mikrofon. »Bis auf die Unterhose. Dann muss ich andere Sachen anziehen, die hier in einem Korb liegen. Einen grauen Pullover, Jeans und einen alten Trenchcoat.«

»Scheiße«, sagte Birte in seinem Ohr. Sie wussten beide, dass damit seine Verkabelung zum Teufel war. »Sollen wir das Ganze nicht abbrechen?«

»Wir haben noch das Handy«, sagte Schiller. »Ich soll weiter den Rhein hinunterfahren.«

Es war etwas anderes, allein, ohne Birtes Stimme im Ohr, im Boot unterwegs zu sein. Ihn fror in dem Pullover und dem dünnen Trenchcoat, aber wenigstens passte die Jeans. Um sich ein wenig vor der Kälte zu schützen, kauerte er sich hinter dem Lenkrad zusammen und fuhr sehr langsam. Ein einziger Lastkahn kam ihm entgegen, den konnte er jedoch in einiger Entfernung an sich vorbeiziehen lassen. War das Handy mit den Kurzvideos das alles wert? Zumal Lepper nicht wissen konnte, ob er die beiden Videos nicht einfach kopiert oder abgefilmt hatte. Was bezweckte Lepper damit?

Als sein Handy klingelte, zog Schiller es hervor. Seine Hände waren vor Kälte schon ganz steif.

»Werfen Sie Ihr Telefon ins Wasser«, sagte eine Männerstimme. »In einem hohen Bogen, sodass ich es sehen kann. Dann fahren Sie etwa hundert Meter weiter, halten sich backbord und warten, bis ein kleines Plastikboot auf Sie zukommt. Da legen Sie das andere Handy hinein. Wenn Sie das gemacht haben, stellen Sie sich aufrecht hin und halten Ihre Hände in die Höhe. Dann zählen Sie dabei laut bis sechzig. Verstanden?«

»Nein«, widersprach Schiller. »So läuft das nicht! Woher weiß ich, was mit Regina Engels ist?«

»Sie müssen mir vertrauen«, sagte die Stimme. Ein abgehacktes, nervöses Lachen folgte. »Ich tue es doch auch.« Eine Sekunde später brach die Verbindung ab.

Schiller blickte sich um. Wo befand er sich? Links neben ihm lag Niehl, das Cranachwäldchen. Kein schlechter Platz, um aus einem Versteck heraus den Fluss zu beobachten.

Die Hand weit weg gestreckt, wählte er Birtes Kurzwahl. »Niehl, am Cranachwäldchen«, zischte er. »Jetzt muss ich das Handy ins Wasser werfen.«

Er holte aus und schleuderte das Handy Richtung Fahrrinne ins Wasser. Es versank sofort.

Ein wenig später tauchte ein kleines Segelboot mit einem leisen Surren aus der Dunkelheit auf. Schiller versuchte herauszufinden, woher es gesteuert wurde, aber er konnte nichts erkennen. Lepper musste Geschick darin haben, so ein Boot zu steuern. Es hielt geradewegs auf ihn zu und ließ sich auch von den leichten Wellen nicht abtreiben. Er beugte sich vor und legte das Handy hinein. Als hätte Lepper alles genau im Blick und wollte ein bestätigendes Signal geben, surrte der Motor kurz auf. Dann drehte das Boot bei und wandte sich Richtung Ufer. Das Handy mit den Videos verschwand. Der eine Teil des Geschäfts war damit abgeschlossen, und nun? Hatten sie sich von Lepper aufs Kreuz legen lassen? Hoffentlich waren Birte und Brasch schon in der Nähe.

Schiller stellte sich breitbeinig ins Boot und hob die Hände. Der Wind fuhr durch seinen Mantel und ließ ihn zittern. Wie befohlen begann er laut zu zählen, doch immer heftiger wurde das Gefühl, dass etwas ganz und gar nicht stimmte. Wollte Lepper nur Zeit gewinnen? War Regina Engels vielleicht längst tot? Nein, Lepper liebte sie und würde ihr nichts antun. Wie auf dem Präsentierteller kam er sich vor. Er war bei fünfzig angekommen, als er plötzlich das Gefühl hatte, in Lebensgefahr zu schweben. Sein Herz begann zu rasen. Adrenalin rauschte durch seine Blutbahnen. An diesem Tag war nicht nur seine Liebe zu Carla zu Ende gegangen. Nein, gleich würde ihn eine Kugel treffen, genau zwischen die Augen, und alles wäre seine eigene Schuld, weil er wieder einen Fall gewissermaßen im Alleingang hatte lösen wollen.

Bei sechzig, während er mit ausgebreiteten Armen auf dem schwankenden Boot stand, traf ihn ein harter Schlag an der rechten Schulter. Die Wucht war so stark, dass es ihn herumriss und er über Bord in den eiskalten Fluss fiel. Das Letzte, an das er dachte, war Carla. Plötzlich hatte er sie vor Augen, ihr scheues, sanftes Lachen. Liebte er sie noch? Er wusste es nicht mehr.

33.

Sie hatten Jan genau vor Augen, wie er den Fluss kreuzte und auf die Deutzer Einfahrt zuhielt. Nachdem er jedoch wieder abgelegt hatte, verlor sich seine Spur im Dunkeln. Brasch deutete an, dass sie das Rheinufer hinunterfahren sollten. Immerhin wussten sie die Richtung. Birte fühlte sich auf der großen BMW unsicher – zumal sie einzelnen Passanten ausweichen mussten, die noch unterwegs waren. Zwei von ihnen rissen vor Empörung die Arme in die Höhe, ein dritter drohte mit der Polizei. Geschickt steuerte Brasch seine Maschine an ihnen vorbei. Birte hingegen geriet ins Schwitzen, vier Wochen hatte sie auf so einem Motorrad Streifendienst geleistet, das war allerdings eine halbe Ewigkeit her.

Sie kamen zu langsam voran. Da war sie sich ganz sicher. Durch den Rheinufertunnel wären sie wesentlich schneller gewesen, aber offenbar hatte Brasch Sorge gehabt, Jan hätte unterwegs noch einmal halt- oder gar kehrtmachen müssen. Am Dom scherte Brasch wieder vom Uferweg aus und fuhr langsam die Straße entlang.

Er deutete nach vorn und versuchte offenbar, sie mit dieser Geste zu beruhigen.

Während sie Nele immer wieder über Mikrofon ihre Position durchgab, spürte Birte, dass sie kurzatmiger wurde.

»Alles klar?«, fragte Nele.

Birte gab ihr keine Antwort.

Dann vibrierte ihr Handy in ihrer Tasche. Sie zog es mit der rechten Hand hervor, die nicht in einem Handschuh steckte, und schob es sich in den Helm.

»Niehl, am Cranachwäldchen«, hörte sie undeutlich Jans Stimme. Worte folgten, die sie nicht mehr verstehen konnte. Einen Moment später brach die Verbindung ab.

Brasch tauchte neben ihr auf.

»Niehl, Cranachwäldchen«, rief sie ihm zu. Er nickte, und im nächsten Moment machte seine Maschine einen Satz, und er dröhnte mit aufheulendem Motor die Straße hinunter. Birte hatte größte Mühe, ihm zu folgen.

»Soll ich euch Verstärkung schicken?«, fragte Nele unsicher.

»Nein, noch nicht«, antwortete Birte knapp. Sie konnte nicht mehr klar denken, nur noch reagieren.

Als die Straße einen Bogen machte, riss Brasch seine BMW herum und fuhr nach rechts auf den Fahrradweg. Mit halsbrecherischer Geschwindigkeit tauchte er in die Dunkelheit ein. Nur sein Rücklicht leuchtete. Birte musste all ihre Kräfte aufbringen, um ihm zu folgen. Sie schwitzte immer heftiger und verfluchte Jan. Großer Gott – in was für Situationen brachte er sie immer wieder! Auf geliehenen Motorrädern verfolgten eine Polizistin, die kaum Ortskenntnisse hatte, und ein Privatdetektiv einen anderen Polizisten, der sich auf ein Himmelfahrtskommando eingelassen hatte. Immerhin hatte Brasch das Fernlicht eingeschaltet, und hier am Rheinufer war es so einsam, dass ihnen keine Passanten oder späte Jogger entgegenkamen.

Dann, während Brasch den gepflasterten Weg verließ und geradewegs auf eine Baumgruppe zuhielt, geschahen zwei Dinge gleichzeitig. Birte spürte, dass sie von einer anderen Maschine überholt und dass Brasch noch schneller wurde. Plötzlich hatte er auch einen unbeleuchteten Jeep im Visier seines Scheinwerfers. Sie selbst konnte ihre BMW kaum noch halten und bremste unwillkürlich ab. Sie war nass geschwitzt und am Ende ihrer Kräfte. Die beiden Maschinen nahmen den Jeep in die Zange, doch Brasch bedeutete dem anderen, sich nach rechts zu wenden.

Der Jeep versuchte, einen Haken zu schlagen. Man hörte, wie er einen Baum streifte. Glas klirrte. Blech schepperte. Plötzlich wurde an dem Jeep eine Tür geöffnet. Augenscheinlich wollte der Fahrer, dass Brasch gegen diese Tür raste, doch der war mit seiner Maschine geschickt ausgewichen. Der andere Motorradfahrer hatte sich zum Wasser gewandt, doch auch der Jeep war nun, da die Bäume immer dichter wurden, gezwungen, einen Weg Richtung Wasser einzuschlagen.

»Was ist los?«, fragte Nele. Ihre Stimme klang auf einmal panisch. »Wo seid ihr?«

Birte versuchte zu antworten, doch als sie einem Holzklotz ausweichen wollte, der mitten im Weg lag, rutschte ihr Hinterrad weg. Die Maschine legte sich auf die Seite und schlitterte über den Sandboden. Birte spürte einen schmerzhaften Schlag, der sich von ihrem rechten Arm durch den ganzen Körper zog. Sofort ließ sie den Lenker los. Die Maschine schoss davon und prallte gegen einen Baum, während sie sich einmal überschlug und schließlich liegen blieb.

»Birte?«, rief Nele in ihrem Ohr.

Sie antwortete nicht. Hat Schiller die BMW eigentlich versichern lassen?, dachte sie sinnloserweise. Mühsam versuchte sie, auf die Beine zu kommen. In der Ferne glaubte sie, ein lautes Platschen zu hören. Jemand schrie.

Der Jeep war in den Rhein gerast.

»Wir sind im Cranachwäldchen – brauchen Verstärkung. Am besten auch einen Krankenwagen«, rief Birte in ihr Mikrofon.

Sie war sicher, dass sie sich mindestens den linken Fuß verstaucht hatte. Trotzdem rannte sie in Richtung Wasser. Dabei löste sie ihren Helm und warf ihn einfach beiseite. Brasch rief nach ihr.

»Verdammt!«, schrie er. Auch er war nun ohne Helm. »Die beiden ertrinken.«

34.

Einen Moment lang war Schiller sicher, dass er ertrinken würde – und es machte ihm nicht einmal etwas aus. Er hatte Carla verloren, und zum zweiten Mal innerhalb von kaum mehr als vierundzwanzig Stunden hatte es ihn in den Fluss geschleudert. Doch diesmal fror er nicht. Instinktiv hatte er sich an die Schulter gegriffen, wo ihn die Kugel erwischt hatte. Da war kein Blut! Lepper hatte ihn mit einem Gummigeschoss getroffen, damit es aussah, als wäre er einfach über Bord gefallen.

Schiller war so müde, dass er unter dem Wasser dahinglitt. Dann jedoch riss ihn eine Strömung an die Oberfläche, und er rang nach Luft. Mondlicht stand am Himmel. Motorenlärm schien in der Luft zu vibrieren. Der Fluss zerrte an ihm – ein Strudel wollte ihn unter Wasser ziehen, doch nun begann er sich zu wehren. Er war nicht in Form, und seine Kleidung hatte sich binnen Sekunden voll Wasser gesogen. Mit einem Schlag kam auch die Kälte. Sein Boot lag schon ein gutes Stück hinter ihm. Ein Stück Holz trieb vorbei, an dem er sich festhalten wollte, doch glitschig wie es war, entglitt es seinen klammen Fingern.

Sollte er schreien? Als Schiller den Mund öffnete, zog es ihn erneut hinunter. Er drehte sich einmal um sich selbst und spürte, wie er versank.

Diesem mörderischen Fluss hatte er nichts entgegenzusetzen.

Irgendwo trieb ein Licht heran. Die Kälte hatte nun seinen ganzen Körper erfasst, dass er schon glaubte, sich dieses Licht, das knapp über dem Wasser dahinschwebte, nur eingebildet zu haben.

Er rief etwas. Ob es sein oder Carlas Name war, wusste er nicht mehr.

Dann tauchte eine Gestalt vor ihm auf. Eine Hand packte ihn.

»Schiller – du verdammter Scheißkerl«, sagte eine Stimme, die er nur zu gut kannte.

»Heute ersäufst du uns nicht.«

Der Mann, der ihn aus dem Wasser riss, hatte das Gesicht von Hinrichs. Aber wie konnte das sein? Was machte Hinrichs hier?

Brasch zerrte an der hinteren Klappe des Jeeps. Der Wagen war nach vorn in den Fluss gekippt, der hier schon recht tief war. Birte watete in das Wasser hinein. Die Kälte raste ihr die Glieder hinauf und nahm ihr den Atem.

Als er es nicht schaffte, die Klappe zu öffnen, schlug Brasch mit dem Ellbogen kurz entschlossen die Scheibe ein. Er schrie auf. Anscheinend hatte er sich dabei verletzt. Birte schob sich ein Stück vor. Bis zur Hüfte stand sie schon im eiskalten Wasser. Lepper kauerte reglos hinter dem Steuer, neben ihm lag eine Gestalt auf einem zurückgeklappten Sitz. Durch die zerschlagene Scheibe hatte Brasch sich ins Innere gewunden. Der Wagen begann plötzlich zu ruckeln und zu rumpeln, als hätte er keinen Grund mehr.

»Komm her!«, rief Brasch.

Durch das eiskalte Wasser machte sie zwei Schritte zurück. Der Wagen begann zu schlingern. Die Strömung zerrte an ihm. Kurz richtete er sich auf und legte sich dann auf die Seite. Immer mehr Wasser schwappte hinein. Im Innern zerrte Brasch an der Gestalt, die sich nicht rührte. Blonde Haare blitzten auf. Regina Engels hatte auf dem Beifahrersitz gelegen. Brasch schob sie, den Kopf voran, durch das kaputte Fenster. Der Wagen kippte weiter und begann sich gleichzeitig zu drehen. Lepper bewegte sich. Er wandte den Kopf, doch Brasch achtete gar nicht auf ihn.

»Fass an!«, schrie er Birte zu.

Blut klebte an der Wagentür. Birte konnte kaum die Arme heben. Kälte und Schmerzen lähmten sie.

»Fass an!«, wiederholte Brasch.

Der Wagen begann heftiger zu trudeln. Lepper zerrte offenbar an seinem Gurt und versuchte, sich von seinem Sitz zu befreien. Er rief etwas, das Birte nicht verstehen konnte. Dann hatte er plötzlich eine Waffe in der Hand. Er schoss, Glas zerplatzte. Splitter flogen umher. Aber er hatte weder Regina noch Brasch getroffen.

Mit tauben Fingern bekam Birte eine nasse Lederjacke zu fassen. Sie packte nach einem Bein. Dann hatte sie Regina im Arm und musste sie ins Wasser sinken lassen. Doch einen Moment später war Brasch neben ihr. Er lächelte erschöpft und mit schmerzverzerrtem Gesicht. Hinter ihnen geriet der Jeep ins Trudeln, wie ein großes Stück Holz trieb er davon und kippte endgültig auf die

Seite. Lepper schrie auf und wurde gegen die Fahrertür geschleudert. Für einen Moment konnte Birte sein bleiches Gesicht hinter der Scheibe sehen. Ein zweiter Schuss fiel, erneut zerbarst Glas. Dann hatte der Fluss den Wagen unter Wasser gedrückt. Mit einem metallischen Stöhnen versank der Jeep im Rhein. Nur das Dach schaute noch heraus.

Gemeinsam schleppten sie Regina Engels durch das eiskalte Wasser zum Ufer. Lebte die Frau überhaupt noch? Birte registrierte, dass sie an den Händen gefesselt war. Eine Wunde konnte sie zum Glück jedoch nicht entdecken.

»Der Scheißkerl hat sie betäubt«, stöhnte Brasch.

Kaum hatten sie Regina Engels auf dem Ufersand abgelegt, hörten sie Sirenen in der Nähe. Und hinter ihnen war der Jeep nicht mehr zu sehen. Lepper hatte es nicht geschafft zu entkommen.

»Wo ist Schiller?«, fragte Birte. Sie konnte sich nicht mehr halten und sank neben der bewusstlosen Regina Engels zu Boden.

»Hinrichs kümmert sich um ihn«, erwiderte Brasch. Er beugte sich über die blonde Frau und strich ihr über die fahlen Wangen. Seine Jacke war am Ellbogen zerrissen und voller Blut. »Sie lebt noch – glaube ich jedenfalls«, keuchte er.

35.

Carla saß neben seinem Bett und hielt ihm die Hand. Zuerst nahm er ihren Geruch wahr. Sie redete, ihre Stimme klang anders als sonst. Sie sprach davon, dass sie tanzen würden, nur sie beide, gleich, nachdem er aufgestanden sei. Tango, sie könne nun auch Tango tanzen, habe es heimlich gelernt, deshalb sei sie überhaupt nur nach Nizza gefahren, um Tanzen zu lernen. Nein, er irrte sich, ihre Stimme gehörte Regina Engels. Aber wie sollte das möglich sein? Sie war Carla und gleichzeitig Regina Engels.

Schiller spürte, dass er Fieber hatte. Sonnenlicht fiel ins Zimmer. Ein blauer Morgenhimmel. Er lag unter einem weißen Laken, eine kahle Wand, ein Krankenhauszimmer. Sein Rücken und die Schulter taten ihm weh, da, wo ihn das Gummigeschoss getroffen hatte.

»Er ist wach«, sagte eine weibliche Stimme.

»Unkraut vergeht eben nicht«, erwiderte eine andere, männliche.

Birte saß neben seinem Bett auf einem Plastikstuhl und lächelte. Sie wirkte übernächtigt und ausgelaugt, aber einigermaßen erleichtert. Vermutlich hatte sie noch keine Sekunde geschlafen.

Matthias Brasch trat in sein Blickfeld. »Wir haben sie gerettet«, sagte er leise. »Regina Engels lebt, Lepper hatte sie betäubt, sie war die ganze Zeit dabei, aber er ...« Er verstummte. Eine blutige Schramme zog sich über seine rechte Wange. Sein Haar war schmutzig. »Das Handy haben wir noch nicht sicherstellen können. Taucher bergen den Jeep.« Er klang so geschäftsmäßig, als gehöre er nun wieder zur Kölner Polizei.

»Hinrichs hat mich gerettet.« Schiller hörte, wie seine Stimme schwankte. Lepper interessierte ihn in diesem Moment nicht.

Birte nickte mit dunklem, ernstem Blick. »Er ist uns gefolgt. Hast du gewusst, dass er früher mal Rennen mit seinem Motorrad gefahren ist? Matthias hat es mir erzählt.«

Schiller nickte. »Wo ist Regina?«, fragte er.

Birte antwortete nicht sofort.

Carla, dachte Schiller, ich hätte nach Carla fragen sollen. Wenn es noch eine Chance für sie beide gab, dann jetzt – dann hätte sie jetzt kommen und nach ihm sehen müssen.

»Sie liegt auch hier in der Klinik«, erwiderte Birte. »Eine Station tiefer. Fitschen war bei ihr – die ganze Kölner Polizei ist ziemlich wütend auf dich. Nur Hinrichs hat ein gutes Wort für dich eingelegt, hat gesagt, du hättest alles für eine Großfahndung vorbereitet gehabt.«

»Warum tut er das?«, fragte Schiller.

»Weil er vielleicht doch kein absolutes Arschloch ist«, sagte Brasch.

Später kam Therese. Anscheinend hatte Birte sie angerufen. Praktisch wie sie war, hatte die alte Hebamme ihm aus seiner Wohnung Kleidung und Zahnbürste, Rasierer und sogar eine kleine Flasche Kölnisch Wasser mitgebracht.

»Jan«, sagte sie. »Du musst dein Leben ändern – nicht nur wegen Carla. Wenn du so weitermachst, wirst du vor mir sterben.«

Schiller konnte nur lächeln. »Weiß Carla, dass ich hier bin?«

Therese nickte stumm, dann sagte sie: »Sie lässt dich grüßen, aber kommen wird sie wohl nicht ... Sie braucht ein wenig Zeit, um ...« Die alte Hebamme verstummte. Dass sie nach Worten suchen musste, kam eigentlich nie vor.

Als es an der Tür klopfte, glaubte Schiller für einen Moment, Therese habe ihn getäuscht, damit die Überraschung umso größer wurde.

Doch zaghaft betrat eine andere Gestalt das Zimmer – ein blonder, weicher Schatten.

Regina Engels stand da, vollständig angezogen in Jeans und schwarzem Mantel. Sie sah nicht aus, als wäre sie in der Nacht beinahe ertrunken.

»Ich möchte nicht stören ...«, begann sie unsicher.

Therese kicherte und winkte ab. »Wollte ohnehin gerade gehen – habe noch einen wichtigen Termin heute.« Sie drückte Schiller einen lauten Kuss auf die Stirn. Das hatte sie schon seit Jahren nicht mehr gemacht.

Dann verschwand sie mit einem weiteren Kichern.

»Michael ist tot«, sagte Regina Engels. »Ertrunken – genau wie Meltzer.«

Schiller richtete sich in seinem Bett auf. Er wischte sich über das Gesicht.

»Wie ist das alles so gekommen?«, sagte er leise vor sich hin, aber nicht so, als würde er von Regina Engels eine Antwort darauf erwarten.

Sie näherte sich langsam und vorsichtig, als würde sie über Eis gehen. Offenbar war ihr nichts passiert. Sie war bleich, aber dadurch kam sie ihm noch schöner und verletzlicher vor.

Mitten im Zimmer blieb sie stehen. »Michael war immer da in meinem Leben. Er hat sich in alles eingemischt, hat geglaubt, er wäre mein Beschützer. Als ich sagte, du gefällst mir, wollte er dich umbringen. Mich hätte er auch getötet. Er hat gar nicht wirklich an die Übergabe dieses Handys geglaubt. Das war eine Falle für dich.«

Schiller nickte. »Warum habt ihr zugelassen, dass Metzler deine Schwester tötet?«

Regina Engels sog die Luft ein, als würde es plötzlich Schmerzen bereiten zu atmen. »Sie hatte mich einbestellt. ›Das Kriegsbeil begraben‹ – so nannte sie es. Wegen ihr hatte ich meinen Job verloren. Ich bin hingefahren, obwohl ich es eigentlich besser wusste. Aber irgendetwas war anders. Die Wohnung war steril, zu aufgeräumt. Eva war zu freundlich. Dann hat sie mir ihre andere Wohnung zeigen wollen – ihr Atelier, wie sie es nannte. ›Hier bearbeite ich meine Freier‹, hat sie gesagt. Als sie uns die Drinks gab, habe ich sie kurz abgelenkt und die Gläser vertauscht. Danach ist sie eingeschlafen, und ich habe Michael angerufen. Zwanzig Minuten später war er da. ›Was kann ich tun?‹, habe ich ihn gefragt. Ich wollte Eva wirklich eine Lektion verpassen. Sie sollte sich aus meinem Leben endlich heraushalten. Wenig später ist Metzler gekommen. Als er aus einer Tüte ein langes Haar neben Eva platzierte und ihr die Muschel in die Hand drückte, hätten wir es wissen müssen …« Sie schluchzte nun. »Michael hat es vermutlich auch gewusst, sonst hätte er nicht sein Handy hervorgezogen und alles gefilmt. Das war sein Pfand gegen Metzler und mich – und als dann Hinzen anrief und komische Fragen stellte, ob ich nicht Eva sei …« Sie verstummte und senkte den Blick. »Michael hat gedacht, dass wir aus dem Schneider sind. ›Damit ist die Sache erledigt. Du kannst nach Frankfurt zurückfahren‹, hat er gesagt. Vorher hat er Metzler Evas Handy zugesteckt, auf dem Hinzen ständig angerufen hatte.«

Sie kam nun doch näher und setzte sich auf den Plastikstuhl. Mit einer ruckartigen Bewegung streckte sie Schiller ihre Hände entgegen. »Dieser Mord ... das war das Schrecklichste, was ich je erlebt habe«, stammelte sie. »Eva war ein Miststück, aber sie war meine Schwester ... Am liebsten hätte ich mich neben sie gelegt, um sie nicht allein zu lassen.« Sie hatte nun Tränen in den Augen.

Ihre Hände waren eiskalt. Schiller hielt sie fest. »Sie müssen uns alles genau erzählen. Die Geschichte mit Eva, wie sie Ihnen Ihren Job und Ihr Leben wegnehmen wollte. Dann wird der Staatsanwalt es nicht als Beihilfe zum Mord, sondern als unterlassene Hilfe ansehen.« Er küsste ihre rechte Hand.

Plötzlich stand Birte Jessen im Zimmer.

»Frau Engels, Sie sollten mit aufs Präsidium kommen«, sagte sie streng und blickte Schiller vorwurfsvoll an.

Er hatte versprochen, die Nacht über im Krankenhaus zu bleiben, aber eigentlich hatte er das nur getan, damit man ihn in Ruhe ließ. Außerdem hätte er nicht gewusst, wohin er gehen sollte. Ins Hotel vielleicht? Bei Hagen im Bügelzimmer zu liegen, hätte ihn nur deprimiert.

Um Viertel nach elf am Abend zog er sich an und stahl sich aus dem Zimmer. Der Gang war leer. Um diese Zeit tat nur die Nachtschwester Dienst. Therese hatte ihn auch mit Geld versorgt – mit einem nagelneuen Fünfzigeuroschein. Vor dem Krankenhaus stand ein Taxi. Er ließ sich zum Ebertplatz fahren. Er hatte keine Ahnung, was er erwartet hatte, aber bestimmt nicht, dass der öde Platz vollkommen verlassen dalag. Nicht einmal ein paar Junkies, die hier tagsüber ihr Geschäft betrieben, zeigten sich. Was sollte hier passieren? Eine Demonstration? Die Kopf-ab-Party von ein paar harmlosen Spinnern?

Als Schiller in Richtung Rhein lief, stürmte ein Hund bellend aus dem Gebüsch und verschwand. Dann bemerkte er das Zeichen auf dem Pflaster – ein gelbes RB hatte jemand mit gelber Kreide gemalt. Daneben ein Pfeil. Schiller blickte sich um. Nun hatte ihn doch eine gewisse Spannung erfasst. Vor sich in der Dunkelheit meinte er ein, zwei Gestalten zu erkennen, die plötzlich verschwanden. Ein Licht blinkte auf, erlosch aber auch gleich wieder.

Als er sich der Clever Straße näherte, bemerkte er eine Bodenklappe, die offen stand. Wieder war ein gelbes RB auf den Boden gemalt. Eine enge Backsteintreppe mit einem Handlauf an der linken Seite führte geradewegs in den Untergrund.

Schiller zögerte einen Moment. Waren das wirklich nur harmlose Spinner, die hier zu einer Art Happening aufriefen? Als er weiterging, sah er das Plakat. »Herzlich Willkommen zur Kopfab-Party – Kommando Robert Blum.«

Immerhin, ein Rätsel war gelöst. RB – bedeutete Robert Blum.

Schiller erinnerte sich, den Namen schon einmal gehört zu haben, wusste aber nicht mehr, wann und wo.

Am Fuß der Treppe musste er einen langen Gewölbegang entlanglaufen, der durch Neonröhren erleuchtet wurde. Er meinte Stimmen zu hören. Leise Musik. Es schien in die Kanalisation hineinzugehen. Als er plötzlich eine Treppe vor sich sah, die auf eine Plattform hinaufführte, und einen hell erleuchteten Kronleuchter, wusste er, wo er sich befand. Irgendwann Ende des 19. Jahrhunderts hatte man zwei Kanalsysteme unter dem Ebertplatz zusammengeführt und an dieser Stelle einen hohen Raum gebaut – den sogenannten Kronleuchtersaal. Es roch muffig und feucht, aber nicht nach Exkrementen.

Schiller ging die Treppe hinauf. Nun war er nicht mehr allein. Etwa fünfzig Menschen hatten sich hier versammelt, allesamt dunkle, stumme Gestalten. Gehörte Birte auch zu ihnen? Er versuchte sich zu orientieren. Ein kleines Podium mit einem Tisch und drei Stühlen stand vor einer Kette. Auf dem Tisch brannten zwei weiße Kerzen. Dahinter plätscherte Wasser. Ein Abwasserkanal lief da entlang. Der Ton einer einzelnen Geige drang aus einem Lautsprecher. Dann, als hätte man nur auf ihn gewartet, erlosch der Kronleuchter. Ein Raunen lief durch die Anwesenden. Keiner sagte ein Wort. Die Kerzen spendeten ein mattes, gespenstisches Licht.

Eine Sekunde später war eine Stimme zu vernehmen: »Es hätte nie ein Christentum, nie eine Reformation und überhaupt nie etwas Gutes und Großes gegeben, wenn jeder stets gedacht hätte: Du änderst doch nichts.«

Ein alter Mann war auf das Podium geklettert. Wie ein Priester hob er die Hände. Schiller hätte beinahe gelacht. Richard Goldmann stand da. Lächelnd blickte er in sein erstauntes Publikum, bevor er sich setzte. Die Kerzen flackerten.

»Es ist an der Zeit«, fuhr er mit seiner Professorenstimme fort, »an einen Sohn dieser Stadt zu erinnern. Der große Revolutionär Robert Blum wurde am 10. November 1807 am Fischmarkt geboren. Er starb am 9. November 1848 in Wien, wo er als Mitglied der Deutschen Nationalversammlung standrechtlich erschossen wurde. Ein Unrecht sondergleichen.«

Während Goldmann sprach, war ein zweiter Mann auf das Podium getreten. Broder hielt einen hölzernen Kopf in die Höhe. Ein starres Puppengesicht, ein Mann, ein wenig pausbäckig mit braunen Haaren und einem Backenbart.

Broder setzte sich und platzierte den Kopf vor Goldmann.

»Am 3. März 2009 ist in Köln das Archiv der Stadt eingestürzt – zwei Menschen sind dabei ums Leben gekommen. Urkunden, Dokumente, Briefe von unschätzbarem Wert sind vernichtet worden. Wie, haben wir uns gefragt, hätte ein ehrlicher Revolutionär wie Robert Blum reagiert? Hätte er geschwiegen? Hätte er den Beteuerungen der Verantwortlichen geglaubt, dass niemand etwas dafür konnte? Oder hätte er an Widerstand gedacht und eine Lüge eine Lüge genannt?« Goldmann hob wieder die Arme. »Nun, Robert Blum, wird es uns heute Abend sagen.«

Jemand schob sich neben Schiller und zupfte ihn am Ärmel.

»Was ist das hier?«, fragte ihn Birte ein wenig spöttisch. »Ein Kölner Tribunal?«

Ein Mann hinter ihm zischte empört.

»Hast du Therese hier gesehen?«, fragte Schiller.

Birte hob nur die Achseln.

Eine dritte Person trat ans Podium. Sie war ganz in ein weißes Gewand gehüllt. Selbst ihr Kopf war bedeckt. Sie blickte aus Augenschlitzen vor sich hin. Am Ärmel jedoch meinte Schiller einen babyblauen Stoff zu erkennen. Die Gestalt hob eine Puppe auf den Stuhl vor ihr, der unverkennbar die Züge des Oberbürgermeisters trug. Dazu einen roten Pullunder und einen FC-Schal.

Richard Goldmann las die Lebensdaten des Oberbürgermeisters vor. Dann wurde der Kopf befragt, ob er schuldig am Einsturz des Archivs sei. Eine tiefe Stimme aus dem Lautsprecher verkündete ein klares, sonores »Ja«.

Broder strich dem Kopf lächelnd über das Haar.

»Das Urteil lautet Verbannung aus der Stadt«, verkündete Goldmann.

Mit einer schnellen Bewegung zerrte die weiß gekleidete Gestalt die Puppe von ihrem Stuhl und warf sie hinter sich in den Abwasserkanal. Mit einem lauten Platschen landete sie da, und erster Beifall brandete auf.

Die Anwesenden begannen sich zu entspannen. Plötzlich wurden Bierflaschen durch die Reihen gereicht. Man trank und stieß im Dunkeln an. Auch Goldmann wurde lockerer. Nach und nach wurden vier weitere Puppen auf den Stuhl der Angeklagten drapiert. Zwei Verantwortliche von der KVB, ein Mann aus der Verwaltung und der Vorsitzende des Bauausschusses. Mit Gegröle und einem launigen Countdown, der laut heruntergezählt wurde, wurden sie alle dem Abwasser überantwortet.

Schiller hatte sich auch eine Flasche Bier geben lassen. Einmal meinte er zu sehen, wie Therese ihm zuzwinkerte. Auch Brasch und Sylvie glaubte er unter den Anwesenden ausgemacht zu haben. Die Stimmung lockerte sich zusehends.

»Wir«, sagte Goldmann dann, »wir werden dieser Stadt einheizen. Wir werden die Schuldigen beim Namen nennen und bestrafen. Wir werden uns einmischen. Genau wie Robert Blum es getan hätte – wir alle sind das Kommando Robert Blum.«

Mit jedem Wort stieß er seine Faust in die Höhe, und die Anwesenden taten es ihm gleich. Einige stießen ihre Bierflaschen gegeneinander. Wie dieser Widerstand aussehen sollte, wusste wohl keiner genau, aber es war auch gleichgültig. Sie standen hier im Untergrund und hatten ihren Spaß.

Dann waren plötzlich Schritte zu hören, schnelle, hastige Schritte. Licht aus Taschenlampen brandete auf. Eine harte Stimme forderte die Anwesenden auf, sich ruhig zu verhalten und keinen Widerstand zu leisten. Pfiffe ertönten, aber dadurch ließen sich die hereinstürmenden Polizisten nicht zurückhalten. Ein paar Momente später brannte das Licht der Kronleuchter wieder. Etwa zwanzig olivgrüne Polizisten einer Sondereinheit hatten den Raum eingenommen. Sie forderten die Anwesenden auf, sich in Reih und Glied aufzustellen.

Schiller drückte sich an den Rand und setzte sich neben das Podium auf die Mauer des Abwasserkanals. Goldmann, Broder und Therese waren mit dem Puppenkopf wie durch Geisterhand verschwunden. Fast hätte man glauben können, sie hätten die Polizei selbst gerufen, um dem Ganzen doch eine gewisse Ernsthaftigkeit zu verleihen. Die Stoffpuppen, die sie verurteilt hatten, trieben langsam den Kanal hinunter. Der Oberbürgermeister mit seinem Schal schien ihm noch freundlich zuzuwinken.

Schiller sah ihm nach. Während er sein Bier austrank, dachte er daran, dass er fast zweimal ertrunken und einmal verlassen worden war. Außerdem drohte ihm ein Disziplinarverfahren, vielleicht eine Suspendierung. Möglicherweise würde Brasch tatsächlich bald einen Partner in seiner Detektei haben. Wahrlich keine gute Bilanz.

Dann hörte er, wie Birte seinen Namen rief. »Jan Schiller – Superpolizist. Man braucht deine Personalien.«

Schiller lächelte müde und warf die leere Flasche in den Kanal hinter sich, wo sie rasch in Richtung Oberbürgermeister trieb. Er erhob sich, stöhnte übertrieben auf und ließ sich von einer jungen blonden Kollegin, die er schon einmal kurz in der Kantine gesehen hatte, wegen Hausfriedensbruchs widerstandslos festnehmen.